Einen Artikel über die Geschichte der Kartoffel soll er schreiben – und entsprechendes Material vermutet der Erzähler aus München in Berlin. Drei tolle Tage und Nächte warten hier auf ihn – um die Mittsommernacht, als Christo den Reichstag verhüllt. Von West nach Ost, quer durch alle Schichten und Szenen führen ihn seine Recherchen, mit Tuaregs und Technomädchen, Waffenhändlern und Friseuren kommt er in Verbindung und gerät in eine aberwitzige Folge von Verwicklungen und Abenteuern. »Wirklich ein Glücksfall, diese ›Johannisnacht‹ mit ihren unbeschwert-intelligenten Reflexionen über das deutsche Wesen, die genau den Witz und erotischen Biß aufweisen, den man bei deutschen Literaten so selten antrifft.« (Thomas Linden in der ›Kölnischen Rundschau‹)

Uwe Timm wurde am 30. März 1940 in Hamburg geboren. Er studierte Philosophie und Germanistik in München und Paris. Seit 1971 lebt er als freier Schriftsteller in München. Weitere Werke u. a.: ›Heißer Sommer‹ (1974), ›Morenga‹ (1978), ›Kerbels Flucht‹ (1980), ›Der Schlangenbaum‹ (1986), ›Kopfjäger‹ (1991), ›Die Entdeckung der Currywurst‹ (1993), ›Rot‹ (2001), ›Am Beispiel meines Bruders‹ (2003), ›Der Freund und der Fremde‹ (2005), ›Halbschatten‹ (2008), ›Freitisch‹ (2011), ›Vogelweide‹ (2013).

Uwe Timm

Johannisnacht

Roman

Ausführliche Informationen über
unsere Autoren und Bücher
www.dtv.de

Vom Autor neu durchgesehene Ausgabe 1998
15. Auflage 2017
dtv Verlagsgesellschaft mbH & Co. KG, München
© 1996 Verlag Kiepenheuer & Witsch, Köln
Umschlagkonzept: Balk & Brumshagen
Umschlagfoto: 1998 Beate Brosche/FOCUS, Hamburg
Gesetzt aus der Stempel Garamond 10,5/12· (WinWord 6.0)
Gesamtherstellung: Druckerei C. H. Beck, Nördlingen
Gedruckt auf säurefreiem, chlorfrei gebleichtem Papier
Printed in Germany · ISBN 978-3-423-12592-5

Swift as a shadow, short as any dream,
Brief as the lightning in the collied night,
That, in a spleen, unfolds both heaven and earth,
And, ere a man hath power to say »Behold!«,
The jaws of darkness do devour it up:
So quick bright things come to confusion.

William Shakespeare, Midsummer Night's Dream

I
Napoleons Feldbett

Die Geschichte beginnt genaugenommen damit, daß ich keinen Anfang finden konnte. Ich saß am Schreibtisch und grübelte, lief durch die Stadt, fing wieder das Rauchen an, Zigarren, in der Hoffnung, so, eingehüllt in den Rauch, würde mir der richtige, ganz und gar notwendige Anfang für eine Geschichte einfallen. Es half nichts, ich kam nicht ins Schreiben, dieser erste, alles entscheidende Satz wollte sich einfach nicht einstellen. Nachts stand ich am Fenster und beobachtete eine Frau im gegenüberliegenden Haus, die dort vor kurzem eingezogen war und ihre Männerbesuche in der hellerleuchteten Wohnung empfing. Ich versuchte, auch darüber zu schreiben: Ein Mann, der eine Frau beobachtet, von der er annimmt, sie wisse, daß er sie beobachtet. Aber nach wenigen Seiten brach ich die Arbeit wieder ab. Ich fuhr in ein Nordseebad und lief im Aprilsturm am Strand entlang, den Kopf angefüllt mit dem Brausen der Brandung, dem Kreischen der Möwen und den Klagen des Hotelbesitzers, dessen einziger Gast ich war. Nach vier Tagen flüchtete ich wieder an meinen Schreibtisch. Ich hatte mir ein Schachprogramm gekauft und spielte am Notebook die Partien der letzten Weltmeisterschaft von Kasparow nach. Am vierten Tag – ich war immer noch nicht über die Eröffnungszüge der ersten Partie hinaus – klingelte nachmittags das Telefon. Der Redakteur einer Zeitschrift fragte mich, ob ich nicht Lust hätte, etwas über die Kartoffel zu schreiben: Peru-Preußen-Connection. Die Kartoffel und die deutsche Mentalität. Und natürlich persönliche Kartoffelvorlieben. Rezepte. Bratkartoffelverhältnisse. Er lachte. Sie interessieren sich doch für Alltagsgeschichten. Elf bis zwölf Seiten, da können Sie ausholen.

Ich sagte, ich sei momentan in eine andere Arbeit vertieft und hätte daher keine Zeit. Tatsächlich grübelte ich gerade über eine Schachvariante, die den sonderbaren Namen »der Baum« trug. Nach dem Anruf versuchte ich, mich wieder auf die Partie zu konzentrieren, mußte aber an einen Onkel denken. Dieser Onkel Heinz konnte nämlich Kartoffelsorten schmecken, und zwar auch dann, wenn sie schon gekocht oder gebraten waren. Im Sterben hatte er, nach tagelangem Schweigen, etwas Merkwürdiges gesagt: Roter Baum. Niemand wußte, was er damit gemeint haben könnte. Meine Mutter vermutete, es sei eine Kartoffelsorte. In der Familie, zumindest bei meinem Vater, galt der Onkel als faul, ein Drückeberger und Versager, der sein Leben rauchend auf dem Kanapee verbrachte. Das ist denn auch in meiner Erinnerung das deutlichste Bild: Onkel Heinz liegt in der Küche auf einem Sofa, den Kopf, durch ein Kissen abgepolstert, auf der Armlehne. Er raucht. Er konnte wunderbare Kringel rauchen. Wenn ich ihn darum bat, hauchte er eine Kette von drei Kringeln. An einem Sonntag, kurz nach dem Krieg, waren er und Tante Hilde bei uns eingeladen. Mein Vater hatte beim Bauern Kartoffeln gehamstert. Und meine Mutter machte jetzt Bratkartoffeln. Der Tisch war gedeckt mit dem restlichen Silber, das noch nicht beim Bauern gegen Lebensmittel getauscht worden war. Alle saßen und warteten. Es duftete nach gebratenen Zwiebeln, sogar nach Speck, denn meine Mutter hatte die Pfanne mit einer Speckschwarte ausgewischt. Es war ein Festessen, auch Frau Scholle und Frau Söhrensen, bei denen wir damals einquartiert waren, saßen am Tisch. Onkel Heinz bekam als erster ein, zwei Bratkartoffeln auf den Teller geschoben. Er kaute vorsichtig, schmeckte, ein Schmecken, wie man es von Weintrinkern kennt, eine sanfte Bewegung des leicht geöffneten Mundes, ein nach innen gerichtetes Horchen. Er zögerte, wiegte den Kopf, nachdenklich, regelrecht grüblerisch, also bekam er noch zwei Scheiben auf den Teller. Nochmals die feinen Kaubewegungen. Der Vater fragte ungeduldig: Na?

Der Onkel schluckte, bedächtig, und dann, nach einem kleinen Zögern, sagte er: Das ist die Fürstenkrone!

Bravo! rief der Vater, und alle klatschten. Wir konnten endlich essen, es waren eben nicht nur Bratkartoffeln, sondern es war die gebratene Fürstenkrone. Wunderbar schmeckten sie. Aber wonach? Wenn ich den Onkel fragte, sagte er nur: Tja, dafür gibts eben keine Worte.

Roter Baum/ Merkwürdig, was dem Sterbenden durch den Kopf gegangen war, kurz bevor sein Bewußtsein verlöschte.

Vielleicht, dachte ich, ist es gar nicht so schlecht, einmal eine Auftragsarbeit anzunehmen, schon um etwas Distanz zu sich selbst und zu dieser Geschichte zu bekommen, die keinen Anfang finden wollte. Das Honorar konnte ich gut gebrauchen, und auch die Eröffnungszüge von Kasparow hatten schon einiges von ihrem Reiz verloren; also rief ich in der Redaktion an und fragte, ob das Kartoffel-Thema schon vergeben sei.

Nein.

Gut, sagte ich, ich schreibe den Artikel. Mich interessiere der Zusammenhang zwischen Schmecken und Erzählen, beides habe ja mit der Zunge zu tun. Der Redakteur stutzte, nannte aber dann das Honorar, und weil ich einen Moment, überrascht von der Höhe der Summe, schwieg, was er als Zögern mißdeutete, fügte er hinzu, ich könne auch Reisen für Recherchen abrechnen.

Gut, sagte ich.

Noch am selben Tag bestellte ich mir in der Staatsbibliothek fünf Bücher und begann zu lesen: über die Geschichte, über den Nährwert der Kartoffel, über Anbaumethoden und Kochrezepte. Ich verlor mich in immer abgelegenere Gebiete: die Kartoffel in Irland, Indonesien und auf der Insel Tristan da Cunha. Ich verzettelte mich lustvoll in der Namenskunde, Grüblingsbaum, Tartuffel, Erdapfel, Grumbeere, und sagte mir schließlich, es sei sinnvoller, zunächst mit jemandem zu reden, der die Kartoffelforschung überblickte, mit einem Historiker oder einem Ernährungswissenschaftler.

Am Abend rief ich Kubin an, der nach der Vereinigung von Hamburg nach Berlin gezogen war und sich dort – nach vierjähriger Tätigkeit bei der Treuhand – als Unternehmensberater selbständig gemacht hatte. Kubin kochte nicht nur gut, er schrieb in seiner Freizeit auch an einem Buch über die italienische Volksküche.

Warte mal, sonst brennt mir was an, sagte er und dann nach einem Augenblick, ja, er kenne sogar jemanden, der über die Kartoffel gearbeitet habe. Hier in Berlin. Die Adresse beschaff ich dir.

Am nächsten Tag flog ich für eine ganz gewöhnliche Recherche nach Berlin.

Kubin wartete vor der Lifttür, und in der kurzen Umarmung spürte ich, daß er zugenommen hatte. Er sah müde, grau, ungesund aus. Komm rein, sagte er, schön, dich zu sehen. Aber diesmal alles streng vertraulich, ich möchte nicht wieder in einem Roman auftauchen.

Er zeigte mir die Wohnung. Vier geräumige Zimmer. Ein Zimmer war leer – bis auf drei gewaltige Steineier, poliert, zwei aus Marmor, eins aus schwarzem Granit, als habe der Vogel Rock hier sein Gelege und könne

jeden Augenblick durch das angelehnte Fenster herein-
kommen.

Das Berliner Zimmer, sagte er, als Durchgang, führt
zum Schlafzimmer.

Sehr schön ruhig, hier zum Hof.

Schon, sagte er, und dennoch, ich hab in dieser Scheiß-
stadt derart unter Schlafstörungen gelitten, daß ich einmal sogar in einer Besprechung, die ich geleitet habe,
eingenickt bin. Nur im Bett, nachts, konnte ich nicht
schlafen. Jetzt schlafe ich, und man könnte Kanonen neben mir abfeuern, ich wach nicht auf. Träume auch nicht
mehr. Jedenfalls wache ich morgens auf, ohne mich an
einen Traum zu erinnern. Ich leiste im Tiefschlaf Trauer-
arbeit. Und weißt du, woran das liegt, dieser besinnungs-
lose, ja unmoralische Schlaf? Es liegt allein am Bett. Vor
zwei Jahren habe ich es gekauft. Komm, ich zeig es dir.

Er führte mich in das Schlafzimmer: ein kahler Raum,
in dem außer einem Schrank und einem Bett nichts
stand. Das Bett war ein einfaches Feldbett.

Was sagst du dazu? Das ist der exakte Nachbau von
Napoleons Feldbett. Das Original kannst du im Armee-
museum von Paris sehen, allerdings sechzig Zentimeter
kürzer. Auf dem hat er auf allen seinen Feldzügen geschlafen. Kurz, aber tief, wie man weiß. Nur so hat er die
ungeheuren Strapazen durchstehen können. Das Bett ist
absolut perfekt, du liegst hart und doch wirst du durch
die Bespannung, wie soll ich sagen, getragen. Wie auf
dem Wasserbett, das Angela und ich uns damals zur
Hochzeit gekauft hatten. Wer hat nicht den Wunsch,
über Wasser zu gehen oder auf dem Wasser zu schlafen.
Aber dann diese Entengrütze. — *duck weed*

Entengrütze?

Ursprünglich war das Bett fleischfarben, aber schon
nach einem Monat färbte es sich grün, Algen, erklärte

covering

man uns, das Bett roch plötzlich wie eine Grotte, und nach weiteren zwei Monaten wie ein Karpfenteich. Wir haben es heimlich in einen Wald gebracht, sozusagen als Kleinstbiotop, und uns ein japanisches Bett gekauft, und zwar Typ Samurai, Übergröße. Darauf hatte auch die Konkubine noch Platz. Das ist, wie die Ehe, in Hamburg zurückgeblieben.

Er ging mir voran in die Küche, in der es außer einer Anrichte, einem Tisch, einem Kühlschrank, einem Gasherd nichts weiter gab, keine dieser kupfernen Schnickschnack-Töpfe auf Borden, keine von Hopi-Indianern gehäkelten Topflappen an den Wänden. Nur eine von Andy Warhol signierte Graphik hing dort: Die Campbell-Dose. Kubin hatte schon für zwei Personen gedeckt, das Besteck, die Teller, die Gläser aus den zwanziger Jahren, entworfen von einer Bauhaus-Berühmtheit. Er nahm die Spaghetti und ließ sie wie Mikadostäbchen in das kochende Wasser fallen, kunstvoll aufgefächert.

Ich hab auch überlegt, ob ich dieses Feldbett nicht in größerer Stückzahl anfertigen lassen sollte. Bin dann aber doch von dem Gedanken abgekommen. Es gibt in Deutschland einfach keinen Markt dafür. Die Konservativen sind zu provinziell, und den Linken fehlt, anders als ihren Genossen in Frankreich, jegliches Faible für militärische Dinge.

Von der Küchendecke hing eine Lampe, der Schirm aus weißem Glas, darauf schwarze scherenschnitthafte Figuren, Elfen und Kinder, die mit Keschern einem weiblichen Wesen mit Schmetterlingsflügeln nachliefen. Ja, sagte Kubin, der meinen Blick bemerkt hatte, die Lampe hab ich in Wien auf dem Naschmarkt gefunden. Es geht, wie du siehst, um die Flügel.

Eine Fee?

Vielleicht, vielleicht auch eine Nike. Jedenfalls wollen

die ihr an die Flügel. Ist dir mal aufgefallen, wie die Franzosen allein durch Steinmasse eine katastrophale Niederlage in einen Sieg umgewandelt haben? Du mußt dir nur den Arc de Triomphe ansehen. Die Namen aller Schlachten sind in den Bogen graviert. Niederlagen wie Siege, und so überwölbt dieser gigantische Steinbogen sogar Katastrophen wie Leipzig und Moskau. Beim Anblick des Arc de Triomphe kommt doch niemand auf den Gedanken, Napoleon habe entscheidende Schlachten oder sogar den Krieg verloren. Das ist Ästhetik, verstehst du, man sieht die Dinge anders, darum gehts doch. Kubin goß Olivenöl in eine Kasserolle, erwärmte es, schüttete aus einem Glas den Pesto dazu, sagte, frische Pinoli, das ist wichtig. Er holte eine Packpapiertüte vom Bord – Halt die Hand auf – und schüttete mir ein paar Pinienkerne in die Hand. Wie kommst du ausgerechnet auf diesen Proleten unter den Gemüsen?

Aus eben dem Grund.

Kubin zog aus dem Weinregal vorsichtig eine Flasche Rotwein, entkorkte sie, roch an dem Korken, schenkte mir ein Glas ein, sagte: Na, rate mal.

Ich schmeckte, schwer zu sagen, sagte ich, Italien, Montepulciano? Aber aus den Abruzzen! Schätze: ein 93er, ein guter Jahrgang.

Donnerwetter, sagte er.

Nein, sagte ich in seine staunenden Augen, ich hab das Etikett gesehen.

Kubin trank, schmatzte vorsichtig, sagte: Emidio Pepe, und dann rührte er den Pesto in der heißen Kasserolle um. Kartoffel, nee, ich gehöre zur Nudelfraktion.

Ich hab mich mal in eine Kartoffel verliebt.

Kubin fragte lauernd: Was für ne Sorte?

Eine Studentin. Es war auf einem Studentenfasching. Da tanzte ein Mädchen, sie tanzte exzessiv, aber eben als

Frühkartoffel, ein zartes Hellbraun, etwas rosig, als Clivia. Ihr Lieblingsessen: Pellkartoffeln mit Schnittlauchquark. Darum also dieser zartblasse Teint. Sie hatte ein paar grüne Sommersprossen auf der Nase. Sommersprossen sind die winzigen Fenster in der Haut, sagte ich, um im grauen deutschen Niflheim mehr Sonne aufzunehmen. So wird Rachitis verhindert. Hoffentlich reichen meine dafür aus. Ich habe nur auf der Nase Sommersprossen.

Na, fragte Kubin, und stimmte das?

Weiß nicht. Sie trug ja ein rundes Drahtgestell, bespannt mit einem rötlich-braunen Stoff. Sie zog mich – ich war als Don Quichotte gekommen – auf die Tanzfläche. Es war eine unbeschreibliche Nacht, das einzige Faschingsfest, das ich als nicht langweilig in Erinnerung habe. Lag vielleicht auch daran, daß ich ihr nicht näher kommen konnte. Was an dieser wunderschönen Frühkartoffel-Bespannung lag.

Und dann?

Sie verschwand gegen Morgen, wie Aschenputtel. Ich habe sie nie wiedergesehen. Manchmal, wenn ich die zarte Haut einer Frühkartoffel sehe, überfällt mich ihr Bild, und ich verzehre die Kartoffel in einem Erinnerungsrausch.

Gut, sagte Kubin, das ist ein Grund, darüber zu schreiben.

Weißt du, was »roter Baum« bedeutet?

Rotbuche?

Nein, glaube ich nicht, ich denke, daß es vielleicht eine Kartoffelsorte ist. Waren die letzten Worte von einem Onkel, der die unterschiedlichen Sorten so schmecken konnte wie du die Weinlagen.

Der hätte mir gefallen. Frag diesen Kartoffelforscher, sagte er. Ich hab den Mann mal vor gut einem Jahr auf einer Party kennengelernt. Ein Agrarwissenschaftler, war in der DDR-Akademie, wurde dann abgewickelt. Einer von den gut dreißigtausend, die in irgendwelchen baufälligen Instituten herumhockten und vor sich hin forschten, über so aparte Dinge wie die Geschichte der Sonnenschreiber, oder sie erstellten die Grammatik des Altusbekischen, zählten die Steine der Ruinen von Theben. Wenn sie nicht damit beschäftigt waren, Berichte übereinander zu schreiben. Rogler hieß er. Ein ruhiger Typ mit einem erträglichen sächsischen Dialekt, der sich mit dem berlinerischen amalgamiert hatte. Kubin trank von dem Rotwein, er schlürfte, er schmatzte, er sagte: ahh. Das Sächsische kam erst zum Vorschein, als er auf die Kartoffel zu sprechen kam. Da legte er los, das reine Pfingstwunder: Die Kartoffel, Nährwert, Wortbildung, Ausbreitung, was weiß ich, der war nicht mehr zu bremsen.

Das ist genau der Mann, den ich suche.

Kubin ließ mich vom Pesto kosten. Na? Ganz einfach, aber wie, und er schmatzte abermals zart in die Luft. Mir kannste mit der Kartoffel gestohlen bleiben.

Hast du die Adresse von dem Mann?

Nein. Aber du kannst Rosenow fragen, auch ein abgewickelter Akademiemitarbeiter. Mit dem hab ich zu tun, der verdient sich ein paar Mark als Berater bei einer Immobilienfirma. Ich hab dir seine Telefonnummer aufgeschrieben. Er zeigte auf den Tisch, wo neben der Serviette ein Zettel lag, ging zur Anrichte, holte ein Sieb, goß darin die Spaghetti ab und vermischte sie dann mit einem hölzernen Greifer in der Schüssel mit dem warmen Pesto.

Roter Baum, klingt nicht gerade nach Kartoffel.

Gibt die sonderbarsten Namen.

Woran ist der Onkel gestorben?

Lungenkrebs. Rauchte vierzig Zigaretten am Tag, mindestens, er rauchte noch im Krankenhaus, spuckte Blut, aber er rauchte heimlich weiter, auf der Toilette. Und dann starb er, und seine letzten Worte waren: Roter Baum.

Frag diesen Rogler, sagte Kubin und füllte die Spaghetti auf. Kannst mir sagen, was du willst, die Italiener wissen schon, warum sie die Kartoffel allenfalls als Beilage anbieten. Dagegen die Tomaten. Dürfen natürlich nicht diese holländischen Treibhausbomber sein. Ich kaufe die Tomaten von einem Italiener, der zieht sie hier in Berlin, in einem Schrebergarten, holt sich den Mist von der Polizeireitschule.

Den Rest des Abends schimpfte er auf Berlin und die Berliner, vor allem auf dieses Bemühen, immer schlagfertig und witzig zu sein, also die Berliner Schnauze, die ginge ihm auf den Keks. Und er erzählte mir von Angela, seiner ehemaligen Frau, die eben zum drittenmal geheiratet hatte. Diesmal einen amerikanischen Botaniker, der sich auf arktische Flechten spezialisiert hat und jetzt in Berlin einen Job sucht, was, wie du dir denken kannst, nicht so einfach ist, denn es gibt im Osten wie im Westen jede Menge Flechtenspezialisten, die einen Job suchen. Ein Mann, ich hab ihn gesehen, wie ein Flughörnchen, das sind diese Tierchen, die von Baum zu Baum springen und dabei mit dem Schwanz steuern. Kubin redete, und ein paar Spaghetti schlabberten ihm aus dem Mund. Er schlürfte den italienischen Rotwein, wischte den fettigen Glasrand mit der Serviette ab und sagte, ich bin gespannt, ob sie auch bei diesem Botaniker mit ihrer Spirale um eine Schwangerschaft herumkommt. Ein echter Honigbeutler.

Wieso Honigbeutler?

Kubin nahm einen kräftigen Schluck, guckte gedankenverloren auf den Teller, dann rollte er die letzten Spaghetti um die Gabel, Honigbeutler, das sind Tierchen, die ihre Weibchen durch Massenbesamung befruchten, regelrecht mit Samen einschwemmen. Sie stellen, auf den Hinterbeinen sitzend, kokett ihre Hoden zur Schau, Hoden von einer erstaunlichen Größe, die locken die Weibchen dann an.

Stört es dich, wenn ich rauche? Ich zeigte ihm vorsichtshalber mein Etui mit den drei Zigarren.

Rauchst du wieder? Nur zu, rauch, was das Auge hält, sagte er und trank, diesmal ohne zu schmecken, einen weiteren kräftigen Schluck. Er schüttelte nachdenklich den Kopf. Die Hoden haben eine erstaunliche Größe, das mußt du dir vorstellen, die machen fünf Prozent des Körpergewichts eines Honigbeutlers aus. Auf uns übertragen würde das bedeuten, deine Hoden wären vier Kilogramm schwer.

Hast du den Biologen denn mal nackt gesehen?

Kubin sah mich überrascht an, er bekam einen mokanten Zug um den Mund. Meine Güte, sagte er, einem derart schlichten Realismus hängst du doch hoffentlich nicht mehr an. Auch der Honigbeutler stimmt noch nicht, nein, Angelas Botaniker ähnelt einem dieser kupierten Wasserdingos. Aber da hatte Kubin schon so viel getrunken, daß er mir nicht mehr erklären konnte, was ein kupierter Wasserdingo ist.

2
Der Reichstag, verhüllt

Unten, vor dem Haus, wartete schon das Taxi, oben auf dem Balkon stand, einen Südwester auf dem Kopf, Kubin und brüllte: Mast- und Schotbruch!

Er lehnte sich weit über die Balkonbrüstung, bedrohlich weit. Vorsicht! rief ich hinauf.

Er aber sang in die nächtlichen Sturmböen: Fünfzehn Mann auf des toten Mannes Kiste, joho, und ne Buddel voll Rum.

Der Taxifahrer fragte: Ist der Kapitän?

Nein. Unternehmensberater. Aber sein Großvater war Kapitän. So habe ich ihn noch nie erlebt. Bisher sang er, wenn er betrunken war, irische Volkslieder.

Wohin wollen Sie?

Zum Reichstag.

Ach, sagte der Fahrer, die Verpackung, machen Sie sich keine Illusionen, nachts ist da nicht viel zu sehen. Immerhin, es belebt das Geschäft. Hotels und Pensionen voll, na ja, und seit zwei Tagen läuft auch das Taxigeschäft.

Ist das sonst so schlecht?

Er nickte mit dem kahlen Schädel, blickte in den Spiegel. Aber ich konnte seine Augen nicht sehen. Er trug, obwohl es Nacht war, eine Sonnenbrille, Modell Fliegerbrille, dreißiger Jahre, goldeloxiertes Gestell.

Seit der Wiedervereinigung steht man im Stau. Überall Baustellen, Umleitungen, Einbahnstraßen, wo gestern keine waren. Das geht so weit, daß wir jetzt auf dem Potsdamer Platz einen See haben. Eine riesige Baugrube, mit Schwimmbagger, Schuten und zwei Schleppern.

Es rumpelte. Wir fuhren über eine Behelfsbrücke.

Wenn es da an Bord einer Schute zu ner Meuterei kommt, ist das Seegericht zuständig. Nee, seit der Vereinigung gibts hier einen unglaublichen Aggressionsstau. Ich bin vor zwanzig Jahren nach Berlin gekommen, wollte nicht zum Bund. War damals ein Sammelpunkt für Aussteiger und Querköppe. Ein Sozialbiotop, ummauert, gut bewacht. Jetzt kommen all die Jungs her, die ne schnelle Mark machen wollen. Ich überleg mir, ob ich nicht weggeh.

Und wohin?

Köln oder Hamburg.

Der Wagen wurde von Windböen geschüttelt. Einige Regenspritzer auf der Windschutzscheibe. Er stellte den Scheibenwischer an.

Was machen Sie, wenn Sie nicht Taxi fahren, ich meine beruflich?

Fragen viele. Denken, ich bin einer der promovierten Taxifahrer. Nee. Ich hab den Führerschein, den Taxischein und sechs Semester Romanistik, das ist alles. Wenn ich nicht Taxi fahr, mach ich nix, außer Lesen, Kino, Musik hören. Und Reisen, Afrika, Sahara. Hab mal einen kleinen Reiseführer über die Sahara geschrieben, als die noch nicht so in Mode war, ist aber längst vergriffen. Da ist schon die Absperrung, sagte er, von dort aus müssen Sie laufen. Ich kann Sie rumfahren, bringt für Sie aber nicht viel, nur nen höheren Fahrpreis.

Einen Moment überlegte ich, ob ich mich nicht einfach in die Pension weiterfahren lassen sollte. Aber ich war neugierig, wie weit inzwischen der Reichstag verhüllt war. Also zahlte ich und stieg aus.

Kalt war der Wind, und ein feiner Sprühregen hatte

eingesetzt. Ich hatte dem Wetterbericht gestern abend geglaubt und aus Bequemlichkeit den Regenmantel zu Hause gelassen. In dem dünnen Seidenjackett, das ich mir in München während der Hitzewelle gekauft hatte, fror ich jetzt ganz erbärmlich.

Das *Brandenburger Tor* lag da, als leuchte es aus sich heraus. Ein paar Fußgänger waren unterwegs, in Regenmäntel oder Capes gehüllt. Ein Auto kam, fuhr zur Absperrung und hielt. Ein Auto mit einem italienischen Nummernschild, ein Lancia. Von meinem feuchten Seidenjackett ging ein eigentümlicher Geruch aus, fremd, nicht zu vergleichen mit Wolle, die so beruhigend nach nassem Schaf riecht, oder dem Strohgeruch, der von nasser Baumwolle ausgeht. Der Geruch jedoch, den meine Jacke verströmte, erinnerte mich an Schleim, ja, an ein Drüsensekret, es roch geradezu gallertartig. Ich überquerte die *Straße des 17. Juni.* Der Lancia drehte vor dem Absperrgitter um und kam mir mit aufgeblendeten Scheinwerfern entgegen, bremste, der Fahrer rief mir etwas zu. Ich ging zum Wagen, sagte sofort in das heruntergedrehte Fenster: Ich bin fremd. Sono straniero.

Ahh, Lei parla italiano.

Solamente un poco.

Er redete italienisch auf mich ein. Ich verstand lediglich etwas von Messe und einer Nachtfahrt. Und da er merkte, daß ich ihn nicht richtig verstand, wechselte er ins Deutsche und sprach es gut, wenn auch mit einem starken Akzent, erzählte, daß er von einer Mustermesse komme. Hier in Berlin. Lederbekleidung. Nix davon gelesen?

Nein, sagte ich, ich bin heute erst angekommen.

Er erzählte, er habe einen Restposten Lederjacken. Zwei Stück. Ausstellungsstücke. Er muß nach Mailand, heute nacht. Warum die Jacken wieder mitnehmen? Er öffnete die Tür, winkte mir einzusteigen. Einen Moment zögerte ich, weil ich an all die Geschichten dachte, die mir Berlinreisende in den letzten Monaten erzählt hatten: erdrosselte Gastwirte, abgeschnittene Ringfinger, geknebelte Touristen, Mord und Totschlag. Aber der Fahrer machte eine einladende Handbewegung, dazu dieses italienische muntere Lachen: Prego, si accomodi, und so setzte ich mich auf den Beifahrersitz. Er fuhr, kaum hatte ich die Tür zugeschlagen, an. Der Wagen machte einen kleinen Satz in den dunklen Bereich zwischen zwei Straßenlaternen. Ich erschrak und dachte, es ist doch ein Überfall. Ich drehte mich schnell um, aber auf dem Rücksitz hatte sich niemand verborgen, dort lag lediglich ein schwarzer Sack. Allerdings in Form eines Körpers. Der Italiener stellte den Motor ab.

Ist kalt? Er zeigte auf mein Jackett.

Ja, sagte ich. Richtig aufdringlich war jetzt der Geruch, den ich mit meinem nassen Seidenjackett verströmte, und mir fiel plötzlich ein, wonach dieses Seidenjackett roch – nach Samen. Mir fielen die Honigbeutler ein, und ich nahm mir vor, zu Hause sofort im Lexikon nachzuschlagen, aus welcher Körperöffnung die Raupen ihren Faden spinnen.

Ist ja eigentlich verboten, sagte der Italiener, unsauberer Wettbewerb.

Unlauterer Wettbewerb, sagte ich, und ärgerte mich sogleich über meine schulmeisterliche Verbesserung. Entschuldigung.

Wieso, sagte er, ist wichtig, macht man sonst doch immer wieder dieselben dummen Fehler.

Na ja, sagte ich, das ist ja gerade die freundliche Geduld der Italiener, daß sie einen, versucht man Italienisch zu sprechen, nicht verbessern.

Beim Reden ja. Aber nicht beim Singen.

Wieso?

Sie kennen die Geschichte von dem amerikanischen Sänger? Der zum erstenmal in der Oper, in Neapel, singt? Er singt die erste Arie. Publikum brüllt da capo. Der Amerikaner singt die Arie noch mal. Publikum tobt, brüllt da capo, der Sänger singt noch mal und noch mal und noch mal. Die anderen Sänger werden langsam ungeduldig, die wollen ja auch ihre Arien singen. Aber das Publikum ruft: Da capo. Schließlich fragt der amerikanische Sänger erschöpft: Wie oft soll ich die Arie denn noch singen? Ruft einer aus dem Publikum: Bis du sie richtig singst. Er musterte mich: Welche Größe haben Sie? 50?

Ja, je nachdem, bei italienischen Sachen eher 52.

Dann passen Ihnen die Jacken genau. Guter Schnitt, bestes Leder, prima Verarbeitung. Er griff nach hinten, zog aus dem schwarzen Sack eine Jacke und noch eine Jacke, zeigte mir das Etikett: Giorgione und darunter die Größe, tatsächlich 52. Eigentlich wollte ich für jede Jacke 350 haben, ich lasse sie Ihnen beide für 450. Der richtige Preis ist 1200, also jede. Ich hab mein Hotel nicht verlängern können. Sie verstehen, er sah mich an, lächelte, ich nickte und wunderte mich, wie sein Deutsch, je länger er sprach, um so akzentfreier wurde. Er mußte lange in Deutschland gelebt haben.

Ich wollte, sagte er, sonst morgen die Jacken in einer Boutique verkaufen. Aber kein Hotel frei, alles ausgebucht, die ganze Stadt. Der Reichstag wird angezogen. Die Leute sind wie verrückt. Bei uns kommen sie, um weinende Madonnen zu sehen. Bei euch den Reichstag. Dieser Christo, er lachte: Dio mio, ein Zauberer. Aber ich bin guter Katholik. Ich fahre noch heute nacht weg. Also, beide Jacken für 450.

Nein, sagte ich, ich brauche keine zwei Jacken, es ist

Juni, das sind Herbstjacken. Es regnet zwar. Aber was soll ich mit zwei Lederjacken?

Verkaufen. Können Sie glatt 200 mehr verlangen.

Ich winkte ab.

Gut, dann eine. Ich will die beiden Jacken noch heute verkaufen, heute abend, jeder weiß, daß hier die Mustermesse war. Ich fahre heute nacht durch, direkt nach Milano.

Die ganze Strecke? fragte ich.

Ja, sagte er, Autobahn ist nachts leer, kann ich, wie sagen Sie, kräftig durchdrehen.

Nein, sagte ich und mußte lachen, es heißt: aufdrehen.

Gut, sagte er, die Einzeljacke für 280. Sie haben keinen Mantel an. Jetzt die Jacke, bei dem Wetter. Regen. Er zeigte nach draußen. Tatsächlich war das Geniesel in Regen übergegangen, wurde vom Wind gegen die Scheiben gedrückt.

Na ja, Leder ist ja auch nicht gerade für Regen geeignet, versuchte ich den Kenner herauszukehren. Und außerdem, soviel Geld habe ich nicht bei mir.

Kreditkarte? Wir können zum Automaten fahren.

Ich hab keine Kreditkarte bei mir. Was gelogen war. Aber wenn ich schon kaufte, wollte ich ein bißchen handeln, so ganz aus dem Mustopf kam ich ja nicht, kenne Italien und die Italiener, sagte ihm denn auch, daß Italien das Land sei, wohin ich am liebsten reise, und daß ich die Italiener einfach mag, ihre Sprache, ihre Mode, ihr Essen. Tutto!

Das freute ihn sichtlich, dieses tutto, er legte mir die Hand auf die Schulter, sagte: Sie sprechen sehr gut Italienisch. Also gut, 220 Mark die Jacke. Sehen Sie hier, Seidenfutter. Rot, gefüttert, elegant.

Ich befühlte das Leder, weich, ja ausgesprochen zart fühlte es sich an. Der Markenname Giorgione erinnerte mich an das Bild von Giorgione: Der Sturm. Dieses Bild kann ich mir immer wieder ansehen, und jedesmal entdecke ich neue Details. So zum Beispiel den weißen Vogel auf dem Dach des Hauses, winzig klein, ein Storch, denke ich, der dort sitzt, während der schwarze Gewitterhimmel von einem Blitz durchtrennt wird. Das Futter der Jacke war tatsächlich rot, ein dunkles Rot. Ich versuchte im spärlichen Licht die Qualität der Nähte zu untersuchen, befühlte sie. Ich sagte, ich hätte früher einmal die Kürschnerei erlernt. Ich mußte ihm erklären was das für ein Beruf ist. Jemand, der mit Fellen und Leder zu tun hat.

Oh, sagte er, also Fachmann, und zog mir die Jacke weg, hob sie hoch: Sehen Sie, Schnitt nach il famoso barone rosso. Richthofen. Eleganter Schnitt. Alter Fliegerschnitt. Doppeldecker. Schützt vor Wind und Regen.

Sie sah gut aus, zumal im Innenfutter tatsächlich ein Dreidecker zu sehen war. Mein Vater hatte zu Hause ein Foto von Richthofen hängen, den er verehrte, und auf diesem Foto trug Richthofen eine Lederjacke, die, da war ich sicher, dieser ähnlich sah.

Wieviel Geld haben Sie?

Ich suchte in meinen Taschen. Und dachte mir, was für ein Glücksfall, bei diesem Regen, in dieser Kälte, so billig eine echte, weiche Lederjacke zu kriegen. Ich zeigte ihm mein Geld: 170 Mark und ein paar Pfennige. Sagte ihm selbstverständlich nicht, daß ich im Paß noch hundert Mark als Notgeld hatte. 170 Mark, das ist alles. Und dann kann ich nicht einmal mehr mit dem Taxi zurückfahren.

Haben Sie Busticket?

Nein.

Er gab mir vier Mark zurück. Guter Kauf, sagte er. Jetzt geh ich auf die Autostrada und dann angedreht.

Aufgedreht, sagte ich.

Er lachte: Deutsch ist so kompliziert: Aufgedreht! Ja, angedreht! Viel Glück! Arrividerci!

Die Italiener sind, dachte ich, wunderbar, machen ihre kleinen Geschäfte, kleine Betrügereien, aber immer so, daß man selbst am Betrogenwerden noch seine Freude haben kann, wobei ich diesen netten Italiener ganz schön über den Tisch gezogen habe, sagte ich mir und winkte. Dieses tutto, das hat ihn schwach gemacht. Auch er winkte nochmals, rief Addio, und Danke! und fuhr mit zwitschernden Reifen weg.

Ich zog mir die Lederjacke an, wunderbar warm, endlich, in diesem regnerischen Wind, endlich. Was für ein guter Kauf, statt 1200 Mark nur 166. Fast eine Glückszahl. Fast wie dieser Kauf auf dem Trödelmarkt am Kleinhesseloher See, vor einem Jahr, wo verlorene Kleidungsstücke verkauft wurden und ich mir einen Regenmantel für 180 gekauft hatte, einen neuwertigen Burberry, kaum getragen, im Innenfutter ein goldgewirktes Schild aus dem goldenen Basel: *Conrad. High class for men.* Der Vorbesitzer mußte extrem kurze Schweizer Arme gehabt haben, denn an dem Mantel, der sonst tadellos saß, mußten die Ärmel um gut vier Zentimeter ausgelassen werden. Diese Jacke hingegen paßte wie angegossen, und warm war sie, einfach wunderbar.

Der Reichstag: massig, schwer, dunkel raschelnd. Wie in einem Traum, düster und fremd, bauschten sich die herunterhängenden Stoffbahnen in den Sturmböen. Das Mittelteil war schon verhängt, die vier Ecktürme noch frei.

Ich ging den gelben Drahtzaun entlang, der die Neugierigen von dem entstehenden Kunstwerk fernhalten sollte.

Männer in gelber Regenkleidung bewachten den Zaun. Einige Neugierige gingen stumm und vermummt an dem Zaun entlang, eine Frau kämpfte mit ihrem umgeklappten Regenschirm, ein Mann zog einen finsteren, naßzottigen Hund an der Leine hinter sich her, ein Männlein in einem alten Kradmantel studierte eine Tafel, dort, wo eine Ramme stand. Rückbau las ich auf dem Schild.

Ich ging weiter um den Drahtzaun herum. Meine Lederjacke wurde im Regen immer schwerer, so schwer, daß mir erstmals seit Jahren wieder die Bleiweste einfiel, mit der ich früher Konditionstraining gemacht hatte, im Spurt den Weg zum Schloß Richmond hoch, fünf-, sechsmal. Diese Lederjacke war, als ich sie anzog, federleicht gewesen, ein typisch italienisches Produkt, das Leder war eben nur für sonnige Gefilde gegerbt worden. Andererseits waren inzwischen auch meine soliden amerikanischen Lederschuhe durchgeweicht. Kalt waren meine Füße und naß. Der Sturm rauschte in den grauen Kunststoffbahnen. In dieser Beleuchtung erinnerte die Farbe an die gräßlichen Blousons der Volksarmee. Hinter dem Zaun stand ein Mann in einem blauen Berganzug, einen gelben Helm auf dem Kopf, um die Hüften ein breiter Gurt, mit dicken Karabinerhaken. Gestern hatte ich in den Nachrichten die Männer gesehen, die, wie Matrosen in den Rahen der Segelschiffe, die gewaltigen Tuchbahnen abrollten.

Ich verstand plötzlich den Zuruf von Kubin, Mast- und Schotbruch. Auch er wird diese Bilder gesehen haben. Ich fragte den Mann, ob er ebenfalls an der Verpackung des Reichstags gearbeitet habe.

Verhüllung, verbesserte er mich sofort. Was verhüllt wird, wird irgendwann enthüllt, das sagt jedenfalls Christo. Er blickte besorgt zu den scheuernden Tuchbahnen hoch. Mittags haben wir die Arbeit einstellen müssen. Richtige Sturmböen. Schaukelten da oben wie die Affen an Lianen.

Sind Sie Berliner?

Nein, komm aus Rostock.

Konnte man in der DDR denn Bergsteigen?

Nein, nur so ein bißchen im Elbsandsteingebirge. Und dann natürlich Schornsteine.

Schornsteine?

Ja, im Sozialismus haben wir an Schornsteinen trainiert. Gab so wenig Gerüste. Ne Mangelwirtschaft hat auch ihre Vorteile. Also wurde mit Seilen von oben gearbeitet. Übte ganz mächtig. Hab mal eine Stelle an einem 260 Meter hohen Schornstein ausgebessert. Jetzt bin ich selbständig. Spezialisiert auf Schornsteine, Reparaturen: Verfugungen, Steigeisenerneuerung. Geld stimmt. War früher mal Held der Arbeit, konnte ich mir nur an die Mütze schmieren. So, sagte er, geh jetzt in die Koje. Muß morgen früh raus, fünf Uhr.

Ich ging weiter und spürte plötzlich die Müdigkeit schwer in den Gliedern. Ich war morgens um 5 Uhr aufgestanden, hatte im Eiltempo das Buch *The Potato and its wild Relatives* zu Ende gelesen, war dann zur Staatsbibliothek gegangen, um mir die Statistiken über Kartoffel- und Zuckerrübenanbau im 19. Jahrhundert anzusehen, war nachmittags aus dem sommerlich warmen München in das stürmisch kalte Berlin geflogen, hatte mit Kubin ausführlich gegessen und getrunken, lief jetzt mit dieser bleischweren Jacke durch die Nacht und sagte mir, jetzt reichts. Ich ging *Unter den Linden* Richtung Bahnhof *Friedrichstraße,* um mit den vier Mark, die der Italiener mir gelassen hatte, zum *Bahnhof Zoo* zu fahren. Die Jacke war inzwischen derart mit Wasser vollgesogen, daß sie mir an den Schultern hing, als wären die Seitentaschen mit Wackersteinen vollgestopft. Ich versuchte, mich mit dem Gedanken zu trösten, daß sich das Leder sicherlich mit einem Spray imprägnieren ließe. Dann wäre sie gut für die kalten, aber trocknen Oktobertage in München. Immerhin, sie wärmte noch. Und ich roch nicht mehr nach dieser gallertartigen Ausscheidung der Seidenraupen, jetzt roch ich nach – ja, wonach? Es roch wie bei dem Altwarenhändler im Eppendorferweg, zu dem ich als Kind Papier und Pappe brachte und dafür, je nach Gewicht, ein paar Pfennige bekam. Es war Anfang der fünfziger Jahre, in der Zeit des Koreakriegs, die Altmetallpreise waren kräftig angestiegen, als mein Vater nach mir rief. Der Vater stand im Keller, die Füße naß, die Hosenbeine naß. Er winkte mich zu sich und gab mir ein paar Ohrfeigen. Warum hatte sich mein Vater aber auch ausgerechnet an diesem Waschbecken im Keller die Hände waschen müssen, ein Waschbecken, das sonst nie benutzt wurde. Ich hatte das Abflußrohr aus Blei abmontiert. Blei brachte damals das meiste Geld, insofern hatten sich die Ohrfeigen bezahlt gemacht. Genau! Es war dieser Papiergeruch aus dem Keller des Altwarenhändlers, den ich jetzt mit mir herumtrug.

Ich bog eben in die *Friedrichstraße* ein, als mir drei Männer entgegenkamen, alle drei in glänzenden Blousons, die Köpfe nicht kahl, aber doch kurzgeschoren. Eine praktische Frisur, dachte ich, während mir die Haare strähnig ins Gesicht hingen. Warum hatte ich mir nicht noch vor der Reise die Haare von meiner Frau schneiden lassen.

Wat kiekstn so, wa, sagte der eine und kam auf mich zu. Oller Penner, du. Und der andere sagte: Los, Aldiklatschen. Darauf gab mir der erste einen fast ansatzlosen Schlag in den Magen. Das Wasser spritzte aus der Jacke wie aus einem Schwamm. Ich zuckte zusammen, stieß einen kleinen Schrei aus, obwohl es kein schmerzhafter Schlag war, eher ein Stoß, und doch war die Jacke dabei eingerissen. Die drei starrten einen Moment verdutzt, ja entsetzt auf das Loch, aus dem es rot herausquoll. Ich preßte die Hände auf die matschige Masse. Ich stand starr vor Schreck, spürte aber keinen Schmerz. Die drei liefen, hetzten weg. Langsam löste ich mich aus diesem Schock, betrachtete meine Hände. Sie waren nicht rot. Was da heraushing, war das nasse rote Innenfutter. Ich stopfte es in die Jacke zurück, dabei löste sich ein Stück ab. Vielleicht hatte dieser Schläger ja ein in der Faust verborgenes Messer gehabt, oder einen Messingkamm, oder einen Schlüsselbund, der, wie ich gehört hatte, schlägt man damit zu, fürchterliche Verletzungen im Gesicht hinterläßt. So hatte mich die aufgequollene Lederjacke womöglich vor einer Verletzung geschützt. Allerdings war der Dreiangel in der Jacke groß. Eine geflickte Lederjacke würde, versuchte ich mich zu trösten, gleich Spuren des Gebrauchs zeigen. Allerdings war schon ein größerer Flicken nötig, um dieses Loch zu stopfen.

Am Bahnhof, endlich im Trockenen, sah ich mich in einer verdreckten, wahrscheinlich seit dem 8. Parteitag nicht mehr geputzten Scheibe der Schwingtür.

Mein dreckiges Spiegelbild erklärte mir auch das Wort Aldiklatschen. Albiklatschen hieß das, und gemeint waren die oft im Freien schlafenden illegalen Albaner. Die Jacke war nicht nur an zwei Stellen eingerissen, auch am Bund war etwas nicht in Ordnung. Was für ein Pfusch. Die Haare hingen mir strähnig ins Gesicht. Ich dachte, wie gut, daß ich nicht so dunkel bin wie mein Spiegelbild. Ich sah an meiner Jacke herunter, sie franste tatsächlich aus. Nein, sie zerfaserte. Sie löste sich auf. Ich befingerte sie, zupfte etwas ab, eine glitschige Masse, wie von einem Löschblatt. Löschblätter haben wir in der

Schule in Stücke zerrissen, zu Klümpchen gekaut und dann an die Wandtafel gespuckt, wo sie hängenblieben als grauweiße Streusel. Dieses Klümpchen in meiner Hand war schwarz. Das Innenfutter ließ sich in kleinen roten Klümpchen abzupfen. Immerhin, dachte ich beim Betrachten der Finger, das Zeug färbt nicht ab, hat also auch nicht das Seidenjackett versaut. Ein junger Mann kam vorbei, nickte mir kurz freundlich zu und drückte mir eine Zigarettenpackung in die Hand, blau, Gauloises, Merkurs Helm drauf. Dieser Italiener war ein genialer Mann, sagte ich mir. Nicht einmal Schwarzfahren mußte ich. Und die 166 Mark, die sind, hätte meine Mutter gesagt, ein Opfer an die Götter. Deren Neid ist zu fürchten. Und in der letzten Zeit ist es mir gutgegangen, sehr gut sogar. Nein, ich war nicht wütend, nicht verbittert. Immerhin waren noch drei Zigaretten in der Schachtel. Ich drückte die Packung einem der Obdachlosen in die Hand, zog die sich immer weiter auflösende, tropfende Jacke aus, stopfte sie, wo sie hingehörte – in einen Papierkorb und lief die Treppe zum Bahnsteig hoch.

3
Der Mann neben Lyssenko

Am nächsten Morgen rief ich von meiner Pension aus Rosenow an. Ich richtete ihm die Grüße von Kubin aus und sagte, daß ich einen kulturgeschichtlichen Artikel über die Kartoffel schreiben wolle, ob er mir die Adresse von Dr. Rogler geben könne.

Rogler, sagte die Stimme und, nach einem kurzen Zögern, nein, Rogler ist gestorben.

Ach herrje! Das hat Kubin gar nicht erwähnt.

Der weiß das nicht. Rogler ist vor fünf Monaten gestorben.

Das tut mir leid, sagte ich. Ich habe gehofft, von Rogler ein paar Hinweise zu bekommen.

Hätte er bestimmt gern gegeben. Aber es gibt noch das private Kartoffelarchiv von Rogler.

Kommt man da ran? fragte ich ziemlich direkt.

Es steht in meiner früheren Wohnung. Sie können es gern benutzen.

Das wäre sehr hilfreich für mich. Ich bin nur für ein paar Tage in Berlin. Wäre es bald möglich?

Ja. Wir könnten uns treffen, heute, mittags, wenn es Ihnen recht ist.

Ja, sehr. Was schlagen Sie vor, wo?

In der *Paris Bar.*

Ich wartete um eins in der *Paris Bar* und dachte daran, was Kubin mir am Abend zuvor gesagt hatte, allerdings schon mit schwerer Zunge: Der Nachholbedarf der Ossis ist enorm, sie drängen immer dahin, wo sie die große

Welt vermuten. Und dann sagen sie dir, die DDR war genaugenommen doch ganz gut, wenn, ja wenn man hätte reisen können.

Ich hatte mir Rosenow, diesen ehemaligen Mitarbeiter der Wissenschaftlichen Akademie der Deutschen Demokratischen Republik, als einen blassen, bebrillten, stirnglatzigen Mann in einem altmodischen Anzug vorgestellt, mit einem Hosenschlag, wie ihn zuletzt Chruschtschow getragen hatte. Der Mann, der sich jetzt zu mir an den Tisch setzte, trug aber einen eleganten dunkelblauen Zweireiher der allerbesten Qualität, dazu, fein abgestimmt, eine wie von Matisse entworfene Krawatte. Rosenow stellte vorsichtig ein kleines Handy auf den Tisch, zog die Antenne aus. Um jedes Mißverständnis auszuschließen, fragte ich ihn, ob er der Bekannte von dem Kartoffelforscher sei.

Ja, sagte er, war, war.

Rosenow – ich schätzte ihn um die Fünfzig – war braungebrannt, hatte graumeliertes, volles, ja widerborstiges Haar, das auffallend gut geschnitten war, am Nacken sah ich einen feinen hellen Streifen. Er mußte erst vor ein, zwei Tagen beim Friseur gewesen sein. Rosenow wurde vom Kellner mit Doktor begrüßt, ohne Herr, der sich damit als Kenner in der Anrede von Titeln erwies. Rosenow bestellte gegrillte Blutwurst, riet auch mir dazu. Bestellte für sich Selterwasser. Das wenigstens, sagte er, ist mir immer noch geblieben aus der Zeit des realen Sozialismus: Keinen Alkohol, wenn man Auto fährt. Auf meine Frage, was er denn genau mache, momentan, sagte er, Immobilien. Aber freelance, er arbeite für eine große Firma, auf Honorarbasis. Ohne daß ich gefragt hatte, fügte er hinzu: Warum auch nicht. Ist doch typisch für diese Gesellschaft, sie ist mobil, ständig ist jeder durch Absturz gefährdet, darum streben alle danach, alle wollen sie, die Immobilie, es soll bleiben, wie es ist, aber mit viel Bewegung in allen anderen Bereichen, Mode, Reisen, Beziehungen. Bei uns war es früher gerade umgekehrt, Werte in der Immobilie zu suchen, war zwecklos, dafür war die ganze Gesellschaft immobil.

Ich befürchtete, mir jetzt einen langen Exkurs über die Unterschiede zwischen der kapitalistischen und der sozialistischen Gesellschaft anhören zu müssen, und fragte darum schnell: Kennen Sie eine Kartoffelsorte Roter Baum?

Nein, lachte Rosenow, nie gehört. Ich hatte zwar mit Kulturgeschichte zu tun, aber nicht mit Kartoffeln. Mein Forschungsgebiet war die Raumordnungsplanung von der Jahrhundertwende bis 1945 in Berlin und Brandenburg. Was mir heute, wie Sie sich vorstellen können, nach dem Fall der Mauer, recht nützlich ist. Der Kellner brachte das Wasser, stellte die Gläser hin, schenkte ein.

Und Rogler?

Rogler war Agrarwissenschaftler, hatte sich dann auf die Geschichte der Kartoffel spezialisiert. Er war Jahre damit beschäftigt, eine Ausstellung vorzubereiten. Hat immer wieder Konzepte erarbeitet. Immer wieder Ablehnungen durch die Parteileitung. So ging das bis zur Wende. Er war eine Koryphäe auf dem Gebiet. Die Kartoffel war, wenn ich das so sagen darf, ihm ans Herz gewachsen. Rosenow lachte, aber es war kein abfälliges Lachen. Roglers Traum von der großen Ausstellung sollte die Knolle rehabilitieren, sie zu ungeahnten Genüssen bringen, gerade hier im Osten, wo sie doch verbreitet ist wie sonst nirgendwo. Richtig zubereitet, sollte die Kartoffel für die DDR das werden, was die Nudel für Italien ist. Vergleichbar in der Qualität, denn unsere volkseigenen Kartoffeln waren zuletzt wäßrig, geschmacklos, einfach gräßlich.

Rosenow fischte mit einer Gabel die beiden Eisstücke aus dem Glas, schob sie auf den Besteckteller, trank dann einen kleinen Schluck vom Sprudel.

Ein Fanatiker, hat Kubin gesagt.

Na ja, nein, das ist übertrieben. Ich kannte Rogler gut. Wir waren befreundet, schon seit langem. Damals, als ich ihn kennenlernte, hatte er gerade für diese Ausstellung einen Parteiauftrag erhalten. Das war nach dem 8. Parteitag, mit dem Liberalisierungsschub. Rogler hatte das ganz wörtlich genommen. Er war davon überzeugt, man müsse die DDR durch eine Kulturrevolution verändern. Und das hieß auch, weg von den Wurstplatten, den fetten Koteletts, den Dampfkartoffeln. Bei uns auf den Restaurantkarten hieß das Sättigungsbeilagen. Das Wort müssen sie sich mal auf der Zunge zergehen lassen: Sättigungsbeilagen. Er trank wieder von dem Wasser. Ich sah, daß es ihm immer noch zu kalt war, er behielt es etwas länger im Mund, erst dann schluckte er es. Er wird einen empfindlichen Magen haben, dachte ich, vielleicht sogar Gastritis.

Ja, sagte er, das war Roglers Überzeugung: Vor allem das Bewußtsein sollte sich ändern, nicht nur die Eigentumsverhältnisse. Rosenow sah mich prüfend an.

Gramsci, sagte ich, erst die Veränderung der Gewohnheiten, der Emotionen, von Erotik, Kleidung und Essen bringt eine neue Gesellschaft hervor.

Aha, Rosenow lächelte fein, ich sehe, Sie haben also auch so eine linke Kurve in Ihrer Vergangenheit. Ja, Rogler hatte Gramsci gelesen, hatte dafür sogar Italienisch gelernt, weil die meisten Schriften in der DDR nicht übersetzt waren, jedenfalls nicht die kritischen, die sich gegen den Proletkult richteten und diese stalinistische Plattfußtheorie: Allein das Sein bestimmt das Bewußtsein.

Der Kellner stellte uns die Blutwurst hin und fragte, ob wir nicht vielleicht doch ein paar Brechbohnen haben möchten, kurz gedünstet, noch im Biß spürbar. Ja, bitte, Sie auch? Ich nickte. Die DDR ist, sagte Rosenow und lehnte sich zurück, an der Unfreundlichkeit der Kellner kaputtgegangen.

Was?

Ja, sagte er, an der allgemeinen Unfreundlichkeit. Wenn man eine Mangelgesellschaft hat, dann muß man etwas ganz anderes liefern, mehr Freundlichkeit, mehr Freiheiten, auch für abweichende Sexualpraktiken, und mehr Muße, aber Muße mit gutem Gewissen. Im realen Sozialismus wurde Freitagnachmittag nicht mehr gearbeitet. Auch in Fabriken nicht. Tatsache. Und den Plan, den erfüllten die Heinzelmännchen. Traumhaft. Wir sind der faulste Staat der Welt. Das wäre Propaganda gewesen. Statt dessen immer bergauf. Bis die Puste ausging. Na ja, ich kam mit dem System klar, von Reibungen abgesehen, war allerdings auch nie in der Situation, eine Ausstellung vorbereiten zu müssen wie mein Freund Rogler.

Das Handy fiepte. Er drückte den Knopf, sprach von einer Fünfzimmer-Altbauwohnung, auch für gewerbliche Nutzung frei. Worte wie Parkett, Eiche, Kachelofen, Stuckrosetten, lachende Putti in den Ecken der Zimmerdecke, Innenhof. Während er redete, überlegte ich, wie ich ihn möglichst schnell von seiner Rechtfertigungssuada ab- und zum Kartoffelarchiv von Rogler zurückbringen könnte.

Ja, sagte er, geht in Ordnung, ich komme in einer Stunde vorbei. Er stellte das Handy wieder auf den Tisch.

Was ist denn das Politikum an der Kartoffel? fragte ich schnell.

Ja – was. Er sah mich an, trank in kleinen Schlucken

langsam den Sprudel. Rogler konnte sich maßlos darüber ärgern, daß in der DDR durch staatlichen Eingriff die Sortenzahl stark reduziert worden war. Rationalisierung durch Vereinheitlichung ist eine ökonomische Bereicherung, im Ästhetischen aber immer eine Verarmung, der Geschmack wird nicht ausdifferenziert. Das stammt nicht von mir, sondern von Rogler. Und dann wurden die sozialistischen Kartoffelsorten immer schlechter, keine Einzüchtungen, genaugenommen wurden sie immer geschmackloser. Hinzu kam die fehlerhafte Lagerung, und durch langen Transport auf dem maroden Schienennetz wurden sie auch nicht besser. Rogler plädierte sozusagen für eine konsequente Privatisierung des Geschmacks. Sie verstehen, daß Rogler schnell an die Grenze dessen kam, was die Parteileitung für erlaubt hielt. Seine Ausstellung wurde nicht verboten, sie wurde nur nicht erlaubt. Ich kannte noch Roglers Vorgänger, einen Lyssenko-Schüler. Einer, der nachweisen wollte, Stalin habe den entscheidenden Tip zur frostresistenten Kartoffel gegeben.

Ich lachte.

Nein, im Ernst, es ging darum, zu zeigen, daß sozialistische Kartoffelzüchter als in der überlegenen Gesellschaft lebend auch die überlegenen Kartoffelsorten züchten könnten.

Lyssenko war doch eine eher komische Figur.

Rosenow schob sich ruhig ein Stück Blutwurst in den Mund, kaute, schluckte: Zugegeben. Aber wenn man Lyssenko einen Mann mit einer Pistole an die Seite stellt, dann ist er plötzlich ein sehr ernstzunehmender Forscher. Nach diesem Lyssenko-Schüler, der in Pension ging, kam Rogler. Wie gesagt, es war die Zeit des Tauwetters. Stalin lag in seinem Schneewittchensarg, und sein Bart wuchs. Und mein Freund Rogler wollte den

Sozialismus mit menschlichem Antlitz an der Kartoffel exemplifizieren. Rosenow lachte, ein eigentümlich lustloses Lachen, er wischte sich die Tränen aus den Augenwinkeln. Drei mal drei Jahre Arbeit, sagte er und holte Luft, Rogler hat die jeweils neue Einschätzung der Partei eingearbeitet, die sich nach drei Jahren aber schon wieder geändert hatte. Drei Ablehnungen. Danach hat er sich geweigert, das Konzept zu ändern. Er hat dann die Jahre still vor sich hingearbeitet, und man hat ihn in Ruhe gelassen. Dann fiel die Mauer.

Warum hat Rogler nicht versucht, nach der Wende die Ausstellung im Westen zu machen?

Hat er. Rosenow schob den Teller beiseite. Er hat sich sogar mit einer Ethnologin aus Westberlin zusammengetan. Die beiden suchten Geldgeber, das heißt Sponsoren. Eine große Firma, die Instantknödel und Kartoffelmus in Frischhaltetüten herstellt, zeigte Interesse. Und was sagte mein Freund Rogler dazu: Das gibt nur Einheitsbrei. Den hatten wir schon in der DDR gehabt, wenn auch nicht so gut. Es komme aber gerade darauf an, die einzelne Sorte, ja die jeweils einzelne Kartoffel zu schmecken. Rosenow lachte und schüttelte den Kopf. Das sagte er den Managern mit ihren Instantknödeln und dem Kartoffelpulver aus der Tüte. Dabei hatten die Leute seinen Ausstellungsplan mit großem Wohlwollen geprüft. Ein paar Reklametafeln? Nein. Hinweise wenigstens auf die Firma, die gerade in amerikanische Hände übergegangen war. Nein. Genaugenommen hat Rogler weder die eine noch die andere Gesellschaft verstanden.

Nach einem kurzen Zögern fragte ich dann doch: Woran ist er gestorben?

Nicht daran, woran Sie jetzt denken, keine Überdosis Schlaftabletten. Nein, ich denke, er war im Frieden mit sich. Obwohl ich ihn zuletzt nicht mehr so oft gesehen habe. Wir hatten uns einfach ein wenig auseinandergelebt, ohne Streit und ohne jede Gehässigkeit. Ich bin dann auch noch in den Westteil der Stadt gezogen. Ja, sagte Rosenow und dann, nach einem Augenblick, in dem er vor sich hin starrte, er war erblich vorbelastet. Sein Vater starb an einem Herzschlag mit 47, sein Bruder noch früher, dann er, mit 52 Jahren. Herzschlag. Ich hatte am Tag zuvor noch mit ihm telefoniert. Wir hatten uns lange nicht gesehen. Hin und wieder riefen wir uns an. Früher haben wir immer viel zusammen gelacht. Wir tauschten Geschichten aus der Akademie aus, später über unsere Erfahrungen mit der uns so fremden Marktwirtschaft. Rosenow lachte. Ich erzählte ihm zum Beispiel die Geschichte mit der Ratte, die still und verträumt in der Kloschüssel lag, als der Käufer, ein betuchter Anleger, in der grundrenovierten Altbauwohnung den Klodeckel hob. Und Rogler erzählte, wie man im Arbeitsamt versucht hatte, ihn zu McDonald's für die Öffentlichkeitsarbeit zu vermitteln. Pommes frites haben ja etwas mit Kartoffeln zu tun. Ausgerechnet Rogler. Nein. Er war ja schon über Fünfzig, und von Öffentlichkeitsarbeit verstand er nun wirklich nichts. Rogler erzählte, daß, als er ins Büro reinkam, der Personalchef sich kaum hatte vor Lachen halten können. Rogler konnte so was mit viel Selbstironie erzählen. An dem Tag vor seinem Tod haben wir noch telefoniert. Er war ungewohnt ernst, und er sagte etwas ganz Merkwürdiges: Man muß wie die Beduinen in der Wüste einfach die Zelte abbrechen. Dann ist der Horizont wieder frei. Sonderbar, nicht. Wie er ausgerechnet darauf gekommen ist? Seine Schwester hat sein Zimmer ausgeräumt, auch die Bilder, russische Konstruktivisten. Wohin mit der Kartoffelkiste, hat sie mich gefragt. Gut, ich übernehm die. Das ist sein persönliches Archiv. Das andere, das, was er für die Akademie zusammengetragen hat, ist verstreut. Ein Teil eingelagert. Ein Teil ist verschwunden, als die Akademie aufgelöst wurde. Rosenow trank wieder von dem Sprudelwasser, unterdrückte ein Rülpsen. Rogler hat an einer völlig verrückten Sache gearbeitet. Er wollte einen Geschmackskatalog für die Kartoffel aufstellen.

Einen Geschmackskatalog?

Ja, so wie es auch Geschmackskataloge für Wein oder Tee gibt. Wir wohnten ja damals noch zusammen. Rogler saß da, schmeckte, grübelte, suchte ein Wort oder eine Wortkombination für das, was er schmeckte. Beschreiben Sie mal den Geschmack der Kartoffel. Er wollte eben das genau ausdifferenzieren. Manchmal bin ich ihm nachts begegnet. Ich muß wegen meiner schwachen Blase nachts mindestens einmal hoch. Rogler ging auf dem Korridor auf und ab und murmelte vor sich hin. Spundumante, nein, spundamente, spuntante. Irgendein neues Adjektiv für eine Kartoffelsorte. Kaum daß er mich sah, ging er wie ein Somnambule zu seinen Zettelkästen zurück. Darin entfaltete sich eine neue Geschmackswelt. Rosenow trank sein Glas aus und schüttelte dabei nachdenklich den Kopf. Rogler war auf eine wunderbare Weise verrückt.

Und wo ist jetzt dieses persönliche Archiv?

Das liegt noch in der Wohnung, in der wir früher zusammen gewohnt haben. Wenn Sie mögen, können Sie die Aufzeichnungen gern haben. Ich kann damit, ehrlich gesagt, nichts mehr anfangen. Und sie aus Pietät auf dem Dachboden verstauben zu lassen, wäre sicherlich nicht in Roglers Interesse.

Rosenow bestand darauf zu zahlen, gab ein gutes Trinkgeld und fragte den Kellner nach dessen Urlaubsplänen, während ich schon am Ausgang wartete. Er wirkte gelöst, ja heiter, vielleicht, dachte ich, war er froh, jemanden für dieses verlassene Archiv gefunden zu haben.

Sein Handy fiepte. Ja, sagte er, ich komme, später, vielleicht, ja, bis dann.

Wir gingen ein Stück die *Kantstraße* entlang. Er hatte seinen BMW halb auf den Fußweg geparkt. Ich gebe Ihnen meine Karte. Er schrieb etwas auf die Visitenkarte. Sie täten mir wirklich einen Gefallen, wenn Sie die Kiste abholen würden. Wenn ich da hinkomme, Sie verstehen, man wird drüben immer noch leicht schiefmäulig angesehen. In der Wohnung lebt jetzt ein ehemaliger Kollege, Klaus Spranger, ebenfalls abgewickelt, der kann Ihnen die Kiste geben.

4
Der Stützschnitt

Ich fuhr zum *Alexanderplatz* und stieg dort in die *U5* Richtung *Hönow,* nach Osten. Im Zug wurden auffallend viele farbige Fahrräder mitgeführt, während in München zur Zeit fast nur schwarze Räder zu sehen waren. Schwarz war dort die Modefarbe für Fahrräder. Die kleinen Mädchen trugen Ohrringe, die Frauen hatten vollgepackte Taschen. Eine Kunststofftasche fiel um, und gleich vier, fünf Margarinedosen rollten durch den Waggon. Ein Junge kroch unter die Bank und sammelte sie ein. Es roch immer noch nach einem Reinigungsmittel, das sich für mich mit der DDR verband, dieser Geruch und die im Winter ständig überheizten Räume, in denen dann die Fenster geöffnet wurden. Das war die Entropie des Systems. Mir gegenüber saßen zwei junge Männer, die Lacoste-Hemden trugen. Die kleinen Krokodile sahen wie nachträglich aufgeklebt aus, schienen mir auch ungewöhnlich groß, und das eine hob sogar den Schwanz. Es gehört doch gerade zur Qualität dieser Hemden, daß man diese Krokodile nicht ablösen kann. Aber vielleicht hatte mir mein gestriger Pappjackenkauf nur den Blick verstellt.

An der *Magdalenenstraße* stieg ich aus, dort, wo sich die Rote Armee, von den Seelower Höhen her kommend, in die Stadt hineingefräst hatte. Hier hatten SS, Hitlerjungen und Volkssturm Haus für Haus verteidigt, Häuserblock um Häuserblock waren von Stalinorgeln und anderer russischer Artillerie zusammengeschossen worden. Die Neubauten waren in Plattenbauweise hoch-

gerissen, auch die Nebenstraßen vollgeklotzt, mit kiese-
lig graubraunen Wänden, die aber dennoch besser aus-
sahen als die schwarzverdreckten Nacktbetonbauten im
Westen der Stadt. In einer Nebenstraße, zwischen den
Neubauten, ein hochherrschaftlicher Altbau, der wun-
derbarerweise den Krieg überstanden hatte. Es war das
Haus, in dem Spranger wohnte. Der Jugendstilputz der
Fassade war auf der einen Seite flächenweise herunterge-
brochen, dort, wo er noch auf dem Backsteinmauerwerk
hielt, war er von Einschüssen übersät. Man konnte an
der Häufung und Form der Einschüsse sehen, hinter
welchen Fenstern sich die Scharfschützen, deutsche oder
russische, im April 45 verborgen hatten.

Die Marmorstufen im Entree hatten Risse, breite
Stücke fehlten, die beiden Spiegel waren bis auf kleine
Eckreste herausgebrochen, oben am Plafond hing das
Reet aus einer Stuckamphore. Der Kunststoffbelag der
Treppe war durchgetreten, das Holz ausgefranst, die
Wände von Kindern bemalt, Strichmännchen, Autos, Ei-
senbahnen, technische Fossile, noch mit Dampfwölk-
chen, eine freundlich lächelnde Frau Sonne.

Im ersten Stock stand der Name Spranger unter zwei
anderen Namen an der Tür. Ich klingelte. Schlurfen. Ein
Schlurfen bis zur Tür. Stille. Drinnen stand jemand und
lauschte, und draußen stand ich und lauschte. Ich räusperte mich, hustete übertrieben laut. Stille. Ich klopfte
nochmals. Ich sagte mit belegter Stimme: Hallo. Daraufhin entfernte sich das Schlurfen wieder. Vielleicht war
derjenige, der hinter der Tür gelauscht hatte, gerade vom
Klo gekommen, vielleicht aus dem Nachmittagsschlaf
geweckt worden. Ich stand und wartete und wußte
nicht, sollte ich gehen, soll ich bleiben. Schließlich ging
ich langsam die Treppe hinunter, die Straße entlang,
zur Hauptstraße. Die Sonne schien. Es war wesentlich

wärmer als gestern. Die Leute, denen ich begegnete, schienen es nicht eilig zu haben. Über einigen Geschäften war noch ein HO zu lesen, überstrichen, aber die Farbe der dunklen Buchstaben schimmerte wieder durch. Ich überlegte, was dieses HO hieß. Handelsorganisation? Vor dem Laden einer Parfümeriekette war ein mickriger Baum mit winzigen Lämpchen geschmückt, die auch jetzt am hellichten Tag brannten. Der Baum wirkte dadurch nicht etwa märchenhaft, sondern nur kahlgerupft und einfach erbärmlich. Eine Vietnamesin zog mit einem Schlüssel Plüschhunde auf, die mechanisch über den Bürgersteig watschelten, plötzlich hochschnellten, einen Salto machten, wieder auf allen vieren landeten und weiterwatschelten, bis zum nächsten Salto. Sie lächelte mich an: 10 Mark, für die Kinder. Es hörte sich an wie: für die Finder. Ein paar junge Leute standen daneben, redeten miteinander, ich vermutete auf rumänisch, laut, ja heftig, sie gestikulierten. Sie trugen diese gräßlichen moonwashed Jacken und Jeans, lappig und in plumpen Überweiten. Ein älterer Mann mit abgeschabten Plastiktüten wurde von einer weiß-braun gefleckten Promenadenmischung über den Bürgersteig gezerrt. Kubin, der behauptet hatte, die äußeren Unterschiede zwischen Ost und West seien längst verschwunden, kann nie hier gewesen sein.

An der *Frankfurter Allee* stand ein weißgestrichener Campingwagen, rund wie ein riesiges Osterei, ein Wohnwagen, wahrscheinlich ein bulgarisches oder armenisches Modell. Er war zu einem Imbißstand umgerüstet worden. Ich bestellte eine Currywurst, eine echte ostdeutsche, das Ketchup gut angewärmt und mit reichlich Curry. Neben mir aß ein Mädchen Pommes mit Mayonnaise, dicke gelbliche, sicherlich die gleiche Mayonnaise wie am Bahnhof Zoo, und doch hatte ich den

Eindruck, dies hier sei das ausgedrückte Fett überfütterter Hühner. Ich spürte eine fade Übelkeit und warf den Pappteller in den Abfalleimer, bestellte mir eine Cola. Das Mädchen sagte: Jestern is mein Bruno überfahrn wordn. Bruno war nich jleich tot. Lag da und winselte, kam noch mal hoch, mit de Vorderbeene, so, schleppte de Hinterbeene hinter sich her. Sie begann zu weinen, aß dabei aber die Pommes weiter, stippte sie in diesen fetten gelben Matsch. Ick wußte nich, wat ick machen sollte. Bis die Feuerwehr kam. Se habn dem Tier ne Spritze jejebn. Mein Freund is mit ne annern int Ruhrjebiet. Un jetzt Bruno. Einfach weg.

Ich hielt ihr eine Papierserviette hin. Sie tupfte sich aber nicht die Augen ab, sondern wischte sich den Mund damit. Ging dann wortlos weiter, ohne Danke, ohne tschüs.

Der Mann in dem Imbiß-Ei sagte: Die is janz schön von der Rolle. Abjetrieben hat se ooch, vorn Monat, der Macker weg und dann keene Arbeet, det is keen Leben.

Ich ging durch einige Seitenstraßen und dann wieder zurück, zu dem Haus, stieg die Treppe in den ersten Stock hoch, klingelte. Wieder das Schlurfen, bis vor die Tür. Stille. Ich legte den Kopf an die Tür, um zu hören, was da drinnen vorging, in dem Moment wurde sie aufgerissen, ich stürzte plötzlich haltlos in die Wohnung, rempelte einen alten Mann an, wäre fast hingeschlagen. Der alte Mann sagte ganz ruhig: Nanu, kommen Se immer wie Ziethen aus em Busch in die jute Stube.

Der Mann war unrasiert, die Haare hingen ihm rötlichgrau und lang ins Gesicht, die Augen waren rot entzündet. Den abgetragenen blauweiß gestreiften Bademantel hatte er mit einer schmuddeligen gelben Kordel zugegürtet.

Sind Sie Herr Spranger?

Nee. Ick heiße Kramer. Komm Se rin!

Er ging voran, führte mich in die Küche. Doktor Spranger kommt gleich, sagte er. Setzen Se sich doch, er zeigte auf einen der Küchenstühle.

Er ging zum Eisschrank, holte eine Flasche Sprudel heraus, trank aus der Flasche. Die Zähne waren nikotinbraun und leblos stumpf, wahrscheinlich ein Gebiß. Der Nasenrücken war von einem feinen rötlichblauen Adergeflecht überzogen. Der Doktor, sagte er und rülpste, hoppla, Doktor Spranger arbeitet.

Was macht er denn?

Nix. Jelegenheitsarbeiten, nachdem er von euch n Tritt jekriegt hat. Er setzte sich mir gegenüber an den Küchentisch.

Also, ich hab ihm keinen Tritt gegeben, das ist nicht meine Profession.

Waren jerade de Professoren, die ihn da rausjeschmissen ham.

Ich bin kein Professor, ich bin kein Wissenschaftler.

So, na ja, also Doktor Spranger hat über Zigeunersprachen jearbeitet. Jetzt liejen all die Doktoren uf de Neese. Schaden kanns ja ooch nich, dat se mal int Leben riechen. Wollen Se n Schluck Wasser? Er hielt mir die Flasche hin. Kriejen auch n Glas.

Nein, danke.

Woher kommen Se denn von drüben?

München, sagte ich, aber ich denke, drüben gibts nicht mehr.

Det jloben nur Sie. Jehen Se mal aufs Klo, können Sie sehen, wie sehr et noch drüben jibt. Echtes Ostklo. Bleirohre vom Russen jeklaut. Jetzt sind det Rohre aus Plaste. Hören Se mal. Von fern war ein Rauschen zu hören. Jetzt purzeln de Würste durch mein Zimmer.

Durch Ihr Zimmer?

Vor zehn Jahren is im Winter de Leitung jeplatzt, haben se de Leitung durch mein Zimmer jelegt. Kann ick so hörn, wat so alles im Haus ausjeschieden wird. Flüssig oder knochenhart. Wat wolln Se denn von Doktor Spranger?

Ich mußte daran denken, was Kubin, Hamburger aus Überzeugung, gesagt hatte: Berlin ist dicke Provinz. Merkste daran, wie die Leute von einer hemmungslosen Neugierde getrieben sind, und dann dieser Mitteilungsdrang. Weißt du warum? Das liegt am Dialekt, das sperrige G ist zum weichen J abgeschliffen und das scharfe, distanzschaffende Verschluß-S zum sanften aufgeweicht. So entsteht diese Spree-Logorrhö.

Nu, wat wolln Se denn?

Ich wollte das Archiv von Herrn Rogler abholen.

Ach jeh. Der Rogler kiekt seine Kartoffeln nu von unten an. Sind Se ooch son Kartoffelforscher?

Eigentlich nicht. Ich will für eine Zeitschrift etwas über die Kartoffel schreiben.

So, na ja, Journallje, sagte er, die ham wa hier besonders jern, kommt mal her und kiekt euch im Freiluftzoo um.

Nein, sagte ich, ich bin allein an der Kartoffel interessiert. Herr Spranger soll noch das Archiv von Rogler haben.

Archiv is jut, is n Pappkarton. Er trank abermals aus der Sprudelflasche. Er hielt sie mir hin. Sie wolln wirklich nich?

Was machen Sie, beruflich mein ich?

Ruhestand. Friseur. Wenn Se wolln, kann ick Ihn de Haare schneidn. Zehn Mark. Also n Drittel, höchstens, wat Se sons hinblättern müssen. Wo lassen Se schneidn?

Von meiner Frau.

Hab ick mir doch jleich jedacht. Er stand auf, ich sah

unter dem Bademantel sein schrumpeliges Glied. Er ging um mich herum.

Det sieht man. Kann Ihnen einen Façonschnitt verpassen. Sieht immer adrett aus. Hab viel für de Volksarmee jearbeitet, vom Major aufwärts.

Nein, danke.

Und einmal hab ick sogar dem Ulbricht de Haare jeschnitten. Später kam man an die jar nich mehr ran. Solange einfach zum Friseur jeschickt wurde, um dem Generalsekretär die Haare zu schneiden, so lange hattn wa Sozialismus. War die Zeit, als bei euch da drüben alle die Haare auf Streichholzlänge trugen. Koreapeitschen, nich. Konnt ick och schneiden. Wolltn se hier aber nich, wollten Scheitel. Scheitel jibt dem Jesicht ja auch so wat wie ne Richtung, hebt den Hinterkopf hervor.

Er ging um mich herum, betrachtete mich. Ich sah ihm seine Unzufriedenheit mit meiner Frisur an.

Soll ick Se nich doch die Haare stutzen, so fransig wie die aussehen. Wer nischt vasteht davon, soll de Hände von lassen. Er holte eine Schere aus dem Küchenschrank und schnippte vor meinen Augen, mit kleinen winzigen Schnitten.

Ich dachte an Rosenow und dessen Haar, diese gute Frisur.

Haben Sie auch Dr. Rosenow die Haare geschnitten?

Jawoll. Selbstverständlich. Hat ja Jahre hier jewohnt. Also soll ick? Er schnippte mit der Schere in der Luft.

Nein, wirklich nicht.

Ick kann Ihnen och nen Stützschnitt machen, hinten, da wirds bei Ihnen ja ooch schon dünne. Son Stützschnitt, jut plaziert, sieht det Haar gleich voller aus. Und denn zehn Mark, det is wirklich nischt, für Sie, für mich is et aber n jutes Zubrot, bei 500 Mark Rente, wat nu wirklich nischt is.

Einen Moment überlegte ich, ob ich ihm nicht einfach die zehn Mark schenken sollte, aber das würde ihn sicherlich beleidigen, da er sogar Politbüromitgliedern die Haare geschnitten hatte. Er mußte einfach gut sein. Ich hatte, sagte ich, in München einen Zahnarzt, einen sehr guten Zahnarzt, der bis zu seiner Flucht aus Berlin dem Politbüro die Zähne gerichtet hat, mit Brücken, Plomben und Gebissen, und der dann, je mehr Schwierigkeiten ihm untergeordnete Funktionäre machten, je mehr seine Töchter in der Schule wegen ihrer bourgeoisen Herkunft schikaniert wurden, den Mitgliedern des ZKs um so tiefer in die gesunde Zahnsubstanz bohrte, bis die Nerven freilagen, bis plötzlich ein zweiter Zahnarzt neben ihm stand und ihn bei der Arbeit beobachtete. Noch am selben Abend packte er seine Koffer und reiste – damals stand die Mauer noch nicht – nach München ab. Aber da hatte er Ulbricht die Backenzähne schon so weit abgetragen, daß sie dem gezogen werden mußten.

Alltagssabotage. Klar doch, sagte Kramer, so wat hats jejeben. Immer contra jeben, jejen die da oben. Wirds auch immer jeben. Jottseidank.

Und er schnippelte wieder professionell schnell mit der Schere vor meinen Augen: Na, wat is nu?

Also gut, sagte ich, und wäre am liebsten aufgestanden und rausgelaufen. Andererseits würde ich mir viel Arbeit sparen, wenn ich dieses Archiv von dem Rogler benutzen könnte, nicht all die Bücher umständlich in der Bibliothek bestellen, um dann womöglich wochenlang wegen der Fernleihe zu warten.

Er legte mir ein Geschirrtuch, das nach dreckigem Abwasch roch, um den Hals und begann zu schneiden, schnell, geübt, machte zwischendurch immer wieder vor meinen Augen kleine Leerschläge mit der Schere. Wenn er sich vorbeugte, der Bademantel sich öffnete, sah ich sein Glied, das etwas mulsch wirkte.

Soll ick Ihnen nachher noch die Nägel maniküren?

Nein danke, also wirklich nicht, sagte ich.

Jut. Er arbeitete an meinem Hinterkopf, stumm und konzentriert, dann sagte er: Kennen Sie den? Ein Ostdeutscher und ein Westdeutscher sitzen im Café und lesen Zeitung. Ein Gast betritt das Café. Woran erkennt man den Westdeutschen?

Keine Ahnung.

Der Ostdeutsche guckt von der Zeitung hoch, der Westdeutsche nicht.

Versteh ich nicht, sagte ich, worin liegt da der Witz?

Eben darin, sagte Kramer, schnippelte und lachte, die Wessis fragen jedesmal, wo der Witz liegt. Wie kommen Sie denn so mit den Münchnern klar?

Waren Sie mal in München?

Nee, früher durft ick nich, und jetzt kann ick nich. Wat treibt einen da runter?

Mir gefällt es einfach, sagte ich trotzig, einfach so, die Berge, die Stadt, der Ammersee.

Na, und die Leute? Is doch n eijener Schlag, mit ihren Jamsbärten, kriegt man als Friseur immer n Adrenalinstoß, und dann dieses: Grüß Gott und das Pfüat di.

Na ja, am Anfang versteht man sie nicht so recht. Ich verstummte, aber dann fiel mir bei diesem gleichmäßigen Schnippeln ein, wie ich in München zum erstenmal zum Friseur ging und vor dem Spiegel saß, den Friseur schneiden sah und versuchte zu verstehen, was er mir da erzählte, ich sagte immer höflich, ach ja, wie interessant, genau. Auf einmal riß er mir das Tuch vom Hals und sagte: Ausi nacha! Er schmiß mich raus. Das eigentliche Problem war dann aber, einen Friseur zu finden, der mich fertig schnitt. Die dachten, wenn jemand so halbfertig geschnitten in den Laden kam, der müsse Läuse haben, und ein Kollege hätte ihn deshalb rausgeschmissen.

Rabiat müssn die sein, sagte er, schnippte mit der Schere in der Luft, betrachtete meine Frisur. Eijentlich solltn Se nen Scheitel tragen.

Was? Ich? Bei den Geheimratsecken?

Jloben Se mir. Axen zum Beispiel, hab ick jenau studieren können, aus nächster Nähe. Politbüromitglied mit unmöglicher Frisur. Den konntn se int Ausland jar nich vorzeijen. Ick hab ihm dann nen Scheitel verpaßt, schon sah er janz manierlich aus.

Also nein, hören Sie, auf keinen Fall einen Scheitel.

Die Tür wurde aufgesperrt. Schritte auf dem Flur, ein Mann kam in die Küche, Mitte Vierzig, rotblonde Haare, vorn dünn und zu kurzen Stoppeln geschnitten, hinten lang und zu einem kleinen Schwanz zusammengebunden. Ich dachte, mit diesem schneidewütigen Friseur unter einem Dach zu wohnen und einen Pferdeschwanz zu tragen, das zeigt Charakter.

Der Herr will zu Ihnen, sagte Kramer, bin jleich fertig. Moment noch, er drückte mich wieder auf den Stuhl. Spranger beobachtete, wie Kramer das Rasiermesser aus der Schublade des Küchenschranks holte, es aufklappte, die Schärfe der Klinge am Daumennagel prüfte und dann begann, meinen Nacken auszurasieren. Etwas unwohl war mir dabei. Auch Spranger sah angespannt zu, ohne ein Wort zu sagen. Es war ein sanftes, kaum spürbares Gleiten der Klinge. Fertig, sagte Kramer, nahm das Geschirrhandtuch vorsichtig ab, schüttelte es über dem Küchenboden aus. Er holte eine Friseurbürste aus der Schublade, bürstete mir die Härchen aus dem Hemdkragen.

Ich gab ihm zwanzig Mark. Danke.

Mit Trinkjeld, det nenn ick Lebnsart.

5
Der verstimmte Flügel

Spranger führte mich in ein Zimmer von der Größe einer kleinen Halle. In der Mitte stand ein Konzertflügel, vollgepackt mit Büchern, Zeitungen, Zeitschriften und allem möglichen Krimskrams. Ansonsten war das Zimmer bis auf einen Stuhl, einen Sessel und einen hohen Schrank leer. Es roch nach kaltem Rauch, und dann war da noch ein anderer Geruch, fern nur und mir angenehm, und doch wußte ich nicht, was das war.

Setzen Sie sich doch, sagte Spranger und zeigte auf den Stuhl, einen Biedermeierstuhl, dessen Lehne in Form einer Lyra gearbeitet war.

Spranger zog aus der Seitentasche seiner schlabberigen blauen Jacke eine silberstielige Pfeife, die er schon vorher gestopft haben mußte, denn er zündete sie sich an, mit ruhigen Bewegungen. Das war mir sofort an Spranger aufgefallen, diese ruhigen Bewegungen, das langsame, nachdenkliche Sprechen. Er setzte sich auf die Lehne des Ledersessels und las, die Pfeife im Mund, was Rosenow in winziger Schrift auf die Visitenkarte gepreßt hatte: Die Frage, wie es ihm, Spranger, gehe, ob noch Rechnungen zu begleichen wären, ob sich eine Frau Stewens gemeldet habe, sodann die Bitte, mir das Archiv Roglers auszuhändigen und einen Gruß, auch an Kramer. Spranger saß auf der Sessellehne wie Schiller auf dem Esel in Karlsbad. Wenn ich die Zeichnung richtig in Erinnerung hatte, saß Schiller seitwärts auf dem Tier, ließ die Beine baumeln und rauchte nachdenklich eine langstielige Pfeife.

Spranger nahm die Pfeife aus dem Mund und sagte: Gut. Und dann entstand eine Pause, die sich dehnte, so daß ich glaubte, es sei an mir, etwas zu sagen: Spielen Sie Klavier, fragte ich, wobei das Wort Klavier in Anbetracht des gewaltigen Flügels der Frage ungewollt eine ironische Bedeutung gab.

Nein. Ich kann nicht spielen. Den Flügel habe ich mit dem Zimmer von Rosenow übernommen.

Spielte Rosenow?

Auch nicht. Der Flügel kommt vom Vorbesitzer der Wohnung, einem Kommerzienrat. Aber der konnte auch nicht spielen. Der Flügel ist ein Findelkind. Er stand im April 45 hier vor der Haustür. Stammt vermutlich aus einer Oper oder aus einem großen Theater im Osten: Stettin, Tilsit oder Danzig. Der Flügel wurde auf der Flucht vor der Roten Armee mitgeschleppt, bis er hier, vor der Haustür, stehenblieb, auf einem Pferdefuhrwerk, gut verpackt und zugedeckt mit Planen. Ein russischer Oberst, der in dem Haus einquartiert war, hat ihn dann später raufschaffen lassen. Muß unglaublich darauf herumgehämmert worden sein. Er ist völlig verstimmt, bis zur Schmerzgrenze. Hat schon eine eigene Qualität, die man als Komponist nutzen könnte. Mögen Sie einen Kaffee oder einen Tee?

Gern einen Tee, bitte.

Spranger ging hinaus, kam wieder zurück, zog die Schiebetür zum Nebenzimmer zu. Mein Schlafzimmer, sagte er. Ich hörte ihn über den Flur gehen und in der Küche mit dem Friseur reden. Vielleicht, dachte ich, wird der mich jetzt loben, einer, der aus dem Westen kommt und sich bereitwillig einen adretten Façonschnitt verpassen läßt und ihm damit die knappe Rente aufbessert. Aber dann hörte ich, wie beide lachten, und mir kam der Verdacht, daß sie unter einer Decke steckten, die lachen über dich, über den Wessi, der herkommt und sich wie ein Mondschaf scheren läßt. Andererseits paßte das nicht zu Spranger. Ich ging durch sein Zimmer, auf der Suche nach einem Spiegel. Die Wände waren leer bis auf ein Ölbild, eine blaue Kugel, die in ein rotes Feld eindrang, darüber zwei weiße Streifen. Als ich es näher betrachten wollte, roch ich deutlich, was ich schon beim Eintreten bemerkt hatte, es war der Geruch von Terpentin. Es roch, als sei es frisch gemalt worden. Die Farben waren gedeckt, und dennoch, das war das Geheimnis, leuchteten sie. Ich lauschte. Aus der Küche waren noch immer die Stimmen zu hören. Ich hob das Bild vorsichtig vom Haken. Das Bild war auf Holz gemalt. Auf der Rückseite war ein kleiner Stempel in kyrillischer Schrift zu erkennen. Ein Bild aus den zwanziger Jahren? Seit Jahren suchte ich für die weiße Wand in meinem Arbeitszimmer ein Bild, und immer hatte ich die Vorstellung, es müsse das Bild eines russischen Konstruktivisten sein. Aber jeder Versuch, eins zu erwerben, war stets am Preis gescheitert. Vorsichtig hängte ich das Bild an die Wand zurück. An der gegenüberliegenden Wand stand ein schmaler, bis an die Decke reichender Holzschrank. Ich zog vorsichtig einige Schubladen auf. Darin lagen Tonbandkassetten. Die Schubladen waren beschriftet: Roma, Märchen 2bb, Gesänge, Instrumente, Geige, Zither. Es waren wahrscheinlich die Tonbandprotokolle von Sprangers Forschungsarbeiten. Auch auf dem Flügel lagen Tonbandkassetten mit Titeln wie: Das Huhn, die Gans, Rohrdommel, Jagd, Wäsche und Gesang, der Igel, die Geige, die Rose. Neben der Rosenkassette entdeckte ich ein Loch in dem tiefschwarz lackierten Flügeldeckel, ein Loch wie von einem Einschuß, rund, die Ränder ein wenig abgesplittert. An eines der gedrechselten Beine des Flügels gelehnt, standen zwei Bilder, Collagen, mit Zei-

53

tungsausschnitten in kyrillischer Schrift, Packpapier, Hampelmänner in Öl, ebenfalls Konstruktivisten.

Ich hörte vom Gang Schritte und ging schnell zu dem Ölbild an der Wand zurück.

Spranger kam mit einem Tablett herein, schob mit dem Ellenbogen einen Stapel Bücher auf dem Flügel beiseite und stellte das Tablett darauf. Er schenkte Tee ein. Mögen Sie Zucker oder Milch?

Ja, Milch, bitte. Sammeln Sie russische Konstruktivisten?

Nein, sagte er, Rogler hat sie gesammelt. Schon vor dem Zusammenbruch der UdSSR. 1990 kamen dann viele Bilder. Meist von alten Kommunisten, die sie, um zu überleben, für Dollar verkauften. Und dann natürlich viele Bilder aus den Magazinen der russischen Provinzmuseen, geklaute wie auch offiziell verkaufte. Wollen Sie eins kaufen?

Wenn ich es bezahlen könnte, gern. Ich zeigte auf die blaue Kugel: Dieses Bild sieht alt aus, riecht aber wie frisch gemalt. Ist es restauriert worden?

Wenn Sie so wollen, ja.

Wunderschön. Ein Lebedev?

Könnte sein, es ist nicht signiert, sagte Spranger. Setzen Sie sich doch, Spranger zeigte auf den alten hellbraunen Sessel, von dem wie nach einem Sonnenbrand das Leder abpellte. Ich saß mit leichter Schlagseite auf den durchgesessenen Federn. Darf ich eine Zigarre rauchen?

Selbstverständlich, sagte er und schickte dem selbstverständlich einen kleinen Rauchkringel hinterher.

Toll, sagte ich. Ich versuchte ebenfalls einen Kringel zu rauchen, und er gelang mir, schön rund und kompakt, dann noch einen, der aber schon beim Aushauchen zerfaserte, langgezogen und krumm. Seit gut zwei Monaten rauche ich wieder, sagte ich, und übe mich auch hin und wieder im Kringelrauchen. Ein Onkel von mir konnte nämlich drei Kringel rauchen, die sich durchdrangen. Einen großen, dann einen mittleren, zuletzt einen kleinen. Die beiden letzten flogen durch den großen, die Reihenfolge kehrte sich um. Der letzte wird der erste sein.

Spranger lächelte. Damit könnten Sie im Zirkus auftreten.

Na ja, ist denn doch eher was für den Hausgebrauch.

Einen Moment saßen wir da, er sog den Rauch aus der Pfeife, ich aus meiner Zigarre, und rauchten Kringel.

Die Kringel kommen noch aus einer Zeit, sagte Spranger, als das Rauchen ein ruhiges Tun war, nicht dieses hektische Rauchen von heute. Sie müssen sich nur die Zigarettenraucher ansehen, bloße Kurzstreckenraucher. Dagegen die Pfeife oder die Zigarre, sie zu rauchen ist eine Kunst, und die Kringel sind ihre sichtbare Ausformung. Sie rauchen, wie ich rieche, eine gute Marke. Havanna?

Ja. Eine Cohiba. Wenn Sie eine mögen. Ich hielt ihm mein Etui hin.

Er zögerte, ich sah, er wollte höflich ablehnen, da nur noch zwei Zigarren darin waren, aber dann griff er doch zu, ein wenig zu schnell, ein wenig zu hastig, was er selbst bemerkte, denn er bremste die Bewegung im letzten Moment ab, nahm die Zigarre vorsichtig aus dem Etui und sagte, wie um von seinem gierigen Griff abzulenken: ein schönes Etui. Echtes Schildpatt.

Ja, der Schildkrötenmord ist aber verjährt. Ich hab es von meinem Großvater.

Er roch an der Zigarre, rauchte sie an, indem er sie langsam kurz vor der Streichholzflamme drehte, dann kurz sog, auf die Glut blies, die gleichmäßig war. Ein Kenner.

Schreiben Sie eine botanische oder eine kulturgeschichtliche Arbeit über die Kartoffel?

Mehr kulturgeschichtlich, aber genaugenommen will ich auch über einen Onkel schreiben, der Kartoffelsorten schmecken konnte.

Wir saßen einen Moment schweigend da und rauchten, ganz auf den Geschmack konzentriert und wie vereint in den mild duftenden Wolken.

Rosenow hat mir erzählt, daß dieser Rogler ein Geschmacksregister für Kartoffelsorten aufgestellt hat.

Ja, ein seltsames Unternehmen. Rogler wollte den Geschmack nicht durch Vergleiche, sondern aus sich heraus beschreiben, eine neue Nomenklatur. Aber etwas war an der Theorie schon im Ansatz falsch. Ich glaube, einen anderen Geschmack kann man ebensowenig erfinden wie ein neues Bewußtsein. Dazu gehört einfach so etwas wie ein lustvolles Chaos. So etwas kann man sich nicht am Schreibtisch ausdenken, sondern ein Wort muß plötzlich auftauchen, so, Spranger schnippte mit den Fingern, dann ist es wie eine Brücke, man geht darüber und sieht etwas anderes oder schmeckt etwas Neues.

Interessant, sagte ich, das hat auch Rosenow gesagt, daß das, was Rogler geplant habe, ein DDR-Vorhaben gewesen sei.

Rosenow meint etwas anderes als ich! Spranger sagte das mit einer scharfen Betonung von anderes. Seine Kritik ist nicht meine. Rosenow hat sich auf eine geheimnisvolle Weise darauf vorbereitet, daß einmal die Mauer fällt, womit niemand so schnell gerechnet hätte. Seine ganze Karriere war darauf angelegt, daß sich die Besitzverhältnisse wieder umkehren. Er hat sozusagen das Katasteramt zur wissenschaftlichen Forschung erhoben, jetzt kennt er sich aus wie kaum einer, jedenfalls in dem für Immobilienkäufer interessanten Süden Berlins, dort, wo der neue Großflughafen hin soll. *Schöne-feld* oder *Sperenberg.* Ein Kampf der Immobilienmakler, je nachdem, auf welchen Standort sie gesetzt haben. Gutachten und Gegengutachten. Ich vermute, der Flughafen kommt nach *Sperenberg*, in die Wildnis. Und wissen Sie warum? Weil Rosenow sich dort 200000 Quadratmeter Wald und Heideboden gekauft hat. Nicht in einem Stück, sondern schachbrettartig. Er deckt so eine riesige Fläche ab. Egal wo die, wenn sie den Flughafen bauen, hingehen, sie werden in *Sperenberg* auf ein Rosenow-Grundstück treffen. Er hat mir angeboten, ein paar tausend Quadratmeter mitzukaufen. Eine todsichere Anlage, sagte er. Der Quadratmeter zu einsfünfzig. Zehntausend Quadratmeter für lumpige fünfzehntausend Mmchen. So redet er jetzt. Nimm dreißigtausend, sagte er. Und woher soll ich das Geld nehmen? Da hat er nur gelacht und gesagt: Geh zur Bank. Man muß umdenken, sagte er. Aber eben das fällt mir schwer. Bedenken ja, aber warum gleich Umdenken.

Einen Augenblick rauchten wir schweigend. Irgendwo im Haus ging ein Radio. Ein Sprecher, unverständlich, dann kam wieder Musik, etwas Klassisches.

War Rogler verheiratet?

Ja, aber geschieden, schon lange. Ich hab die Frau nie kennengelernt. Er hatte Freundinnen. Zuletzt kam öfter eine Frau, mit der er eine Ausstellung drüben vorbereiten wollte, eine ausgesprochen westliche Frau, westlich in dem Sinn, wie sie gekleidet war, wie sie auftrat. Unser Figaro, der ja einen Blick für Menschen hat, sagte: Schön, reich und im Koppe jut, hat alles, kriegt alles, will aber auch alles haben, det is ihr einziger Fehler. Kramer glaubte, die beiden hätten ein Verhältnis. Ich glaub nicht, daß die Beziehung über die Ausstellungsplanung hinausging. Die beiden waren zu unterschiedlich. Sahen aus wie die ausstaffierten Ost-West-Klischees. Rogler legte keinerlei Wert auf Kleidung, trug volkseigene Sandalen aus Vietnam, abgewetzte Hosen, alte, ausgeleierte Pullover, von einer Großtante gestrickt, mit Hirschen drauf. Die Frau hingegen – wie gesagt, eine auffallend schöne Frau – trug Seidenkleider und gegen jeden Artenschutz Schlangenlederpumps, behauptete aber, als ich sie danach fragte, es sei ein Lederimitat. Ich kenne mich mit Schlangen aus, das habe ich bei den Roma in Rumänien gelernt. Und ihre Frisur war so, daß nicht einmal Kramer wagte, ihr eine neue anzubieten. Spranger lachte zum erstenmal, seit wir zusammensaßen.

Hat Rosenow in diesem Zimmer gewohnt?

Ja, bis vor knapp zwei Jahren. Dann bin ich eingezogen, habe damit auch, wie gesagt, den Flügel übernommen.

Ich stand auf und ging zum Flügel, ich strich über den Lack, wirklich gut erhalten, und sagte dann, als hätte ich das eben erst zwischen den Papieren und Büchern entdeckt: Da ist ein Loch im Deckel.

Ja. Die Geschichte müßte Ihnen eigentlich unser Figaro erzählen. Kramer wohnt nämlich schon seit 46 hier.

Gut, sagte ich, aber die Haare hat er mir nun schon geschnitten, und die Nägel will ich mir nun doch nicht maniküren lassen.

Verstehe. Also der Kommerzienrat, dem das Haus gehörte, wohnte 45 in der Dienstmädchenkammer. In den anderen Zimmern waren ein russischer Oberst, dessen Adjutant und zwei Burschen einquartiert. Der Oberst muß ein exzellenter Pistolenschütze gewesen sein, er pflegte nämlich dem Kommerzienrat ein Sektglas aus der Hand zu schießen. Manchmal stellte sich der Kommerzienrat auch das Glas auf den Kopf. Kein Sadismus. Die beiden spielten, gut abgefüllt, Wilhelm Tell und Sohn.

Nur einmal war der Oberst derart betrunken, daß er danebenschoß, er hat nicht den Kommerzienrat, dafür aber den aufgeklappten Flügeldeckel getroffen, an dem gerade ein NKWD-Offizier eine Mazurka spielte. Daraufhin wurde der Oberst nach Murmansk strafversetzt. Der Flügel ist aber sonst, mal abgesehen von dieser fürchterlichen Verstimmung, intakt. Aber Sie sehen, er dient nur als Ablage. Manchmal, wenn ich in dem Blumen-Großhandel die Tulpenbündel in Zellophanpapier einwickle, dann mit der Papageienschere die Stengel abschneide, denke ich, verkauf den Flügel. Einmal war ich soweit, hatte auch ein Angebot. Er sollte abgeholt werden. Ich hatte in der Nacht zuvor aber einen merkwürdigen Traum. Beim Hinuntertragen stürzte der Flügel die Treppen hinunter. Ich stand oben, konnte alles wie von einer Loge aus beobachten. Der Flügel war den Möbelpackern aus den Händen gerutscht, und der Riemen hielt nicht. Der Flügel stürzte die Treppe hinunter. Es war ein einziger, langanhaltender Schrei, kein Krach, sondern ein schriller, ein dissonanter Schrei, entsetzt und verzweifelt, was da aus diesem splitternden, klingenden, drahtreißenden, riesigen, zähnigen Maul kam. Ich wachte auf, von meinem Schrei. Noch in derselben Nacht habe ich mich entschlossen, den Flügel zu behalten. Ich sagte mir, der Flügel gehört in dieses Zimmer, er hat hier, nach einer langen Irrfahrt, seine Heimat gefunden.

Er sog an der Zigarre. Herrje, sagte er, jetzt ist mir über diesem Flügel doch tatsächlich die Zigarre ausgegangen. Wenn Sie gestatten, werde ich sie nachher in Ruhe zu Ende rauchen. Er streifte vorsichtig die Asche ab und legte die Zigarre in den Aschenbecher.

Kommen Sie! Ich zeige Ihnen Roglers Zimmer. Wir gingen über einen langen dunklen Gang, an dessen Wänden Borde standen, die mit Tuchbahnen verhängt waren.

Es roch nach alten Kleidern, Schuhen und nach feuchtem Papier. Mir fiel wieder meine italienische Pappjacke ein. Wenigstens die Genugtuung hatte ich, den netten italienischen Schwindler so weit heruntergehandelt zu haben, daß es auch für ihn kein allzu gutes Geschäft gewesen sein kann.

In Roglers Zimmer ist ein Heizungstechniker eingezogen, sagte Spranger, der ist nur hin und wieder hier. Er ist auf Montage in Brandenburg. Verändert hat sich sonst nicht viel. Sie können die Kiste gleich mitnehmen.

Es war ein Zimmer mit einem hohen und breiten Fenster, und doch war es durch die nah gegenüberliegende Hauswand dunkel im Raum. Auch hier roch es nach Terpentin. Ein Schrank stand dort, ein Bett, eine Holzplatte auf zwei Böcken als Schreibtisch und eine Staffelei, auf der ein halbfertiges Bild stand, einfache farbige geometrische Figuren, dazwischen collagiert Zeitungsabschnitte, alle vergilbt und in kyrillischer Schrift.

Die Zeitungen sind ja alt, sagte ich.

Nein, sagte Spranger, das ist Tee, eingebügelt.

Aber der Text?

Auch nicht. 1988. Es gibt kaum Unterschiede. Beschreibungen, wie der Westen verfault, wie es in der sozialistischen Gesellschaft der UdSSR vorangeht, immer bergauf, bis zur Erschöpfung bergauf, 1928 wie 1988. Ich habe die Collageteile so geschnitten, daß kein Name auftaucht, also nicht Schewardnadse, Bush oder Baker. Das ist die späte Rache des Konstruktivismus an Stalins Funktionären, die ihn bekämpft haben.

Verkaufen Sie die Bilder, wie soll ich sagen …?

Als echt? Nein. Ich verkaufe an Leute wie Sie, was die dann damit machen, ist mir egal. Das heißt, nicht ganz. Es macht mir Spaß. Es ist meine Antwort auf die Wende.

Das verstehe ich nicht.

Fälschung als Spiel. Die konsequente Verdoppelung. Die Vietnamesen draußen verkaufen Ihnen Armani-Anzüge oder Schweizer-Uhren aus Leningrad. Malen beruhigt mich. Er sah mich an, denken Sie bitte nicht, daß ich zu den Nostalgikern des alten Systems gehöre. Ich habe buchstäblich aufgeatmet, als unsere senile Altherrenriege wegdemonstriert wurde, aber ich gehöre auch nicht zu den Einvolkjublern. Übrigens war ich in dieser Beziehung mit Rogler durchaus einig. Wir haben uns etwas anderes gewünscht, nicht die Treuhand. Die Voraussetzungen waren dafür nicht schlecht. Ihr Westler seid die Formalisten, wir waren die Informellen, wir waren in diesem ideologisch erstarrten System Pfadfinder, hervorragende Bastler, Improvisateure. Kleinkämpfer gegen Verordnung und Gängelung, subversive Verweigerer.

Es war nun schon der zweite politologische Vortrag, der mir heute gehalten wurde, und ich versuchte Spranger von weiteren Exkursen ab- und wieder auf Rogler und die Kartoffel zurückzubringen: Wo hat Rogler gegessen und gearbeitet?

Hier, an diesem Schreibtisch, wenn er nicht in seinem Akademiezimmer saß. Aber Sie dürfen es sich damals nicht so trist vorstellen. Wie gesagt, die Bilder der Konstruktivisten hingen hier, nicht erste Wahl, aber immerhin. Roglers Schwester hat sie geerbt und gleich für einen lächerlichen Preis an eine Münchner Galerie verkauft.

Wenn Sie mir die Frage gestatten: Warum kopieren Sie gerade die Konstruktivisten?

Aus dem ganz einfachen Grund: Ich kann nicht malen. Und als ich lachte, sagte er: Nein, wirklich nicht. Die Konstruktivisten lassen sich, wenn man nicht gerade farbenblind ist, leicht kopieren, auch ganz neue Bilder kann man malen, eigene, ohne Vorlage, es ist im guten

Sinn eine Volkskunst. Und ich verdiene mir damit etwas hinzu.

Und Ihre wissenschaftliche Arbeit?

Abgewickelt, feiner ausgedrückt, evaluiert. Ich bin dreiundfünfzig. Ich schneide jetzt Frischblumen zurecht, Rosen, Nelken, Tulpen, wickle sie in Zellophan ein. Ich bin ganz zufrieden. Bei der Arbeit habe ich viel Zeit zum Nachdenken, und ich arbeite viel im Freien. Wenn Sie abends einen Tamilen sehen, der in den Restaurants und Bars Rosen anbietet, dann ist es gut möglich, daß ich die am Morgen in Blumenfrisch gebadet habe. So können die Rosen zwar die Köpfe hängen lassen, aber nicht die Blütenblätter verlieren. Die werden sozusagen von innen angeklebt. Einfach toll, was im Westen alles entwickelt worden ist. Dort, das ist übrigens der Karton. Ein Umzugskarton. Spranger faltete den Deckel auf. Zog ein paar Bücher heraus, Karteikästen, dann ein schönes altes Kirschholzkästchen, auf Nut und Feder gearbeitet, mit einer Ebenholzeinlage in Form einer Amphore für das Schlüsselloch. Das ist der Geschmackskatalog, sagte er. Er öffnete das Kästchen, das nicht abgeschlossen war. Darin lagen kleine hellblaue Karteikarten, säuberlich beschriftet und einsortiert. Ich blätterte einige Karten durch und las Namen wie: Bettina, Clara, Spunta, Bellaria Veronika, Reichskanzler, Ratte, Monalisa, Sissi, Bintje.

Das ist, man kann das ohne Übertreibung sagen, das Lebenswerk von Rogler, mal abgesehen von all den anderen Daten und Akten, Bildern, Fotos, die er gesammelt hat. Ich habe immer gedacht, die Schlangenlederfrau würde sich das Archiv holen. Aber die hat sich nie wieder gemeldet. War übrigens auch nicht auf der Beerdigung von Rogler. Dafür aber diese Studentin. Sie hat geweint, als würde ihr Vater begraben.

Welche Studentin?

Die hat über die Kartoffel in der deutschen Literatur eine Arbeit geschrieben. Könnte für Sie interessant sein. Deren Telefonnummer müßte ich noch haben. Die Kartoffel bei Strittmatter und Arno Schmidt. Er hob den Umzugskarton hoch und drückte ihn mir in die Arme. Ich war überrascht, wie schwer er war.

Es dauerte fast eine Stunde, bis ich ein Taxi bekam. Zuerst hatte ich vor der Haustür gewartet, aber da durch diese Nebenstraße keine Taxis kamen, hatte ich den Karton zur Hauptstraße geschleppt. Sonderbar, leere Taxis fuhren einfach an mir vorbei. Ich winkte. Endlich hielt ein Taxi, ein Mercedes. Der Fahrer stieg aus, der Bauch quoll über eine reichsbahnblaue Hose mit abgenähten Bügelfalten. Er stand vor der Umzugskiste, sagte: Nee, det jeht nich, bin doch keen Möbeltransport.

Können wir den Karton nicht in den Kofferraum stellen?

Wie denn, jeht doch der Deckel nich zu. Müssen Se nen Kleintransporter nehmen.

Ich bot 10 Mark zusätzlich, wenn er mich mit der Kiste in die *Meinekestraße* brächte. Beim Kudamm. Er überlegte, jut. Als ich die Kiste hochhob, riß er sie mir aus der Hand: Moment mal, paßt so doch nich rin. Er öffnete die Kiste und begann auszupacken, warf Mappen, Diataschen, Bücher und verschnürte Bündel in den Kofferraum.

Wat is n det, fragte er und wühlte in einem Konvolut, Jeheimmaterial oder wat? Er hielt eine Fotokopie hoch, aha, sagte er, det sin also Formeln.

Genformeln von Kartoffeln, vermute ich, vorsichtig, das Material ist wichtig.

Aha. Jetzt war er vollends mißtrauisch. Wird ooch verscherbelt. Totalausverkoof ham wir hier, wa. Er stauchte mit brutalen Griffen die Pappe zusammen, knallte die Klappe des Kofferraums zu. Ging vor sich hin schimpfend um den Wagen, setzte sich ans Steuer, starrte immer wieder in den Innenspiegel. Wohin?

Meinekestraße.

Eijentlich hab ick schon Feierabend, sagte er.

Sie haben doch angehalten. Ich versuchte, in den Innenspiegel zu lächeln.

Wußt ja nich, daß Se so viel Kram ham und dann noch so ne weite Tour.

Andere Taxifahrer freuen sich, wenn sie eine weite Tour bekommen.

Aber nich, wenn se Feierabend ham.

Gehört das Taxi Ihnen? fragte ich, um ihn abzulenken.

Woher, woher soll ick wohl sechzigtausend Eier kriejen? Wat fummeln Se denn dauernd im Kragen rum, ham Se Läuse?

Nein. Ich hab mir die Haare schneiden lassen.

Er zündete sich, ohne zu fragen, eine Zigarette an, eine gräßlich stinkende Zigarette. Caro, Stalins Rache, fiel mir ein.

Wird alles verhökert nach drüben, sagte er, verstehn Se, allet, kommen her, machen platt.

Na ja, sagte ich.

Wat heßt denn det, na ja.

Sie müssen mich schon ausreden lassen.

Also Moment mal, sagte er, so kommen Se mir nich, sonst können Se gleich aussteigen.

Gut. Ich will aussteigen.

Er fuhr weiter. Damit hatte er offensichtlich nicht gerechnet. Er blickte in den Rückspiegel, und hin und wieder drehte er sich um, ick halte an, wann et mir paßt, und wenn et der Verkehr erloobt. Verstanden. Er wurde rot, nein violett. Verstanden, brüllte er.

Los anhalten! Sofort!

Sie haben überhaupt nichts zu sagen. Verstehen Sie, Sie da hinten, Sie halten die Klappe, Männeken. Neben uns stand ein Volkswagen, eine Familie starrte zu uns herüber. Mein Fahrer zeigte die Faust.

Die Ampel sprang auf Rot.

Halten Sie sofort an, brüllte ich: Sie Straßenfaschist.

Jetzt reichts, brüllte er. Er stieg in die Bremsen, daß ich nach vorn flog, er fuhr rechts ran, sprang in seiner Schwere erstaunlich behende aus dem Wagen, riß meine Tür auf, brüllte: Raus! Hinter uns begann ein irrsinniges, ein haßerfülltes Hupen. Ich stieg aus, wollte die Kiste aus dem Fond holen. Pfoten weg von meinem Kofferraum, pöbelte der Bauch. Er riß die Heckklappe auf, knallte den Karton auf die Fahrbahn. Schmiß die Fotos, Bücher, Disketten, Dias, die er in den Kofferraum geworfen hatte, auf den Asphalt.

Ich werde mich beschweren.

Sie könn mich mal. Kreuzweise. Verstehn Se. Lassen Se sich hier ja nich mehr blicken, und er warf sich auf den Fahrersitz.

Hinter mir fuhr langsam ein Auto an mich heran, Hupen im Dauerton, ich spürte die Stoßstange an den Waden, Feierabend, sagte ich mir, die Arbeiter wollen nach Hause, egal, ich hockte mich hin und raffte zusammen, stopfte Papiere, Bücher in die Kiste. Hinter mir das Hupen, aus den Autos wurde ich angepöbelt. Am Straßenrand wurde ein Kind mit Ohrfeigen gezüchtigt, das hatte etwas mit mir zu tun, aber was, wußte ich nicht.

Das Taxi fuhr weg. Die Nummer des Wagens: B-St 345. Ich suchte nach meinem Kugelschreiber, versuchte mir die Nummer einzuprägen, schleppte den Karton zum Bürgersteig, während die anfahrenden Autos über Karteikarten, Bücher, Blätter, Fotos fuhren. Als die Ampel auf Rot umsprang, lief ich zu einem VW-Fahrer, fragte, ob er mir nicht den Zeugen machen könne.

Nee, will ich nix mit zu tun haben. Er drehte schnell das Fenster hoch.

Ich sammelte, jedesmal wenn die Ampel Rot zeigte, all die Blätter, Fotos, Bücher ein, sprang, kam Grün, auf den Bürgersteig. Hinter mir das Kreischen der durchdrehenden Reifen.

Ein alter Mann kam und half mir beim Einsammeln der Teile, die ich auf den Bürgersteig geworfen hatte. Eine junge Frau brachte mir zwei Blätter, die über die Straße geweht worden waren. Bißchen schmutzig, sagte sie, und wischte die eine Seite mit einem Papiertaschentuch ab.

Danke, sagte ich, danke. Ich stand am Straßenrand neben dem Karton, in den Händen Schädels Weltenchronik. Bauhins erste Beschreibung der Kartoffel, *Phytopinax*, eine Rarität allerersten Ranges, 1596, jetzt ist der Buchrücken aufgebrochen. Ich blätterte darin. Bauhin, das hatte ich erst vor zwei Tagen gelesen, war es, der als erster die Kartoffel den Solazeen zugeordnet hat, den Nachtschattengewächsen. Ich legte das Buch in die Kiste zurück und dachte an meinen Schreibtisch, an mein ruhiges Arbeitszimmer in München, ich verwünschte den Augenblick, als ich zugesagt hatte, etwas über die Kartoffel zu schreiben, und mich damit von meiner Arbeit hatte abbringen lassen. Statt am Anfang meiner Geschichte zu schreiben, den ich, da war ich sicher, inzwischen gefunden hätte, stand ich im Ostteil Berlins und war in eine völlig verrückte Geschichte hineingeraten. Ich versuchte vergeblich, ein Taxi herbeizuwinken. Als hätten sich alle Taxifahrer verabredet, mich nicht mitzunehmen. Sie blickten, wenn ich winkte, im Vorbeifahren kurz zu mir herüber und fuhren weiter.

Einmal hielt ein Privatwagen, der Mann fragte, was die Stange denn koste.

Welche Stange?

Welche Marke haben Sie denn da? Er zeigte auf den Karton.

Das sind keine Zigaretten. Das ist ein Kartoffelarchiv.

Der Fahrer schüttelte unwillig den Kopf, tippte sich gegen die Stirn und fuhr weiter. Ich stelle mich ein wenig von dem Pappkarton entfernt hin, so, als gehöre er nicht zu mir. Ich winkte wieder einem Taxi. Und tatsächlich, es hielt. Der Fahrer, ein Portugiese, hob den Karton in den Kofferraum, tröstete mich auf der Fahrt. Überall gibt es Menschen von allen Sorten. Freundliche und düstere.

Was für ein merkwürdiges Wort aus dem Mund eines Portugiesen, und so eigentümlich betont, sanft und weich, hörte es sich nicht düster an.

Kennen Sie Pessoa? fragte ich ihn.

Ja, selbstverständlich, mein Herr.

Ich habe, bevor ich nach Berlin flog, noch im *Buch der Unruhe* gelesen. Ein Satz hat sich mir eingeprägt: Plötzlich, wie ein Schrei, zersplitterte ein wundervoller Tag.

Ich kann mich nicht an den Satz erinnern, sagte der Taxifahrer, aber ich kann Ihnen den Satz auf portugiesisch sagen: E súbito, como um grito, um formidável dia estilhaçou-se.

So erblühte, in diesem weichen melodischen Tonfall, kurz vor dem kahlen *Alexanderplatz*, ein Hibiskus.

6
Nachtschatten

Ich wohne, wenn ich nach Berlin komme, meist in der Pension *Imperator*, eine Altbauwohnung mit ächzendem Parkett und zwölf Zimmern. In den Zimmern, auf dem Gang, im Frühstücksraum, in der Rezeption hängen Bilder und Grafiken zeitgenössischer Künstler, einige sind der Pensionsbesitzerin gewidmet, wie auch Notenblätter von Stockhausen und amerikanischen Jazzmusikern. In solchen Pensionen müssen, bilde ich mir ein, in den zwanziger Jahren Isherwood, Auden und Spender in Berlin gewohnt haben. Und ich fühle mich wohl.

Die Pensionswirtin saß hinter ihrem Schreibtisch, vor ihr der Hund, die Schnauze auf den Vorderpfoten, mit einem leidenden Blick.

Was hat er denn?

Eine fürchterliche Nacht, sagte sie, er hat sich gestern abend an einem Knochen einen Eckzahn abgebrochen. Ich muß nachher zum Tierarzt. Er bekommt einen Stiftzahn. Sie zeigte auf meinen Karton. Haben Sie bei Aldi eingekauft?

Nein, das ist ein Kartoffelarchiv.

Sie kennt mich seit Jahren, kennt meinen wunderlichen Bekanntenkreis, weiß von meinen merkwürdigen Recherchen, sie ist von einer vorbildlichen Diskretion und fragte auch diesmal nicht weiter nach. Aber kaum hatte ich ihr den Rücken gekehrt, rief sie: Was hat man denn mit Ihnen gemacht?

Ein Taxifahrer hat mich rausgesetzt, der hat alles auf die Straße geworfen, Bücher, Zettel, Dias.

Nein. Ich meine Ihr Haar.

Was?

Sie lachte, Sie sehen aus, als wären Sie die Treppe runtergefallen.

Ja. Ich war beim Friseur.

Die sind ja völlig verschnitten. Warten Sie, ich gebe Ihnen einen Handspiegel, sehen Sie selbst.

In meinem Zimmer stellte ich den Karton auf den Tisch, ging zum Spiegel über dem Waschbecken. Vorn war das Haar gut geschnitten. Den Handspiegel über den Hinterkopf haltend, sah ich die drei Streifen, schräg von links unten nach rechts oben, nicht parallel, sondern auch noch leicht auseinanderstrebend, also strahlenförmig hineingeschnitten. Dieser Drecksack hatte mich richtig verschnitten. Und dafür noch zwanzig Mark kassiert. Natürlich war das kein Zufall. Das Wort Alltagssabotage fiel mir wieder ein. Vielleicht lag es ja an meinem Jackett, dem Kramer angesehen hatte, daß es sündhaft teuer gewesen war, gerade weil es so schlicht wirkte. Ich starrte in dem Spiegel auf meinen Hinterkopf: Grotesk sah ich aus. Und lächerlich. Trotz des hier nur schwachen Gegenlichts konnte ich deutlich meine Kopfhaut sehen. Ich versuchte, die drei Striche zuzukämmen. Unmöglich. Die Haare waren zu kurz. Dieser Spranger, der mir so sympathisch erschienen war, mußte das doch auch gesehen haben, und das erbitterte mich am meisten, daß er sich dann auch noch eine Havanna genommen hatte. Andererseits sagte ich mir – und nahm damit die Beschwichtigungsversuche meiner Frau vorweg –, konnte es durchaus sein, daß Spranger mich nie richtig von hinten gesehen hatte. Ich konnte mich nicht erinnern, ihm je den Rücken zugedreht zu haben. Auch in der Küche, als er auf mich wartete, während Kramer mir den Nacken ausrasierte, stand er vor mir – wenn ich mich recht entsinne. Ich würde mir eine Mütze kaufen müssen. Am besten eine Strickmütze, die man weit über den Hinterkopf ziehen konnte. Gestern wäre die bei dem Sturm und Regen noch ganz angemessen gewesen, aber bei der Wärme heute sähe das aus, als wollte ich den Ghettorapper spielen.

Ich ging in die Küche der Pension, holte mir ein Bier aus dem Kühlschrank, machte einen Strich auf die dafür ausgelegte Liste. Als ich über den Flur zurückging, kam hinter mir aus einem der Zimmer ein junger Mann:

Hallo.

Hallo.

Ich ging vor ihm den Flur entlang, die rechte Hand am Hinterkopf, als hätte ich mir den gerade gestoßen. Im Zimmer begann ich den Karton auszupacken. Ich hatte alles durcheinander hineingestopft, verknickt und verknautscht, wie ich es von der Straße gerade greifen konnte. Ich suchte, wühlte, bekam einen eisigen Schreck: Das Kirschholzkästchen mit dem Geschmackskatalog fehlte. Nur eine hellblaue Karteikarte, die vermutlich herausgefallen war, fand ich zwischen einem Papierkonvolut.

Die Karte aus dem Geschmackskatalog war mit der Schreibmaschine beschriftet: BAMBERGERHÖRNDEL, *auch Bamberghörndl, Form länglich, oft gekrümmt, zahlreiche Augen, fast paarlich, zarte Schale, löst sich leicht, papierhaft. Die Frucht gekocht, ißt sich wie Gemüse, dann nußhaft im Geschmack, sanft, zartbiß, nicht bröselnd. Gebraten in Olivenöl: spallentig. In Butter: leicht krostumvel.* (Die Neologismen waren rot unterstrichen.) *Filiation. Spät (September). Selten. Anbau im Raum Franken. Intensive Pflege. Möglicherweise eine sehr frühe Kreuzung, noch aus der Zeit der Apothekergärten Nürnbergs.*

Ich ging in den Frühstücksraum, in dem das Telefon

der Pension stand, und rief in der Taxizentrale an, nannte die Nummer des Wagens, B-ST 345, und wurde hin und her vermittelt. Eine Frauenstimme sagte mir, die Nummer sei als Taxennummer nicht geführt.

Unmöglich, sagte ich, ich habe mir die Nummer gemerkt. Der Fahrer ist mit einer wissenschaftlichen Kartei weggefahren.

Das wird der Fahrer sicherlich melden oder beim Fundamt abgeben.

Wer weiß, der Fahrer war ein ziemlich unangenehmer Typ.

Tut mir leid, aber die Nummer ist bei uns nicht geführt. Sie müssen sich geirrt haben, sagte die Frau.

Nein, die Nummer stimmt. Ich bin ganz sicher. Drei, vier, fünf, das merkt man sich doch.

Tut mir wirklich leid. Vielleicht ist es aber auch ein Wagen, der keine Lizenz hat. Auch so was hatten wir schon. Ich kann Ihnen da leider nicht weiterhelfen. Versuchen Sie es doch einmal beim Fundbüro.

Sie kommen aus dem Westen der Stadt?

Nein, waschecht Ossi. Warum fragen Sie?

Nur so, und danke für die Mühen. Ich legte auf, ging in mein Zimmer zurück. Was für ein Scheißtag. Dieser Widerling würde nie und nimmer die Kartei zum Fundbüro tragen. Wahrscheinlich würde er anhalten, den Inhalt des Kästchens in irgendeine Mülltonne kippen und seiner Frau dann das Kirschholzkästchen schenken, für das Nähzeug oder für Quittungen. Biedermeier. Oder er verkauft es. Der Gedanke an Rogler, an seine mühevolle, jahrelange Arbeit, die jetzt in Händen dieses Kotzbrokkens war, quälte mich, obwohl ich Rogler ja nur aus Erzählungen kannte, nicht einmal wußte, wie er aussah. Ich suchte in dem Karton, zwischen den Papieren, den Büchern nach weiteren herausgefallenen hellblauen Karteikarten mit Geschmacksbestimmungen. Nichts. Nur zerfledderte Fotokopien und jede Menge durcheinandergeworfene weiße Karteikarten, handkolorierte Tafeln von Kartoffelsorten. Die Kartoffel in der Kunst: Karikaturen, Reproduktionen von Bildern, auf denen Kartoffeln abgebildet waren, van Gogh, die Kartoffelesser, Max Liebermann, ein Bild zeigte Friedrich den Großen bei den Bauern, die ihm devot Kartoffeln reichen, ein anderes, wie er vor staunenden Bauern an einem Tisch eine Kartoffelmahlzeit verzehrt. Dazwischen lag ein großes Foto von einer Frau: eine dunkelhaarige Frau, die bewegt, ja besorgt auf den Fotografen einzusprechen scheint, ein ebenmäßiges Gesicht, dunkle Augen, der Mund geöffnet, auf der Unterlippe liegt ein Lichtreflex, wie eine Schwinge ist die linke, dunkle Augenbraue leicht gehoben, im linken Ohr ein kleiner Stein, eine Kostümjacke, schwarz, mit einem feinen Nadelstreifen, ein sanfter Mittelschatten deutet auf eine runde hochansetzende Brust, darüber ein Anhänger, eine in Gold gefaßte Silbermünze, darauf, ich war ziemlich sicher, die Athene mit ihrem Helm. Etwas Geschäftsmäßiges ging von dieser schönen Frau aus, und ich dachte, so könnte die Frau ausgesehen haben, die Spranger als so westlich wirkend beschrieben hatte.

Ich sammelte die großen weißen Karteikarten aus dem Karton, durcheinandergeworfene, verknickte, einige trugen die Profilmuster der Autoreifen, Karteikarten mit Formeln, Skizzen, Zitaten, säuberlich beschriftet, mit der Schreibmaschine oder mit der Hand, eine kleine schwarze Handschrift, die mich an zarte Vogelspuren erinnerte, gut leserlich die Notizen: *Sie gehören zusammen, Tomate, Tabak und Kartoffel, allesamt Nachtschattengewächse, zu ihnen gehört auch die Tollkirsche, sie gab in der Antike einer der Parzen den Namen, Atropa,* die Mandragora, auch Alraunwurzel, bewirkte Wahnsinn und Traumgesichte, die Belladonna, schenkte den Pupillen der Schönen sündhafte und schwärzeste Höllentiefen, das Bilsenkraut. Nachtschatten, das sind Hexenritte, Aphrodisiaka, Traumzeiten.

Der Tabak: Das Nervengift (Nicotin) für die fleißigen Bürger (Calvinisten). Der Tabak kam über Holland und England. Ein Nervengift, das den Geist belebt und zugleich den Körper ruhigstellt. So kann man stimuliert und doch ruhig am Schreibtisch sitzen: Kaufleute, Wissenschaftler, Schriftsteller. Ex fumo dare lucem. Rauchen läßt den Hunger vergessen und hält wach. Der tiefere Grund, warum sich das Rauchen in Kriegen ausbreitet, seit dem Dreißigjährigen Krieg.

Die Tomate.

Auch Paradeiser, Liebesapfel etc., kommt aus den Anden über Mexiko nach Italien. Da treffen sie zusammen, als hätten sie lange aufeinander gewartet: das Olivenöl, die Nudel, die Marco Polo aus China mitbrachte, und die Tomate. Sofort erkannt, wird ihre Fruchtigkeit Grundlage der Saucen, so flutschen die Nudeln.

Die Kartoffel.

Erstmals in Europa erwähnt in Sevilla, 1539, im Klostergarten, wohin die vitaminreiche Knolle von spanischen Schiffen gebracht worden war. Kam 1588 durch Clusius nach Deutschland. Zuerst in Botanischen Gärten, dann kam sie wegen ihrer Blüte in die Ziergärten der Schlösser, schließlich in den Hausgarten als Zusatznahrung, bis sie im 18. Jahrhundert den Acker eroberte. Voraussetzung für die Bevölkerungszunahme im 18. und 19. Jahrhundert.

Wo die Nudel ist, ist die Kartoffel nicht (siehe Italien, Schweiz). Im knollig Proletarischen der Kartoffel müssen erst noch die ungeahnten Genüsse entdeckt werden.

Es wird Tage dauern, all diese Karten wieder zu ordnen. Vom Nebenzimmer ist das rhythmische Quietschen eines Betts zu hören. Ein wenig bebt der Parkettboden unter meinen Füßen. Ich sehe mir das Foto der Frau an: Ein intelligentes Gesicht, sie redet, bei genauem Hinsehen, nicht auf den Fotografen ein, sondern auf jemanden, der neben dem Fotografen steht, nein, er muß sitzen. Diese Situation kann nicht im Stehen aufgenommen sein, es sei denn, der Fotograf hätte sich auf einen Stuhl gestellt. Auch die leicht nach links geneigte Körperhaltung der Frau verrät einen Tisch, wahrscheinlich einen Cafétisch. Ich werde Rosenow fragen, ob er mir ein Foto von Rogler zeigen kann.

Ein Exposé für eine Ausstellung: *Die Kartoffel, Sättigung und Genuß.* Darüber die Namen Max Rogler und Annette Bucher.

Ich lese, daß die erstaunliche Vermehrung dieser Frucht (aus einer Knolle können dreißig und mehr Knollen gebildet werden) und die Stärke sowie die Vitaminhaltigkeit, also der Nährwert, ihr den Ruf einbrachte, ein Aphrodisiakum zu sein. Wer Kartoffeln anbaute, konnte mehr Kinder durchfüttern, das schien dem Betrachter von außen als potenzsteigernde Eigenschaft der Knolle.

Nebenan ist das Quietschen des Betts lauter geworden, jetzt ist das stoßweise Stöhnen einer männlichen Stimme zu hören, gefolgt von einem leisen Hecheln. Auch mein Parkett schwingt leise und rhythmisch mit. Fast hätte ich das Ohr an die Wand gepreßt, halte dann aber bei der Vorstellung inne, jemand könnte mich sehen, wie ich in einer idiotischen Verrenkung an der Wand stehend lausche. Ich schließe die Zimmertür ab. Plötzlich ist da ein heftiges Klopfen, metallisch laut, dröhnend, irgendwo in der Pension oder aber in der Wohnung darüber oder darunter klopft jemand gegen die Heizungsrohre, wild, empört, haßerfüllt. Es wird nebenan etwas leiser. Das Klopfen hört auf. Ein wenig peinlich ist mir der Gedanke, die beiden nebenan könnten jetzt denken, ich hätte an den Heizungsrohren getrommelt. Sie scheinen Luft zu holen. Auch der Boden schwingt nicht mehr.

Ich ziehe eine andere Karte heraus, mit der Schreibmaschine beschrieben: *Die Kartoffel, den Mais, die Bohne, die Tomate brachten die Entdecker aus Amerika, das waren die wunderbaren Geschenke der Neuen an die Alte Welt, wahrhaft nahrhafte Geschenke. Die Gegengaben der Alten Welt: die Masern und die Pocken.*

Offensichtlich stammt das aus einer kämpferischen Zeit, als Rogler den Dialektischen Materialismus noch als methodischen Hebel für seine Betrachtung ansetzte.

Der Fußboden vibriert wieder, das Hecheln, Keuchen setzt nebenan wieder ein, und sogleich beginnt auch wieder das Trommeln an den Heizungsrohren, so als hätte jemand nur darauf gewartet, seine Empörung, Enttäuschung, den ganzen aufgestauten Haß der vergangenen Tage, Wochen an den Heizungsrohren abzuarbeiten. Das Hämmern kommt doch wohl aus der unteren Wohnung, wird mit dem schnellerwerdenden Keuchen ebenfalls schneller, so als spiele jemand auf einem riesigen Xylophon und steigert sich, bis zum endlich erlösenden Finale, dem Erlösungsschrei einer Männerstimme. Der Boden ist jetzt wieder fest und ruhig unter meinen Füßen. Das Klopfen an der Heizung klingt mit zwei Schlägen wie ein Nachhall aus. Ein leises Nachbeben des Fußbodens ist aber noch spürbar. Ich lausche angestrengt, halte die Luft an, dann, endlich, der helle Juchzer einer Frau. Stille. Nur von fern, aus dem hintersten Zimmer ist ein Saxophon zu hören. Nebenan Lachen, dann quietscht nochmals kurz und sachlich das

Bett. Wie ungehemmt die beiden sich akustisch ausgelebt haben, das bewundere ich – wirklich hemmungslos. Sie haben sich nicht einmal durch das Klopfen an den Heizungsrohren stören lassen. Etwas von dieser keine Peinlichkeit kennenden Gleichgültigkeit gegenüber dem, was andere hören und denken, habe ich mir immer gewünscht. Nebenan lief Wasser ins Waschbecken.

Ich holte mein Schildpattetui heraus und steckte mir die letzte Zigarre an, obwohl es die Pensionswirtin nicht mag, wenn in den Zimmern Zigarren oder Pfeifen geraucht werden. Da ich hier aber in den letzten Jahren als Nichtraucher bekannt war, würde man den kalten Rauch meinem Vorgänger zuschreiben.

Ich las in Roglers Vogelspurschrift: *Revisionismus? Meinetwegen, wenn man sich auf Vision konzentriert, revidere, wieder hinsehen. So verhindert man, daß es, wenn Theorie und Wirklichkeit nicht übereinstimmen, heißt: Um so schlimmer für diese, was nicht nur schlimm, sondern idiotisch ist, nämlich der kollektive Wahn.*

»Gäbe es nur lauter Rüben und Kartuffeln in der Welt, so würde einer vielleicht einmal sagen, es ist schade, daß die Pflanzen verkehrt stehen.« Lichtenberg.

Das ist vermutlich dieses Gedankengut, das von der Parteileitung als Provokation, wenn nicht gar als subversiv verstanden worden war. Der Verdacht, auf der Folie der Kartoffelforschung werde der realexistierende Sozialismus kritisiert.

Auch poetische Stellen fanden sich, zum Beispiel eine Karte, überschrieben: *Epilog.*

Weiß ist die Blüte oder rot, und sie vergeht schnell – die melancholische Blüte der Kartoffel. Marie Antoinette trug sie im Haar. Unter der Blüte hängen die kleinen roten Fruchtkapseln. Sie bergen in sich die Erhabenheit des Himmels wie die Knollen in der Erde die Kraft der

*Sonne, Samen der Götter, der Apus, die schneebedeckt
stehen, seit Menschengedenken, Felsen stürzen steil ab,
schwarz leckt die Feuchtigkeit am Steingrau hinunter,
jetzt von einer Wolke verdunkelt, vom Weiß ins Grau,
ins Schwarz, Wolken, und Wolken sind die Knollen im
Erdreich. Wie der Wind, wie der Regen, weißer Regen,
wie die Sonne, ohnegleichen, wie die Erde, Himmel und
Erde vereint, Stärke und Wasser.*

Ich las die Tabelle mit den Kartoffelnamen durch.
Kaum vorstellbar, was es für Namen gab: Rogler hatte
sie in vier Kategorien eingeteilt mit den Überschriften:
Kartoffel-Poesie, Kartoffel-Politik, Kartoffel-Technik,
Kartoffel-Ulk: Dolkowskis Stella heißt da eine rüben-
artige, Frühe Rose eine augenreiche, Topas, Fürsten-
krone, Hindenburg, Fürst Bismarck verraten konservative
Züchter, dann gibt es so sachliche Namen wie Industrie
Woltmann 34, SAS und kauzige Namen: Erste von Nas-
senheide, Thieles Riesen-Niere, Blaue Maus, und eine
Kartoffelsorte mit dem Namen Frühe Blaue fand ich,
aber keine, die Roter Baum hieß.

Ich mußte wieder an das verlorengegangene Kästchen
denken, an die jahrelange Mühe Roglers bei einer Ge-
schmacksbeschreibung der Kartoffelsorten. Wie oft muß
er Kartoffeln gekocht und dann abgeschmeckt haben.
Denn seine Arbeit basiert ja auf Empirie. Zugleich eine
Selbsterforschung. Oder aber er hat sie gebraten, wobei
es wiederum wichtig war, ob man sie mit Öl oder Butter
anbrät, denn auch damit verändern sie ja ihren Geschmack. Mit welchen Worten gibt man etwas wieder,
wofür es noch keine Worte gibt. Der Gedanke, daß diese
Arbeit vernichtet sein könnte, war mir so peinlich, nein
peinvoll, daß ich aufstand und aus dem Zimmer lief, mir
aus der Pensionsküche eine neue Flasche Bier holte. Ich
setzte mich, trank und versuchte mich damit abzulen-

ken, ein paar Kringel zu rauchen, erst einen großen, dann einen mittleren, dann den kleinen, der durch beide hindurchfliegen sollte. Der erste gelang mir sehr schön, die anderen waren unförmige Wölkchen und zerfaserten schnell.

Roter Baum, hat er gesagt, erzählte mir meine Mutter, so verschwörerisch, schon sonderbar. Ich studierte, als er ins Krankenhaus eingeliefert wurde, in Paris, und war nicht auf den Gedanken gekommen, damals seinetwegen nach Hamburg zu fahren, obwohl er mein Lieblingsonkel war.

Roter Baum. Eine einfache Umkodierung, so versuchte ich es mir damals zu erklären, sozusagen die Farbe Rot an die Stelle der Farbe Grün gesetzt. Ein Spiel, das wir manchmal als Kinder mit den Erwachsenen gespielt haben, indem wir die Bedeutung verschoben, also Tisch für Stuhl setzten, Fenster für Sessel, Topf für Decke. Deck mal den Stuhl und zieh das Fenster an die Wand, dann kannst du aus dem Sessel gucken. Wenn man dann noch die Verben austauschte, also statt gehen sehen und statt setzen malen sagte, brach der verbale Irrsinn aus, obwohl das Ganze für die Sprechenden immer noch seine ferne feste Bedeutung hatte, die sich wie eine Schleppe hinter dem Gesprochenen herzog, ein Denktaumel setzte ein, die Wörter krochen wie Schildkröten aus dem Mund, sie trieben die Erwachsenen aus dem Zimmer: Schluß jetzt. Nur dieser Onkel hörte zu und freute sich.

Vielleicht verbarg sich aber auch etwas ganz anderes hinter diesem roten Baum. Vielleicht war ja nur eine Straße in Hamburg damit gemeint, die *Rothenbaumchaussee*. Vielleicht wollte der Onkel nur an etwas erinnern, was noch zwischen diesem Rot und dem Baum eingeschoben war, für ihn aber unaussprechlich blieb, jetzt im Sterben.

Roter Baum.

Ich kann mich nicht entsinnen, daß dieser Onkel je versucht hätte, an mir herumzuerziehen, daß er mich je angeschnauzt hätte. Ging ich mit ihm zum Hafen hinunter, war es ein wenig wie gleich zu gleich, so wie ich es nur von wenigen Erwachsenen kannte. Und noch etwas, er redete nie schlecht über andere, auch nicht über meinen Vater, von dem er wußte, daß der ihn verachtete. Beklagte sich jemand oder schimpfte über einen Abwesenden, sagte der Onkel in seiner bedächtigen Art, na ja, muß man verstehen, und dann versuchte er, das Verhalten des Kritisierten zu erklären. Als Kind war das ein festes Wissen für mich, er würde nicht schlecht über mich reden. Er hatte viel Zeit, was mein Vater immer damit erklärte, daß dieser Onkel nichts tat, faul war. Er hatte wirklich Zeit, auch für mich. Wir gingen durch die Altstadt, zum Hafen, zur Elbe hinunter. Dort saßen wir und beobachteten die Schlepper, die Schiffe, die ein- und ausliefen, und er erzählte von seiner Fahrt in die Südsee, als Koch. Das waren keine spektakulären Geschichten, denn er war nie an Land gekommen. Er hatte auf dem Schiff das Kringelrauchen gelernt. Damit hätte er wirklich im Zirkus auftreten können. Sogar die fünf Olympiaringe konnte er in den Raum blasen. Rauchte ein billiges Kraut und hörte sich Geschichten an. Von einem Heizer zum Beispiel. Der Heizer war Soldat im deutschen Expeditionscorps gewesen, das 1900 an der Niederschlagung des Boxeraufstands beteiligt war. In Shanghai wurden von den chinesischen Behörden die gefangengenommenen Aufständischen hingerichtet. Sie standen in einer langen Reihe und warteten, daß sie dran waren, das heißt, der Delinquent mußte sich hinknien, den Kopf vorstrecken, dann schlug der Henker ihm den Kopf mit einem Richtschwert ab. Die anderen rückten zwei Schritte auf. In der Reihe stand ein junger Chinese und las. Er las ein Buch, rückte ohne hochzublicken langsam vor. Ein deutscher Marineoffizier, der die Hinrichtung beobachtete, bat darum, den Lesenden zu begnadigen. Die Chinesen willigten ein. Jemand ging hin, sagte dem jungen Mann, er sei begnadigt. Der Mann klappte sein Buch zu und ging ruhig davon.

Am nächsten Morgen hielt ich im Frühstücksraum Ausschau nach dem Paar, das neben meinem Zimmer geschlafen hatte. Aber im Raum saßen nur die vier Musiker einer Jazzband aus Chicago, drei Schwarze und ein Weißer, und löffelten ihre Fünf-Minuten-Eier.

Ich bestellte mir ein großes Frühstück mit Kaffee, las die Zeitung, konnte mich aber nicht konzentrieren, weil ich immer wieder an den Geschmackskatalog denken mußte. Sollte ich nicht gleich Rosenow anrufen und ihm gestehen, daß ich das Kästchen verloren hatte? Aber dann sagte ich mir, es sei besser, erst das Fundbüro anzurufen. Ein junger Mann kam in den Frühstücksraum, hinter ihm eine junge Frau, offensichtlich das Paar aus dem Nebenzimmer. Die junge Frau war sorgfältig geschminkt, nur ihre Augen waren ein wenig verquollen. Sie setzten sich, bestellten das Frühstück, lasen die Zeitung, so getrennt und für sich, daß ich jenes nächtliche Hecheln, Keuchen, Ächzen, Schreien überhaupt nicht mit diesen beiden Personen zusammenbringen konnte. Hätten sie sich wenigstens die Hand gehalten oder schmachtende Blicke zugeworfen, aber sie reichte ihm freundlich lächelnd die Butter über den Tisch, trank ihren Kaffee, tupfte sich vorsichtig, damit der grellrote Lippenstift nicht verwischt wurde, den Mund, um den, so wollte mir scheinen, sich doch etwas von der Lust in den seitlichen Grübchen abgedrückt hatte. Sie blickte mich kurz und prüfend an und schaute dann gleichmütig hinaus, auf den sonnenbeschienenen Balkon. Und ich bemühte mich, nicht mehr zu den beiden hinüberzustarren.

Als ich aufstand und aus dem Raum ging, hörte ich das Lachen hinter mir. Ich drehte mich um. Sie lachten, freundlich, sahen mich an, und mir fiel wieder ein, daß ich diese gräßlichen Treppen im Haar hatte. Ich strich mir nachdenklich über den Hinterkopf. Die Stufen konnte ich sogar mit den Fingerspitzen fühlen.

Mit dem Taxi fuhr ich zum Fundbüro. Wir standen im Stau. Die Straße war bis zur Hälfte der Fahrbahn aufgerissen, und wie Gedärm lagen die herausgezogenen Leitungen und Kabel auf dem Gehweg.

Bekommen Sie oft Fahrten nach Ostberlin, fragte ich den Fahrer.

Nee, sagte der, und wenn sichs vermeiden läßt, fahr ick ooch nich, kenn mich nich so jut aus, is doch ne fremde Stadt, andere Jebräuche, andere Sitten. Nee. Die Stimmung is, jeder soll ma hübsch bei sich bleiben. Ohne Mauer, det is jut. Kenn Se den: Was ist der Unterschied zwischen einem Türken und einem Sachsen?

Nein.

Der Türke spricht Deutsch und arbeitet.

Hab ich schon irgendwo gelesen, sagte ich und verbot mir ein verbindliches Lachen.

Der Frau im Fundbüro beschrieb ich das Kästchen, sagte, darin stecke ein Stück Lebensarbeit, ein Geschmackskatalog der verschiedenen Kartoffelsorten. Die Frau sah mich mißtrauisch an. Kartoffel?

Ja, es sind Karteikarten darin, also beschriftete Karteikarten.

Also Moment mal, Sie haben doch gesagt, es sei ein Katalog.

Katalog nicht in dem Sinn, wie er von den Versandhäusern verschickt wird, Otto-Versand oder Quelle, sondern in der ursprünglicheren Bedeutung, von, wie soll ich sagen, im Sinne von Aufzählung.

Welche Farbe hat der Katalog?

Es ist ein kleines Holzkästchen.

Aha.

So groß, hell, Biedermeier. Kirschholz.

Also mehr gelblich oder rötlich?

Rötlich.

Wert?

Nicht so viel, materiell gesehen, aber der ideelle Wert. Er ist unersetzbar.

Moment. Sie verschwand, kam wieder, sagte: Nein, nix da.

Was kann man machen?

Tja. Versuchen Sies mit ner Anzeige in der Zeitung. Wenn Se die gleich aufgeben, kriegen Se die für morgen noch rein.

Sie gab mir die Telefonnummern vom *Tagesspiegel* und der *Berliner Zeitung,* die eine für den Westen der Stadt, die andere für den Osten. Sie schob mir einen Block hin.

Ich schrieb: Biedermeierkästchen mit Kartoffelkatalog im Taxi verloren. Wissenschaftliches Werk. Gegen gute Belohnung abzugeben. Dann das Telefon der Pension.

Könn Se kürzen, sagte die Frau, sparn Se Geld. Schreibn Se einfach: Suche Kartoffelkatalog. Biedermeierkästchen. Gute Belohnung. Und wissenschaftlich können Se ganz weglassn. Glaubt doch niemand, daß es dann ne Belohnung gibt.

Ich bedankte mich. Im Hinausgehen drehte ich mich um, wollte nochmals die Hand heben, sah aber, wie die

Frau hinter mir hergrinste. War das ein hämisches oder einfach nur ein belustigtes Grinsen? Mir fiel wieder meine Schartenfrisur ein.

In dem nächstbesten Laden, in dem Jeans, Lederjacken und Mützen verkauft wurden, suchte ich nach einer Kappe, möglichst ohne Zeichen, jedenfalls nicht mit Rangers drauf oder irgendwelchen bombastischen Buchstaben, Adlern oder Stieren. Es gab aber in diesem Laden keine Mütze ohne Zeichen. Das kleinste war ein grünes Schild mit der Aufschrift Donkeydoodle.

Ist das ein Sport- oder Musikverein?

Rugbymannschaft, gloob ick, sagte die Verkäuferin, ein schlankes Mädchen, in einem knappen schwarzen Pullover.

Gut, sagte ich, die nehme ich. Man mußte mir schon sehr nahe kommen, um die Aufschrift lesen zu können. Ich setzte die Kappe mit dem Schirm nach hinten auf.

Die Verkäuferin sah mich einen Augenblick an, dann sagte sie: Nein. Wenn ick Ihnen wat sajen darf. Sie müssen schon die Mütze richtig rum uffsetzen. Mitm Strip vorn, müßten Se jute zwanzig Jahre abnehmen. Womit ick nicht jesagt hab, daß Se sich nicht jut jehaltn habn.

Danke, sagte ich, drehte die Kappe um, zog sie aber weit nach hinten über den Hinterkopf, so daß der Schirm steil zur Decke zeigte, zahlte und ging.

7
Die Polenhochzeit

Ich hatte mich mit einem Taxi hinausfahren lassen. Früher war hier die Grenze, der Zaun, der geharkte Todesstreifen, der mit Betonplatten belegte Kontrollweg. Die Schneise im Gehölz war noch zu sehen, auf dem Patrouillenweg fuhren jetzt Radfahrer. Zaun, Minen, Selbstschußanlagen, das alles war inzwischen abgeräumt worden. Zwei Hallen standen noch und ein Haus, alle aus Betonfertigteilen von rücksichtsloser Häßlichkeit.

Das war ein Stützpunkt der Grenztruppen, sagte der Fahrer, hier sagen sich jetzt Fuchs und Hase gute Nacht. Soll ich warten? Wenn Sie da niemand antreffen, dann wird es nicht so leicht sein, wieder ein Taxi zu kriegen.

Ja. Wenn Sie einen Moment warten würden. Ich zahlte und stieg aus. Es roch nach gebratenem Fleisch, aus einem Lautsprecher war ein Tango zu hören, mit einer schlingernden Verzerrung, offensichtlich eine verzogene Schallplatte. Ich ging zu dem Flachbau hinüber, an dem ein großes Firmenschild pünktliche Möbeltransporte und sichere Möbellagerung versprach. *Transport-Berger versetzt Berge.* Fenster und Türen standen offen, ich gab dem Taxifahrer ein Zeichen, daß er wegfahren könne.

In dem Büro saß ein Mann in einem weißen verknitterten Leinenanzug, die Füße auf dem Schreibtisch, und rauchte ein Zigarillo. In diesem schäbigen weißgetünchten Büro, in dem ein Schwenkventilator lief, wirkte der Mann wie ein brasilianischer Tabakpflanzer. Er blickte von einem Stadtplan hoch, der ihm aufgefaltet über den

Schoß hing, und fragte, ohne die Füße vom Tisch zu nehmen: Was kann ich für Sie tun?

Ich suche das Kartoffel-Archiv von Dr. Rogler. Früher Akademie der Wissenschaften, sagte ich.

Hm, sagt er und dann nach einer kleinen Pause: Das Zeug kommt bald auf den Müll.

Warum?

Seit drei Monaten zahlt niemand mehr für die Lagerkosten. Ich laß das noch drei Monate liegen, dann gehts ab durch die Mitte.

Er stand auf, nahm einen Schlüssel vom Brett und sagte: Gehen wir.

Ich fragte ihn, seit wann er dieses Möbellager hier habe.

Kurz nach der Wende. Ich hab den Komplex gekauft, fürn Appel und n Ei.

Sind Sie Betriebswirt?

Der Mann, der wie ein Tabakpflanzer aussah, lachte: Nein. Oberstleutnant.

Oberstleutnant?

Ja. Nationale Volksarmee. Nach der Wende war der Traum aus, mußte das Ehrenkleid an den Nagel hängen. Hab dann die Umzugsfirma gegründet. War mir gleich klar, die Wiedervereinigung bringt hier einiges in Bewegung, Alteigentümer und Neueigentümer kommen, und die Nichteigentümer, die Mieter, gehen. Logistisch hochinteressant. Da haben Umzugsfirmen gute Chancen. Hab sofort einen Kredit bekommen von der Bank. Und das Geschäft geht gut, sehr gut sogar. Ich bin froh über den Wechsel, bin jetzt mein eigner Herr. Da, das sind meine Leute, alles Polen, gute, fleißige Arbeiter. Sie werden es vielleicht nicht glauben, ich bin zufrieden, Umzüge zu organisieren macht Spaß.

Wir gingen zu den Hallen hinüber. Dort standen und

saßen junge Leute, viele Männer, einige Frauen. Holztische, Bänke, ein paar Stühle. Auf einem Grill wurde ein Spanferkel an einem Spieß gebraten. In einer blau-weißen, kreischenden Hollywoodschaukel saßen drei junge Frauen.

Einer meiner Kolonnenführer hat geheiratet. Berger sprach mit den Frauen Polnisch, er sprach es schnell, ohne zu stocken. Die Frauen lachten, er lachte, schickte ein Rauchfähnchen jovial in Richtung der jungen Frauen, die jetzt stärker in der Hollywoodschaukel Schwung nahmen, sie dann plötzlich mit den Füßen abbremsten. Er ging auf die eine Frau zu und ließ sie an seinem Zigarillo ziehen. Sie rauchte, verschluckte sich am Rauch, hustete, lachte. Das ist die Braut, sagte Berger.

Ich nahm meine Kappe ab, machte eine förmliche Verbeugung und küßte ihr die Hand.

Sie stand auf, ihre weiße Bluse war im Rücken naßgeschwitzt, auch ihr Rock zeigte ein feuchtes Dreieck. Sie holte ein Glas, reichte es mir, ein Mann schenkte mir aus der Flasche ein. Ein besonders guter Wodka, sagte Berger. Trinken Sie, die beiden haben vor zwei Tagen in Polen geheiratet, jetzt feiern sie hier mit Freunden. Sie prosteten mir zu. Ich sagte: Ich wünsche Ihnen Glück, Gesundheit und eine lange Ehe. Berger übersetzte es ihnen, sie hoben die Gläser, wir stießen an. Ex! Auf dem Plattenspieler wurde eine neue Platte aufgelegt, wieder ein Tango. Der Mann schenkte mir schon wieder das Glas voll. Die ganze Gesellschaft will mit mir anstoßen. Ich trinke auf Ihrer aller Wohl, sage ich. Prost. Auch die Braut trinkt das zweite – oder ist es das dritte Glas – in einem Zug aus. Es ist eine stämmige Person, rotblond. Sie fragt mich etwas, wobei mich alle erwartungsvoll ansehen, ihre Bewegungen und ihr Sprechen sind langsam geworden, ziehen sich wie Sirup durch diesen warmen, ja heißen Mittag. Ob ich eine Frau habe, übersetzt Berger. Ja. Auf die wollen alle mit mir anstoßen. Prost! Sie lachen. Der Tango zieht Schlieren, ich frage mich, ob die Platte verzogen ist oder meine Wahrnehmung. Nein, auch die Worte ziehen ihre Bedeutung langsam hinter sich her. Schon wird eine zweite Flasche aus der Eisbox geholt, die Gläser gefüllt. Auch darauf müssen Sie trinken, sagt Oberstleutnant Berger. Worauf? Prost. Ob ich Kinder habe. Nein, lüge ich, um nicht auf jedes einzelne anstoßen zu müssen. Ich versuche, das Schnapsglas aus den Fingern zu bekommen. Sie wollen mit Ihnen darauf anstoßen, daß Sie Kinder bekommen. Nein, sage ich, nicht noch ein Glas, bei dieser Hitze, und dann, sage ich, habe ich auch noch nichts gegessen, und es ist, sage ich, jetzt erst zwölf Uhr, sage ich. Sie reden auf mich ein. Ich hocke mich langsam hin, ich will das gar nicht, ich will stehenbleiben, aber etwas zieht mich mächtig an und hinunter, ich hocke da, alle sehen mich erstaunt an, das nehme ich deutlich wahr, wie ein Standfoto, wie die dastehen und mich anstarren, dann plumpse ich auf den Hintern.

Mann, sagt Berger, dem ich zu Füßen sitze, was haben Sie bloß mit Ihrem Haar machen lassen? Sieht aus, als wären Sie einem Friseurschüler in die Hände gefallen.

Was?

Ja, hinten Treppen, drei dicke Schneisen, wollt ich Ihnen schon vorhin sagen. Sie werden es gar nicht wissen. Man sieht sich selbst ja nie von hinten.

Ich weiß, sage ich, setze mir die Mütze wieder auf, mit dem Schirm nach hinten. Der Mann, der mir die Haare geschnitten hat, hat früher das ganze Politbüro versaut. Alltagssabotage. Berger sieht mich einen Moment verdutzt an, dann bekommt er einen mißtrauischen Zug und sagt etwas auf Polnisch. Die Braut läuft los und bringt mir einen dicken Kanten Brot, und ein Mann mit einem tätowierten Doppeladler auf der Brust hält mir ein Stück des Spanferkels hin, das sich nicht mehr dreht, sondern still alle viere dem Himmel entgegenstreckt. Warum, denke ich, fleht es, denke ich, die Sonne an, denke ich. Gestern noch so kalt, heute so heiß, sage ich zu Berger. Ich kaue, ich sitze im Schatten und kaue, kaue so langsam. Mir ist, sage ich, eben eingefallen, warum die Dinosaurier ausgestorben sind, weil, sage ich, die Kaumuskulatur der Tiere zu langsam arbeitete, um genügend Stärke aufzunehmen, also Schachtelhalme in Stärke umzuwandeln. Sie sind wegen ihrer langsamen Kaumuskulatur ausgestorben. Die Polen sehen Berger an, wollen wohl wissen, was ich da alles erzähle. Aber Berger winkt nur ab. Ich kaue, und langsam bekommt der Rhythmus des Tangos wieder sein richtiges Tempo.

Na, fragte Berger.

Wenn Sie ein Glas Wasser hätten. Meine Zunge ist so trocken.

Ein Pole reichte mir eine Flasche mit Sprudelwasser.

Na, fragte Berger abermals.

Geht schon, ich stand auf, alle beobachteten mich, freundlich, nicht spöttisch, nicht schadenfroh, der Boden bewegte sich ein wenig, aber ich stand.

Kommen Sie, sagte Berger, ich bring Sie jetzt zu diesem Kartoffel-Archiv.

Wir gingen an den kleinen Beton-Iglus vorbei. Hier wimmelte es von Fliegen, dicken, blauschwarz glänzenden Fliegen.

Was sind das für Betonhöhlen?

Das waren die Unterkünfte der Wachhunde. Hier waren früher die Hundezwinger. Schäferhunde für die Grenzpatrouillen.

In der Halle waren Tische, Stühle, Sessel, Kommoden

gestapelt, manche standen unter Plastikbahnen. Hin und wieder war ein Knistern zu hören, ein Knacken. Das Holz arbeitet, sagte Berger. Ursprünglich standen in der Halle LKWs und Personenwagen der Volksarmee. Oben, kurz unter dem flachen Satteldach, verlief eine schmale Fensterzeile. Es war heiß hier drinnen, und in der Luft lag der Geruch vom jahrelangen Gebrauch der Dinge.

Hier, sagte Berger, das ist das Archiv, aber es ist nicht vollständig. Das liegt nicht daran, daß wir etwas verloren hätten, sondern ein Teil der Kartons ist von einer anderen Umzugsfirma abgeholt worden, die war von der übergeordneten Dienststelle beauftragt. Dr. Rogler hatte uns für den Rest den Auftrag gegeben. Die Zahlungen für die Lagerkosten kamen von ihm, als Dauerauftrag noch zwei Monate über seinen Tod hinaus, wie ich erst später erfuhr, bis das Konto leer war. Hat sich sonst niemand darum gekümmert.

Haben Sie Rogler kennengelernt?

Nein, ich habe nur mit ihm telefoniert.

Hier liegt noch so ein Archiv. Wie sozialistische Feste gefeiert werden: Geburtstage, Hochzeiten, Jugendweihen. Anleitungen für sozialistische Gesellschaftsspiele, er zog eine Karte aus einem Karton und las vor: der Witz, klassenmäßig.

Das wird auch schon nicht mehr bezahlt, das laß ich aber hier, hängt ja die eigene Biographie mit dran. Und man weiß ja nie, ob es nicht doch noch mal gebraucht wird.

Er zeigte auf die vier Kartons, auf denen mit Filzstift »Kartoffel« stand. Wenn Sie daraus was brauchen, nehmen Sie es sich. Das Zeug fliegt spätestens in drei Monaten auf den Müll. Kostet dann auch noch mal n Fuffziger. In dieser Welt is wirklich nischt umsonst, nicht mal das Wegschmeißen.

Ich öffnete einen Karton. Bücher über Anbau und Verarbeitungstechnik der Kartoffel. In dem anderen Karton: Fotokopien, Rezepte, Bücher in kyrillischer Schrift. Die Kartoffel in der russischen Sprache. Rogler mußte gut Russisch gekonnt haben, es fanden sich Exzerpte, dazwischen Hinweise, teilweise in kyrillischer Schrift, die dann in die deutsche übergeht: *Der Kartoffelanbau geht mit dem Trinken von Schnaps Hand in Hand. Das hat klimatische, aber auch mentalitätsgeschichtliche Gründe.*

Krieg und Frieden. Die Kartoffel bei Borodino? Wachfeuer. Die Kartoffel bei den Iren wurde darum so schnell eingeführt, weil sie in den irrwitzigen Kriegen nicht wie die Getreideernte zertrampelt werden konnte. Die Frucht hat etwas Clandestines.

Ich deckte die Plastikbahn von einem Sofa ab, es war mit einem gräßlich roten Klatschmohnstoff bezogen, aber es war bequem und nicht durchgesessen. Es gehörte wahrscheinlich einem aufsteigenden Kader, der jetzt irgendwo in Düsseldorf, Hamburg oder Stuttgart in einer Behörde oder in einer Versicherung umgeschult wurde, und das hieß auch, daß man nicht mehr einen derart realistischen Klatschmohn zu Hause stehen haben wollte.

Ich las: *Friedrich II. und der Kartoffelkrieg. Friedrich kannte keine Knödel, sein Unglück. Militärisch auch. Rein in die Kartoffeln, raus aus den Kartoffeln. Befehle bei den Herbstmanövern. Bataillonskommandeur sagt: Rinn in die Kartoffel, der Regimentskommandeur sagt raus!*

Ich legte die Beine hoch. Der Wodka machte das Lesen langsam und schwer.

Der Kartoffel hängt das Militärische an, zumindest in Preußen. Sie wurde den Bauern anzubauen kommandiert. Der Alte Fritz ließ Wachen aufstellen, damit die mißtrauischen Bauern, die sie nicht essen wollten (wat de Bur nich kennt, fritt he nich), sie klauen sollten. Denn was in Preußen bewacht wird, muß wertvoll sein.

Sie wurde den Bauern kommandiert. Kommandowirtschaft, wie man am Gericht sieht. Gekocht als Magenfüller. Noch heute, wie die Zufütterung. Die Volkseigenen Werkkantinen.

In einem Buch lag eine vergilbte, auffaltbare Tabelle verschiedener Kartoffelsorten, säuberlich gezeichnet und handkoloriert. Das Typische erscheint so, dachte ich schläfrig, weit deutlicher als bei einer fotografischen Wiedergabe.

Im Hintergrund standen in diesem dämmrigen, von oben kommenden Licht einige Möbelstücke aus Eiche, ein Schrank, ein Tisch, Stühle, sodann Küchenmöbel, weiß, Schleiflack, ein Küchenbord auf einem Tisch, daneben ein hoher Besenschrank. Es war, als bewegten sich diese aufgetürmten Möbelstücke im Wind, ja, wie Bäume bogen sie sich, das Holz ächzte, im Schatten, am Boden, kniete mein Bruder, den ich nur von Kriegsfotos kannte. Er versuchte eine Schublade aufzuziehen, er kniete, ich hatte vergessen, daß ihm die Beine fehlten. Es ist so mühsam, sagte er, von hier unten an die Schrankschubladen zu kommen. Büroschränke. Ich begann alle Schubladen herauszuziehen. Sie waren angefüllt mit Papier, sorgfältig zu kleinen Kugeln zusammengeknautscht. Ich entfaltete eines dieser Knäuel und sah, es waren von mir beschriebene Seiten. Der Bruder wollte aber eine bestimmte Schublade geöffnet haben. Sie ließ sich als einzige nicht herausziehen, auch nicht mit Gewalt. Sie klemmte. Ich zog nur schwach, tat aber so, als zöge ich mit aller Kraft. Wollen mußt du. Los, sagte mein Bruder.

Wollen wir los? sagte die Stimme über mir.

Ich schreckte hoch.

Neben dem Sofa stand Berger. Wollen Sie mitkommen? Ich fahre jetzt in die Stadt, ich kann Sie mitnehmen.

Berger stand in der schattigen Halle. Es mußte schon spät am Nachmittag, wenn nicht gar Abend sein.

Sie sind eingeschlafen. Das war der Wodka. Haben Sie gefunden, was Sie suchten?

Nein. Ich stopfte die russischen Bücher in den Karton zurück, griff mir noch die handkolorierte Tabelle der Kartoffelsorten und ging mit Berger zum Auto hinüber.

8
Proteus steigt aus dem Meer

Ich wählte die Nummer, die Spranger mir gegeben hatte, und ließ es klingeln, sieben-, achtmal, wollte schon wieder auflegen, als abgenommen wurde: Ein Schrei, ein irrwitziger, gellender Schrei. Ein Mann schrie, als würde er aufgeschlitzt. Hallo! rief ich. Hallo! Was ist los? Stille. Eine Stille, die aus einem größeren Raum kam, dann war da ein fernes, feines Keuchen zu hören, ein leises Knarzen, das von einem stabilen schweren Gegenstand kommen mußte. Seufzen. Ein Geräusch, als würde ein Korken herausgezogen. Stille. Ein Flüstern, eine Frauenstimme, unverständlich, so sehr ich versuchte, hineinzuhören, ein fremdes, fast kindliches Flüstern. Eine Männerstimme: Ja, doch, dreh dich um, ein tiefes Seufzen, ein leibestiefes Seufzen, darüber das leise Keuchen, ein Hecheln, ein Flattern, schon wieder, dachte ich, das verfolgt mich, diese hemmungslos geile Hechelei, gestern die Pensionsnachbarn, jetzt zwei Unbekannte, die, von meinem Anruf gestört, einfach den Hörer abgenommen und wahrscheinlich neben das Bett gelegt haben. Wenn sie es denn nicht auf dem Boden miteinander trieben. Plötzlich Stille. Ein anderer Raum, ein anderes Hörvolumen, flach, eine Frauenstimme: Hallo, legen Sie nicht auf, Sie haben die Nummer, ein Knacken, die gleiche Frauenstimme, abermals aus einem anderen Raum: Hallo, und da ich einen Moment verschreckt zögerte, ob ich nicht einfach auflegen oder falsch verbunden sagen sollte, kam nochmals die Stimme, geschäftsmäßig: Hallo. Wer spricht da?

Ich nannte nicht meinen Namen, sondern, was ich noch nie gemacht hatte, einer spontanen Regung folgend, einen anderen, nannte mich Block, Dr. Block, sagte, daß ich Recherchen mache, ergänzte dann aber, weil ich dachte, das könne, nach dieser akustischen Achterbahnfahrt, falsch verstanden werden, es geht um die Kartoffel, ich habe Ihre Nummer, Ihre Telefonnummer von Dr. Spranger bekommen. Er sagte, Sie hätten über die Kartoffel gearbeitet. Noch während ich es sagte, dachte ich, wie blödsinnig das klang: Es geht um die Kartoffel. Stille. Die Frau schwieg, ich hörte, wie sie sich räusperte. Sie sind doch Frau Angerbach? fragte ich vorsichtshalber nochmals nach. Und da nun am anderen Ende ein akustisches Loch entstand, nichts zu hören war, rief ich: Hallo, sind Sie noch da?

Ja, sagte die Stimme der Frau nach einer Weile. Ich habe mich über ein Jahr damit abgequält: Die Kartoffel in der deutschen Nachkriegsliteratur. Von wem haben Sie meine Telefonnummer?

Von Herrn Spranger. Ich will etwas über die Kartoffel schreiben, und da interessiert mich auch das Motiv der Kartoffel in der Literatur.

Einen Moment zögerte sie, fragte, und ich merkte sofort, es war eine Fangfrage, ob in Sprangers Zimmer immer noch dieses Riesenteil stehe?

Sie meinen den Konzertflügel? Ja, der steht noch da, eine schwarzlackierte Ablage.

Gut, sagte sie. Dann treffen wir uns doch beim Griechen, *Lefkos Pirgos. Neukölln. Emser Straße.* Fahren Sie am besten mit der *U7.*

Vor dem Restaurant standen vier Tische mit verdreckten weißen Plastikstühlen. Zwei Tische waren besetzt, an einem saß ein Mädchen, an dem anderen eine Frau, stark

94

überschminkt, plastikrosa gefärbte Haare, vom Färben dünn und verfilzt, neben ihr auf dem Boden saß ein Hund, eine hochbeinige Promenadenmischung, der ihr hin und wieder mit schräggelegtem Kopf und einer erstaunlich langen Zunge ein Stück Fleisch vom Teller holte. Ich hasse distanzlose Hunde, und darum fällt es mir jedesmal in Berlin wieder auf, wie viele Hunde hier rumlaufen, weit mehr als in München. Die Berliner Hunde sind besonders zudringlich, nicht feindlich, eher vertraulich und wie abgerichtet auf den Genitalbereich der Fremden. Zu diesem verrückten Telefonbeantworter paßte das rosaverfilzte Haar und der vom Teller fressende Köter. Ich wollte schon weitergehen, als mir das Mädchen an dem anderen Tisch winkte. Höchstens für zwanzig hatte ich sie auf den ersten Blick geschätzt, nein, noch jünger, eine Schülerin vielleicht, dieses kindlich glatte Gesicht, eine zarte Nase, weißblondes Haar, kurz geschnitten, eine Stoppelfrisur, die bei mir den Reflex auslöst, darüberzustreichen.

Sie haben mich angerufen? fragte sie.

Ja, wie haben Sie mich erkannt?

An dem suchenden Blick.

Ich setzte mich. Sie hatte ein Glas Wein vor sich stehen und rauchte mit einer ruhigen Beiläufigkeit.

Retsina, fragte ich. Ja, ist bei diesem warmen Wetter das richtige. Sie schlug die Beine übereinander, nackte braungebrannte Beine, die unter einer weiten Lederjacke verschwanden. Der Rock mußte extrem kurz sein, denn es war kein Saum zu sehen. Sie hatte meinen Blick bemerkt. Und wie zufällig, aber doch auf diesen Blick hin, zog sie den Reißverschluß der Jacke auf. Unter dem T-Shirt zeichneten sich zwei zarte Brustwarzen ab. Auf dem T-Shirt ein roter Stern, der Sowjetstern mit einem T darin. Tupamaros, fragte ich, die Stadtguerilla?

Da lachte sie und sagte: Sie kommen noch aus der guten alten Zeit. Nee, das heißt: Texaco. Ihre Generation sieht überall politische Signale, selbst wenn nur ein Zapfhahn gemeint ist. Ich kenne das von meinem Vater, sagte sie. Sie wippte ein wenig mit dem Fuß, der in einem Stofftennisschuh steckte, lehnte sich in dem Plastiksessel zurück und hakte die Lederjacke auf. Ein den amerikanischen Fliegerjacken exakt nachgeschnittenes Modell, wie man es für teures Geld am West Broadway kaufen kann. Aufgenähte Taschen, ein kleiner tiefroter Lederstreifen, darüber die Geschwadernummer. Auf einem runden Lederaufnäher stürzt, in Silber gepunzt, ein Adler nieder, die Krallen der Fänge zum Schlagen ausgefahren. Der Rock war nur ein schmaler schwarzer Schurz.

Ist das eine echte Lederjacke?

Ja, warum?

Nur so.

Der Grieche kam, und sie sagte: Einmal den Hirtensalat, und dann zu mir gewandt: Kann ich empfehlen. Und auch den Retsina.

Gut, sagte ich, aber ich nehme doch lieber einen einfachen Salat. Zugleich ärgerte ich mich, daß ich mich auf den Retsina eingelassen hatte, den ich nicht mag, nur um dieses Mädchen, das bei näherem Hinsehen doch schon eine junge Frau war, günstig zu stimmen.

Endlich können wir raus, Fenster aufmachen. Durchlüften, sagte der Grieche. Die Fenster waren mit einem aufgeklebten weißen Mäanderfries umrandet. Er ging zu dem anderen Tisch, an dem die plastikrosa Frau saß, und fragte, ob das Lamm geschmeckt habe. Der Hund leckte sich die Schnauze, die Frau nickte.

Sie recherchieren über die Kartoffel?

Herr Spranger gab mir einen Hinweis auf Ihre Arbeit. Sie haben auch das Archiv von Rogler benutzt?

Ja. Damals lebte er noch.

Was war das für ein Typ, dieser Rogler?

Nett, sehr nett sogar. Hilfsbereit und freundlich und ausgesprochen witzig, hatte so einen surrealen Witz. Zum Beispiel, wenn er von den Kartoffelkäfern erzählte, die von den Amis angeblich über der DDR abgeworfen wurden, so in den fünfziger Jahren, und wie ein Parteisekretär in Brandenburg tatsächlich immer genau die Flieger Richtung Westberlin mit dem Feldstecher verfolgte, um die Invasion der Kartoffelkäfer zu melden. Wie er das nachmachte, diese Genickstarre. Hatte so eine pantomimische Begabung. Ich konnte mich totlachen, ohne daß er ein Wort sagte, nur weil er irgend jemanden nachmachte. War n toller Typ, genaugenommen mein Typ.

Wie alt war Rogler, als Sie ihn kennenlernten?

Irgendwo Anfang Fünfzig. Hätte also locker mein Vater sein können. Aber ich hab ein Faible für ältere Männer. Sind einfach interessanter. Sie sah mich an, und ich zwang mich, ihr nicht wieder auf die Beine zu sehen.

Und Rogler hat Ihnen seine Arbeiten zur Verfügung gestellt?

Ja, sofort. Ich sagte, daß ich meine Magisterarbeit über das Motiv der Kartoffel in der Literatur nach 45 schriebe, da fiel ihm gleich total viel ein. Er hatte ja über Jahre alles, was mit der Kartoffel zusammenhing, gesammelt. Hatte die Literatur nach dem Kartoffelmotiv durchgearbeitet und aufgeschlüsselt nach Stichworten wie Anbau, Rezepte, Bildmotiv, Sprichwörter. De dümmsten Buurn harrn de dicksten Katüffeln. Die Kartoffel als literarisches Motiv. Die Kartoffel bei Hermann Kant, bei Strittmatter, Bobrowski, Christa Wolf. Leider war die Kartei von Rogler etwas einseitig auf ostdeutsche Literatur ausgerichtet, allerdings spielt sie dort ja auch eine größere

Rolle als bei den Schweizer Autoren Frisch oder Dürrenmatt, wo sie so gut wie gar nicht vorkommt.

Sie trank einen Schluck Retsina, zündete sich eine Zigarette an und blies den Rauch vorsichtig an meinem Gesicht vorbei, und doch roch ich den Rauch, und ich dachte, das ist ihr Atem. Ich hätte jetzt gern eine Zigarre geraucht, war aber in der Hektik des Tages nicht dazu gekommen, mir neue zu kaufen. Und wieder roch ich ihren Atem. Es dämmerte. Am Himmel wie Federn ferne Wolken, ein wenig orange am westlichen Rand. Über uns, in dem Baum, einer Linde, sang eine Amsel. An der Hausmauer stand »NAZIS verpisst euch«. Das SS in Runenschrift. Ein paar Häuser weiter stand ein Türke vor seinen Obst- und Gemüseauslagen und rieb mit einem Tuch die Äpfel ab, Apfel für Apfel polierte er mit ruhigen Bewegungen. Im Laden hatte er schon Licht gemacht, hell leuchteten seine Hände. Kartoffelfeuer und Kartoffelsackwolken bei Grass, Kartoffelsalat bei Johnson, die Vorarbeit hat mir Spaß gemacht. Das Schreiben war dann fürchterlich.

Könnte es sein, sagte ich, daß die Kartoffel in keiner anderen Literatur so häufig vorkommt wie in der deutschen?

Kann sein, sagte sie, vielleicht noch in der irischen. Etwas für die Komparatistik. Ich hätte damals weiterarbeiten mögen nach dem Magister, bekam aber kein Stipendium und fand auch keinen Job. Germanisten gibts ja wirklich wie Sand am Meer. Mir ging es wie Rogler. Rogler war schon abgewickelt. Schlug sich mit einem Forschungsauftrag durch, der war aber begrenzt, zwei Jahre, eine wissenschaftliche Schaumgummimatratze, die den Sturz etwas abfedern sollte, danach hätte er Taxi fahren müssen. Aber dann war er plötzlich tot. Herzinfarkt. Ich war auf der Beerdigung. Ich hab geheult wie ein Schloßhund. Eine Frau hielt die Trauerrede, war aber keine Pastorin. Rogler war ja Atheist.

Der Grieche kam und brachte zweimal Hirtensalat.

Ich wollte eigentlich einen einfachen Salat haben, sagte ich.

Oh, sagte der Grieche, und er sprach plötzlich ein sehr fehlerhaftes Deutsch: Hab verstanden, gut Hirtensalat. Kann wieder mitnehmen. Aber er machte keine Anstalten, den Teller wieder wegzunehmen.

Lassen Sie schon, ich esse den Salat, sagte ich und versuchte, eine freundliche Miene zu machen.

Die junge Frau musterte mich, dann lächelte sie erst mir zu, dann dem Wirt mit ihren wie lackiert blitzenden Zähnen. Sie drückte die eben angerauchte Zigarette aus und begann zu essen. Der Grieche kassierte bei der plastikrosa Frau, die aufstand und mit ihrem Hund wegging.

Schmeckt der Salat? fragte die junge Frau.

Ja. Das heißt, ehrlich gesagt, nein. Ich mag diese Hirtensalate nicht. Mich läßt die griechische Küche kalt. Ich weiß schon, die Hitze, da sind all diese kalten Sachen ganz angenehm, aber dennoch frage ich mich, warum jeder italienische Salat mit den gleichen Zutaten besser schmeckt als die griechischen, die schmecken fast immer nach Silofutter – versetzt mit etwas ranzigem Ziegenkäse.

Sie sah mich erst überrascht an, dann bekam sie eine kleine steile, feindselige Falte zwischen den Augen.

Finde ich gar nicht. Wie kann man das überhaupt so verallgemeinern?

Nein, natürlich nicht. Nachts sind alle Katzen grau, sagt Hegel, wobei er nicht sagt, daß man die schwarzen gar nicht sieht, daß sie also nicht grau sein können.

Gut, sagte sie, also ich mag griechisches Essen, mir

schmeckt das total gut. Übrigens hatte ich nach dem Tonfall Ihrer Stimme vermutet, Ihnen würde es auch schmecken.

Nein, leider nicht. Da täuscht der Tonfall.

Es sind einfache Gerichte, und sie schmecken so wie die Landschaft, aus der sie kommen.

Wir saßen einen Moment und schwiegen, sie rauchte, ich blickte in die Straße, in der noch einige Kinder in der Dämmerung spielten, Bäumchen wechsel dich. Der Grieche trat kurz vor die Tür, blickte auf unseren Tisch, aber da wir nichts bestellten, auch keine anderen Gäste gekommen waren, ging er wieder hinein, knipste die Außenlaternen an, ein sanftes goldbraunes Licht.

Fahren Sie öfter nach Griechenland?

Ja. In den letzten Jahren war ich auf Kreta, sagte sie, jedesmal zur Olivenernte. Ich miete mir einen Motorroller und fahre über die Insel zu einem Bauern, dem ich dann bei der Ernte helfe. Tagsüber schlage ich die Oliven mit einer Stange von den Bäumen. Die Oliven fallen in die unter den Bäumen aufgespannten Netze. Nachts schlafe ich in einem kleinen, aus Feldsteinen gebauten Haus. Die Fenster stehen offen. Zikaden schreien, ja, man muß sagen, sie schreien. Manchmal, ganz plötzlich, sind sie still, dann, jedesmal, bekomme ich einen tiefen Schreck. Es gibt kein elektrisches Licht. Nur eine Petroleumlampe. Ich liege auf dem Bett und lese. Raten Sie, was ich lese?

D. H. Lawrence?

Nein, die Odyssee. Ich habe sie dreimal auf Kreta gelesen. Eine meiner Lieblingsstellen ist die, wo Proteus aus dem Meer kommt und sich neben seine Robben legt.

Während ich versuchte, mir die herumschlabbernden Eissalatblätter in den Mund zu stopfen, deklamierte sie: Um ihn herum aber sammeln sich Robben und schlafen;

es sind dies / Kinder der herrlichen Meerfrau. Diese entsteigen der grauen / Flut und schnauben die bittren Gerüche der salzigen Tiefe.

Sehr schön sind diese bittren Gerüche der salzigen Tiefe, sagte ich und schob die ranzig schmeckenden Oliven an den Rand. Wenn Sie mir die Frage gestatten, als ich Sie anrief, da lief ein Band. Ich meine, das war etwas, wie soll ich sagen, etwas ungewöhnlich.

Mein Anrufbeantworter. Kann man doch Sozialstudien betreiben. Die einen nehmen das Forellenquintett auf, andere Cole Porter, als Erkennungsmusik, andere erklären einem nochmals den Sinn des Geräts: Dieses kleine Gerät dient dazu, Ihre Nachricht für mich aufzuheben, das sind die Neulinge. Und dann solche, die mit flehender Stimme sagen: Legen Sie nicht auf, sprechen Sie bitte nach dem Piepton! Ich rufe sofort zurück. Das sind die Einsamen.

Ja, sagte ich, darum gerade, Ihr Text hatte schon Hörspielqualität.

Danke. Das ist so was wie mein Firmenschild. Was früher der silberne Rasierteller für die Friseure war, das ist dieses akustische Signal für mich. War aber falsch geschaltet, als Sie anriefen. Ist sonst auf meiner Geschäftsnummer. Übrigens O-Ton, sagte sie und wechselte die übereinandergeschlagenen Beine. Auf dem Oberschenkel war eine helle Druckstelle entstanden, die sich langsam wieder braun färbte. Das ist mein Job. Ich mach daraus kein Geheimnis.

Woraus?

Nun, sagte sie, ich verdiene mein Geld mit Geschichtenerzählen. Sie sah mich an: Verstehen Sie?

Nein.

Ich verdiene mein Geld mit Telefonsex. Chill out wäre genauer. Ja. Alle gucken erst mal ziemlich dumm aus dem Karton. Aber mir macht es Spaß, und die Kohle stimmt. Absolut clean, keine Berührung, und man kann und muß spontan reagieren. Nicht so stupid, wie es die meisten machen: So Junge, jetzt wichs dir mal einen. Ich bin auch dabei, hier, ich hab die Hand unten, hier, zwischen den Beinen: Keuch, Keuch, Keuch. Einfach peinlich, das ist was für die akustischen Analphabeten. Nein, ich laß Geschichten entstehen, Möglichkeiten, es entsteht was im Kopf, wie beim Lesen. Insofern hat mir auch das Studium geholfen. Erzählen ist total erotisch. Bekommen die heimlichen Wünsche etwas Luft unter die Flügel. Im Gegensatz zu den Frauen sind die meisten Männer ja Voyeure. Das Auge ist doch das Organ der Distanz. Beim Ohr geht es direkt in den Kopf, und da drinnen werden dann die Bilder dazu geliefert. Gehört einfach mehr Phantasie dazu.

Sie wechselte wieder die Beine, schlug das eine über das andere. Wieder diese helle Druckstelle auf dem Oberschenkel, und dann bemerkte ich, wie sich plötzlich der feine blonde Flaum an den Beinen aufstellte, eine leichte Gänsehaut überzog die Schenkel, so als friere sie. Sie hatte meinen Blick, mein Starren bemerkt, und als ich sie ansah, wie ertappt, huschte ein winziges Lächeln über ihr Gesicht, ein freundliches und doch spöttisches Lächeln. Ich hatte das Gefühl, rot zu werden, ein Gefühl, das ich seit Jahren nicht mehr gehabt hatte. Ich versuchte meine Unsicherheit mit einem Lächeln zu überspielen: Ist Ihnen kalt?

So ein kleiner Schauder. Geht schon vorbei.

Können Sie mir nicht eine Ihrer Geschichten erzählen?

Nein, das geht nicht, wirklich nicht, und sie hob dramatisch die Hände, als wolle sie eine unzüchtige Annäherung abwehren. Schon der Gedanke ist mir peinlich, beim Erzählen Ihnen gegenüberzusitzen, nein, ich brauche den Apparat, etwas dazwischen, darf den anderen nicht sehen, das löst bei mir erst wieder Vorstellungen aus, so, einfach hier, vor Ihnen, also nein, das wäre ganz unmöglich. Mögen Sie die Oliven nicht mehr?

Nein. Sie nahm mit spitzen Fingern eine Olive und schob sie in den Mund.

Übrigens, sagte sie, Salat kommt in der Nachkriegsliteratur so gut wie gar nicht vor. Die Leute essen alles mögliche, Bockwurst, Bratwurst, Currywurst, Suppen, vor allem Suppen, aber bezeichnenderweise keinen Salat. Die ungesunde Ernährung der fünfziger, sechziger Jahre ist, wenn man einmal von Grass absieht, auch literarisch dokumentiert. Wahrscheinlich waren all die Kristleins, Weberbecks, Jakobs pickelig. Sie lachte, sagte: Sahen aus wie die Leute, die heute aus den ehemaligen sozialistischen Ländern rüberkommen. Ich erkenn die sofort, trotz der Boss- und Armani-Anzüge, immer noch verrät sie ihr Teint.

Ich verbot mir, ihre braunen Beine anzusehen, versuchte, mich ausschließlich auf das übergroße Salatblatt zu konzentrieren, das ich mit der Gabel zu zerteilen versuchte, die Ausbreitung geht, sagte ich, zumindest was die Tomate angeht, von Süden nach Norden. Anders als bei der Kartoffel, die sich von Norden nach Süden ausgebreitet hat. Meine Mutter zum Beispiel, die sehr gut kochen konnte, benutzte nie Olivenöl. Und auch mit den Tomaten war das so eine Sache, sie kamen allenfalls mal aufs Brot, in Scheiben, aber nie in den Salat, jedenfalls bei uns zu Hause nicht. Dafür machte sie einen unvergleichlichen Kartoffelsalat mit einer selbstgemachten Mayonnaise. Aber natürlich kommt es auf die Kartoffel an, sie muß einen Geschmack haben, der nicht zu viel Eigengeschmack hat, und schon gar nicht nach Rübe oder stockiger Karotte schmeckt, sondern es ist eben dieser zart nußartige Geschmack, der dann mit der Mayonnaise abgestimmt werden muß, ein kleines Geheimnis. /

Aber, sagte sie, das ist natürlich Kalorientonnage.

Natürlich, Sie wissen sicherlich auch, daß die Kartoffel als Aphrodisiakum galt. Ein Botaniker in Nürnberg schreibt im Jahr 1634, wie er sich die Kartuffeln hat braten lassen und dann, nach dem Verzehr des Gerichts, plötzlich seiner Köchin an die Schürze ging. Sie lachte, und ich streifte mit dem Blick kurz ihre Beine. Sie blies sacht den Rauch an mir vorbei, aber doch so, daß ich ihn roch. So also roch ihr Mund.

Haben Sie die Geschichte vom Tomatenesser in Roglers Notizen gelesen?

Nein, um Gottes willen, dann wäre ich nie fertig geworden. Ich war damit beschäftigt, literarische Zitate zu vergleichen.

Also, 1840 hat Robert Gibbon Johnson, in Salem, New Jersey, seine Mitbürger damit zum Staunen gebracht, daß er vor den Augen seiner Mitbürger eine Tomate verzehrte. Damals glaubte man noch, man müsse Tomaten mindestens drei Stunden kochen, um sie zu entgiften. Es war eine geschichtliche Tat von diesem Johnson. Eine Szene wie für Gary Cooper geschrieben: Der Mann, der auf der Treppe der Town Hall sitzt und in aller Seelenruhe diese Höllenfrucht ißt, eine Tomate, die damals noch gerippt war, erst durch spätere Züchtungen rund werden sollte. Wie sich Grace, die Tochter des Bankiers, in ihn verliebt hat, ihren Verlobten, einen reichen Rancher, verließ, um von diesem mutigen Tomatenesser sechzehn Kinder zu bekommen, was die luststeigernde Kraft dieser Frucht für die Mitbürger sichtbar bewies. Er war der Erfinder des Ketchup, das er aus dieser geheimnisvollen roten Frucht gewann: dem Goldapfel, Paradeiser, Liebesapfel.

Ich konnte nicht anders, ich mußte ihr wieder auf die zarte, etwas hellere Innenseite ihres Oberschenkels sehen, den sie eben wieder über den anderen geschoben hatte.

Sie stand auf und zog sich mit einem kurzen Ruck den knappen schwarzen Ripprock zurecht, setzte sich wieder hin. Kartoffel und Sex, das finden Sie nur bei Grass, sonst kaum, sagte sie sichtlich um einen sachlicheren Ton bemüht. Die Geschichte mit dem Tomatenesser gefällt mir, sagte sie. Ich werd sie mir merken. Wenn Sie nichts dagegen haben.

Nein, sie stammt ja aus Roglers Archiv.

Gerade das hat mir für meinen jetzigen Job geholfen. Gibt ja viele Anekdoten, ich sammel die: Claudius, der die Kartoffel besungen hat, und Klopstock, der so gern Frauen beim Kartoffelklauben beobachtete, er schwärmte für die runden Hintern. Meine Geschichten sprechen sich herum. Habe in der Kundschaft Politiker und Politikerinnen, vor allem viele Geisteswissenschaftler, zum Beispiel Germanisten, übrigens auch Frauen, Germanistinnen, die über Visualisierung von Texten gearbeitet haben, also literarische Barbiturate, gerade die sind ganz scharf am Telefon, keine Visualisierung, sondern saftige Geschichten wollen die, das, was die sich sonst verbieten. Hände auf die Bettdecke! Das sind diejenigen, die immer Angst haben, sich unter ihrem Niveau zu amüsieren. Die sind von einem berserkerhaften Ernst. Kommen ja meist aus kleinbürgerlichen Verhältnissen. Kenn ich von mir selbst, geistige Höhe durch Tiefe. Hat einige Zeit gedauert, bis ich das als ziemlich breiten Quark erkannt habe. Hat mir mein Beruf geholfen. Ich schneide die Gespräche mit. Will ich mal veröffentlichen, vielleicht, irgendwann: das Selbstreferenzielle und die Selbstbefriedigung. Da werden einige Leute ganz schön dumm aus der Wäsche gucken. Was Sie vorhin gehört haben, diese Stimme, ich meine den Schrei, das ist so einer. Ein völlig verklemmter Typ, kenne ihn vom Studium. Aber am Telefon, anonym, wie er denkt, dann dieser Lustschmerzschrei. Man muß den Hörer vom Ohr nehmen. Das andere ist auch ein Mitschnitt. Ich habe meinen Mann aufgenommen, als wir zusammen schliefen. Tonband neben dem Bett. Hab ihm das später vorgespielt. Habe ihn natürlich gefragt, und er hatte nichts dagegen. Jetzt, sagt er, als er mich heute anrief, hört er sich das immer ab, hat das über Telefon auf Tonband aufgenommen.

Wenn Sie es nicht als aufdringlich empfinden, ich würde gern eine Ihrer Geschichten am Telefon hören.

Sie sieht mich an. Ihre Iris ist hellblau und läßt das Dunkel der Pupille nur um so stärker hervortreten. Ich nehme mein Glas und tue, als würde ich intensiv diesen honigfarbenen Rest des Weins betrachten, blicke ihr aber schon wieder auf die Beine, die sie gerade neu umdrapiert hat: Der blonde Flaum, eine zarte Gänsehaut, bis zum Rockstreifen, winzige helle Pünktchen überziehen die braunen Oberschenkel.

Sie sieht mich an, lacht: Wieder so ein Schauder, aber nicht unangenehm. Sie zieht ihre Lederjacke zu, und das Texacohemd verschwindet unter dem schwarzen Leder. Auf der Kniescheibe, die sich so zart abzeichnet, hat sie eine Narbe, schmal, hell, gut drei Zentimeter lang. Ich berühre einem plötzlichen Verlangen folgend die Narbe mit der Fingerspitze, sie zuckt leicht zusammen, und ich frage sie schnell mit einem betont sachlichen Ton: Wie haben Sie sich verletzt?

Ach, sagt sie, als Kind, ich bin auf den Kantstein gefallen. Nichts Dramatisches. Sie steckt das Päckchen Zigaretten ein. Mir ist kalt. Lassen Sie uns zahlen. Ich geb Ihnen mal meine Geschäftsnummer, ausnahmsweise. Ich geb die sonst nie Leuten, die ich kenne. Rufen Sie mich an. Heute abend. Es ist ein verrückter Tag.

Wieso?

Ist der längste Tag. Sie sieht mich an: Und die kürzeste Nacht. Heute spielen alle verrückt. Und die meisten wissen nicht mal, warum. Geben dem Wetterumschwung die Schuld. Nee. Der Bäcker heute morgen sagt, er sei am Ofen eingeschlafen./Er zeigt mir die verbrannten Brötchen, einen ganzen Korb voll. Der türkische Änderungsschneider unten bei mir im Haus, sonst ein absolut ruhiger Mann, brüllt plötzlich wie ein Gorilla. Total ausgerastet. Ich stürze runter. Seine Tochter steht da, auf der Straße, hat sich den Tschador vom Kopf genommen und gesagt: Ich habn Freund, isn Deutscher, isn evangelischer Pastor. Ich zieh aus. Der Vater brüllt das Haus zusammen. Half nichts. Das Mädchen geht ungerührt weg, den Tschador überm Arm. Vorhin ruft mich mein Mann an, will wieder bei mir einziehen. Total durchgeknallt. Vier Jahre waren wir zusammen. Ich hab mich vor gut einem Jahr von ihm getrennt. Wir waren Freunde, und heute am Telefon weint er plötzlich. In den ganzen vier Jahren hab ich ihn nie weinen hören./Nimm das nicht auf, hat er gesagt, bitte. Ich hatte es schon aufgenommen, habe es dann wieder gelöscht. Was mir später wieder leid tat. So ein leises Weinen, sehr zurückgenommen, ja, beseelt, fiel mir gleich ein Vers von Benn ein. Einsamer nie. Oder ist das George? Aber ich hab gesagt: Nein. Vier Jahre waren wir zusammen. Dann ging es einfach nicht mehr, im Bett. Und eine Freundin hat sich auch nach vier Jahren getrennt von ihrem Mann, davor hat sie sich schon mal von einem Mann nach vier Jahren getrennt. Der Vierjahresrhythmus. Und jetzt, sagte die Freundin, hat sie gelesen, daß es ein Hormon gibt, das diesen Vierjahresrhythmus produziert. Vier Jahre sorgt es dafür, daß es diese erotische Spannung gibt, daß man den Partner anziehend findet. Genaugenommen die Zeit, um ein Kind zu zeugen, zu bekommen, zu stillen, schließlich abzustillen. Es ist ein Hormon, das die Nähe des einen – das heißt ja Treue – sucht, das die sexuelle Anziehung regelrecht produziert, dann aber nicht mehr gebildet wird, jedenfalls nicht für den Partner, das dann einfach ausbleibt. Was dann kommt, Sex, zu dem muß man sich zuerst selbst überreden, später zwingen, wenn man es denn nicht gleichgültig über sich ergehen lassen kann.

Ich dachte immer, sagte ich, es läge daran, daß wir in den Augen des anderen nicht mehr wachsen, also das verlieren, was wir alles sein könnten. Anziehung wäre dann nur dort, wo sich etwas entfaltet, wie beim Baum, und das setzt, die Botaniker wissen es, einen chaotischen Zustand voraus. Ist erst einmal alles in Ordnung, gibt es auch kein Wachstum, also auch kein Geheimnis mehr.

Eben, sagte sie. Dieses Hormon stellt dieses Wachstum einfach ein, so muß man sich das wohl vorstellen. Plötzlich is da nix mehr, keine stillen Sehnsüchte und auch keine Rasereien.

Können Sie nicht Ihre Erfahrungen aufschreiben?

Nein, keine Lust. Das Schreiben der Magisterarbeit war schon ne Qual. Und jetzt gar das, was man so leicht erzählen kann, langwierig aufschreiben, nein. Ich sammle aber, wie gesagt, die Stimmen. Ich nehm die auf. Das ist unvorstellbar, was da für Wünsche kommen, geflüstert oder gebrüllt, was die Leute für Vorstellungen haben. Ich helfe ihnen nur dabei, das auszudrücken, die sollen, die müssen ins Erzählen kommen, das ist ne Art Sexualbeichte, nicht das, was man getan hat, sondern was man gern tun würde, die schönen schwarzen Wünsche, die spannenden dunklen Ecken in der Phantasie werden ausgeleuchtet. Das törnt mich an. Deshalb hab ich Erfolg. Nicht einfach sagen: So jetzt hol dir mal einen runter. Sondern deren Phantasie auf die Sprünge helfen. Die brauchen jemanden, der sie führt. Lesen Sie die Anzeigen im *Tip* oder *Zitty,* in der Rubrik: Harte Sachen. Klar, andere wieder wollen es sanft, immer aber auf eine ganz besondere Weise. Der totale Aberwitz, der ist nur hier, hier. Sie tippte die Fingerspitzen erst sich gegen die Schläfe und dann mir, leicht, ein Flügelschlag nur, da sitzt es. Ich geb Ihnen mal meine Nummer. Übrigens, ich heiße Tina.

9
Tiefenangst

Es war kurz nach 20 Uhr, als ich in die Pension kam. In den Zimmern gibt es kein Telefon, will man telefonieren, muß man das vom Salon aus tun.

Auf der Fahrt in der U-Bahn hatte ich mir noch einreden wollen, daß dieser Anruf nur etwas Peinliches haben könne, schon aus dem Grund, weil man aus den dem Salon benachbarten Zimmern das Gespräch mithören konnte. Aber noch während ich mir fest vornahm, nicht anzurufen, wußte ich schon, daß ich doch anrufen würde. Ich sagte mir, es sei eine einmalige Gelegenheit, zu hören, wie der Telefonsex funktioniert. Eine Erfahrung, die ich vielleicht auch einmal beim Schreiben verwerten könnte. Vor allem aber dachte ich an diesen feinen blonden Flaum, der sich durch ein Frösteln so zart aufgestellt hatte. Ich schob den Stuhl dicht an die Wand, um möglichst wenig von dem Gespräch nach draußen dringen zu lassen, und wählte die Nummer, die eine 0 vorweg hatte. Es klingelte nur zweimal. Eine Ansage: Dieses Gespräch hat einen Sondertarif. Dann ihre Stimme: Hallo, bist du es?

Ja, sagte ich, ich meine, wenn Sie mich meinen, wir haben bei dem Griechen gegessen.

Natürlich meine ich dich. Ich hab auf deinen Anruf gewartet, merkst du daran, daß ich mein akustisches Firmenzeichen ausgeschaltet habe. Sitzt du bequem?

Es geht.

Kannst du dich nicht einfach hinlegen, auf dein Bett?

Nein, in dieser Pension gibt es nur ein Telefon in dem Frühstücksraum.

Schade, sagte sie, und der Zischlaut schob sich weich wie eine Zunge in mein Ohr. Ich kann von meinem Bett aus den Funkturm sehen, so erleuchtet erscheint er mir wie eine stark verkleinerte Ausgabe des Pariser Eiffelturms.

Ja, sagte ich, vielleicht erleuchtet, in der Nacht, und wenn man im Bett liegt, aber bei Tag wirkt er auf mich eher wie aus dem Stabilobaukasten. Es ist eben doch ein Unterschied, ob man einen Turm baut, um Radiowellen auszusenden oder um sich einen Traum zu erfüllen.

Welchen Traum?

Eiffel wollte in einer Badewanne sitzend über Paris blicken.

Weißt du, was mich überrascht hat, als ich dich sah?

Nein.

Dieser komische Haarschnitt. Das paßt eigentlich nicht zu dir, diese Treppen, sieht richtig schräg aus.

Ich lachte, aber was mir rausrutschte, hörte sich verquetscht, fast wie ein Schluchzer an.

Doch, sagte sie, find ich wirklich gut, ehrlich, sagte sie denn auch noch. Kannst du das Telefon nicht mit in dein Zimmer nehmen?

Nein, leider nicht, die Schnur ist zu kurz.

Kannst du denn offen reden?

Na ja, sagte ich leise, es ist etwas hellhörig hier.

Schade, sagte sie wieder. Ich wollte mit dir ganz offen reden. Ich muß dir nämlich sagen: Ich war schon beim ersten Anruf richtig neugierig auf dich. Deine Stimme gefällt mir. Stimmen sind für mich nämlich ganz wichtig, weißt du, das Wichtigste überhaupt, um mich für jemanden zu interessieren, ich meine nicht nur intellektuell, sondern auch körperlich. Ich muß die Person nicht einmal sehen, die Stimme geht durchs Ohr und dann, jedenfalls bei mir, wenn sie mir gefällt, richtig durch und durch, klar, hängt auch davon ab, was gesagt wird. Aber wichtig ist der Klang, die Melodie. Hier ruft manchmal ein Mediziner an, ein Professor, ein Anatom, der hat mir erzählt, daß es im Ohr zwei winzige Muskeln gibt, deren Funktion man lange nicht richtig erklären konnte, bis man feststellte, daß sie eben das verstärken: die Klangnuancen, durch eine Kontraktion. Es dringt etwas in dich ein, und diese Muskeln öffnen und schließen sich, erhöhen den Reiz, seitdem weiß ich, warum ich gern zuhöre, jedenfalls dann, wenn die Stimme einen bestimmten Klang hat, das löst bei mir so ein kribbelndes Gefühl aus, geht mir durch und durch, wie deine Stimme. Du hast eine ruhige Melodie, und die Vokale klingen richtig.

Tatsächlich?

Ja, du sprichst mit einem Resonanzboden, richtig geil. Schon wie du fragst, wie du antwortest. Der Wahnsinn. Ich dachte mir, das muß ein Mensch sein, der weiß, was er will, und der doch sehr aufmerksam, sehr zärtlich sein kann. Sie machte eine lange Pause, so daß ich mich genötigt fühlte, etwas zu sagen: Na, ja, im Prinzip, also wie soll ich sagen, ich suchte nach einer distanzierenden, ironisierenden Wendung, aber dann entdeckte ich die Zahlen, Zahlen, die regelrecht durchdrehten in diesem kleinen weißen Apparat, der neben dem Telefon stand und die Einheiten anzeigte. 12 hatte jemand vor mir telefoniert. Normalerweise wälzte er die Zahlen, wenn ich nachts mit München telefonierte, langsam um, wie Schildkröten krochen sie weiter, eine nach der anderen, und jede trug 60 Pfennig mit sich fort, jetzt jagten sie sich wie bei einem Stromzähler, wenn alle elektrischen Haushaltsgeräte angeschaltet sind. Ich starrte stumm auf die Zahlen. Hallo, sagte sie, hörst du mich? Was machst du jetzt?

Ich, wieso, sagte ich, nichts.

Du mußt wissen, von deiner Stimme her habe ich dich weit jünger geschätzt.

Ja, sagte ich, das passiert mir manchmal. Idiotischer, dachte ich, kann man nicht antworten. Idiotisch, sagte ich.

Was?

Nun das, was ich eben gesagt habe, ich wollte sagen, daß ich mit meinem Alter ganz zufrieden bin. Ich habe keine Probleme damit. Vielleicht ändert sich das ja in ein paar Jahren, daß ich dann voller Wehmut, womöglich mit Neid, junge Männer sehe.

Ach, sagte sie, das ist bei euch immer nur die Vorstellung, daß die Jüngeren besser rammeln können – sie machte eine kleine Pause –, was ja auch stimmt.

Tatsächlich?

Die Frequenz nimmt im Alter ab, aber etwas anderes zu.

Aber was nimmt dann zu? fragte ich und ärgerte mich über diesen gierig lauernden Ton meiner Frage, dem ich schnell ein theoretisches Interesse unterschob: Sex sei, zumindest, was die Empfindungen angeht, einer der wenigen Bereiche, die nicht öffentlich sind, wo man noch immer andere ausschließt und selbst ausgeschlossen wird, eben weil sich ein ganz individuelles Verhalten darin zeigt, daher diese hastige, hemmungslose Neugierde.

Ich weiß, sagte sie, ich lebe davon. Ich will zu dir mal ganz ehrlich sein. Das Sonderbare ist, sagte sie, ich zum Beispiel finde Männer erst richtig anziehend, wenn sie über 45 sind. Das hat einen einfachen Grund, es macht mich total scharf, wenn ich die antörnen kann, daß die plötzlich so n Hormonschub kriegen, der Adrenalinspiegel steigt. Das ist doch das Geheimnis der Macht, die erotisiert. Erfolg und ein spannendes Leben törnen an.

Darum haben auch die meisten älteren Männer einen Schlag bei jungen Frauen. Männer müssen älter sein, jedenfalls für mich. Die Zwanzigjährigen erzählen dir, wie sie ihre Karriere planen oder von ihren Jungenstreichen. Ältere Männer haben dir einfach mehr zu erzählen, zwei, drei Ehen, höllische Kinder, Katastrophen und Erfolge im Beruf. Natürlich kommt es total darauf an, wie erzählt wird und mit welcher Stimme. Weißt du, als du gefragt hast, ob mir kalt sei, da war das was anderes, das kam, als ich sah, wie du meine Beine angeguckt hast, war so ein richtiger Schauder, total gut, so wie jetzt, wenn ich daran denke, geht mir durch und durch.

Ich starrte auf die Zahlen, die, wenn ich das in der Geschwindigkeit recht sah, von den anfänglichen 12 inzwischen auf 180 hochgeschnellt waren. Hörst du?

Ja.

Weißt du, daß ein älterer Mann daran schuld war, daß meine Ehe auseinandergeflogen ist?

Nein.

Ja. Ich hab mit 22 Jahren geheiratet. Hat genau vier Jahre gedauert, die berühmten vier Jahre. Dann ist es passiert.

Was?

Es ist eine Geschichte – sie stockte –, ein wenig wie mit uns. Hörst du mich?

Ja, ich bin ganz Ohr.

So gehört sich das auch. Also, es fing so an, daß ich etwas gegen meine Tiefenangst tun wollte. Ich kann nämlich nur da schwimmen, wo ich noch stehen kann. Und im Nichtschwimmerbecken herumzupaddeln war mir einfach immer peinlich. Ich saß damals gerade an dieser Magisterarbeit. Es war eine fürchterliche Zeit. Ich hatte Schlafstörungen, ich hatte Kopfschmerzen, Migräneanfälle, ich glaubte, mir würde die Kopfhaut langsam vom Hals über den Kopf gezogen. Ja. Sogar die Haarspitzen taten mir weh, ich durfte sie gar nicht berühren. Wenn ich mich kämmte, war das ein rasender, den Kopf zerreißender Schmerz, ja, bis tief in den Kopf hinein, dort, wo sich die Wörter bilden, das Sprechen tat weh, das Lesen, das Schreiben sowieso. Der Arm, der rechte, war so schwer, so steif, daß ich ihn kaum heben konnte, und der Rücken verspannt, regelrecht verknotet. Ich war wie erstarrt. Ich las meine Notizen, Verweise, Zitate, ich hatte das Gefühl, in all den Details zu ertrinken. Fürchterlich. Ich ging zu einem Arzt, den eine Freundin, die auch unter Migräne litt, mir empfohlen hatte. Der fragte mich auf eine ruhige freundliche Weise nach meinem Liebesleben, und ich sagte, da sei momentan keins. Mein Mann sei sehr rücksichtsvoll und bedränge mich nicht. Der Arzt ließ sich den Schmerz im Kopf beschreiben, wie und wo genau er seinen Anfang nahm, er hat mich untersucht, und dann sagte er: Schwimmen, das entspannt, richtig schwimmen, eine Stunde, dann können Sie nachts auch schlafen. War im Winter. Also Hallenbad. Und da hab ich ihm gesagt: Ich kann nicht schwimmen, ich hab Tiefenangst. Hat er gesagt, dann gibt es nur eins, dreimal in der Woche ins Hallenbad, erst im flachen Teil. Breitseite, hin- und herschwimmen, und dann langsam von Woche zu Woche sich in den tieferen Teil hinausarbeiten. Ich war ein wenig enttäuscht. Ich hatte auf ein Medikament gehofft, ein Medikament, das mir einfach die Schmerzen nimmt. Und jetzt sollte ich schwimmen gehen. Bin dann doch ins Hallenbad. Ging jede Woche viermal morgens ins Bad und schwamm. Es tat mir gut, ich kam mit der Arbeit etwas besser voran, so wie ich mich langsam über diese Nichtschwimmergrenze hinausarbeitete, es dauerte aber, bis ich das Seil, das die Grenze markiert, endlich losließ. Manchmal hielt ich mich daran fest, zum Verschnaufen, und beobachtete voller Neid einen Mann, der wie ich jeden Morgen schwamm, aber wie, du hättest ihn sehen müssen, in einer total konzentrierten Bewegung kraulte der die Bahnen hin und her, machte seine Katapultwenden, und man sah, wie genau und präzise dieser Bewegungsablauf war, bis in die kleinen Finger hinein. Manchmal stemmte er sich am Beckenrand hoch. Das Erstaunliche, er war ein schon älterer Mann, Mitte Fünfzig, leicht graustichig das Haar, hatte aber einen tollen Körper, keinen Bauch, nicht einmal den Ansatz, muskulös, durchtrainiert, toll. Einmal stießen wir zusammen, und sofort stürzte meine Sicherheit in sich zusammen, ich begann hektisch zu strampeln, um mich zu treten, hatte das Gefühl, seitwärts ins Nichts zu rutschen, da spürte ich seine Hand an meinem Bauch, und diese beruhigende, ja stärkende Stimme, ähnlich deiner: Sie haben einen Schreck bekommen, er hielt mich, ich schwebte im Wasser. Er schwamm mit mir zum Beckenrand. Wir saßen dort einen Augenblick. Ich erzählte ihm von meiner Tiefenangst, dem Schreck und wie sie plötzlich wieder aufgetaucht war.

Ich starrte auf die Zahlen, die sich der 300-Grenze genähert hatten, und ich überlegte mir, was ich morgen der Pensionsbesitzerin sagen sollte, ein Ferngespräch mit Tokio oder eine Besprechung mit San Francisco.

Er hat mir gesagt, man müsse sich auf den Bewegungsablauf konzentrieren, also ganz auf sich, jedes Glied beobachten, ob es gestreckt sei, Arme strecken, Beine, bis in die Zehen, und dann, das Wichtigste, auf das Atmen konzentrieren, das ist das Geheimnis, sagte er, und man verliert jede Angst vor der Tiefe. So schwammen wir nächstes Mal nebeneinander her, manchmal hielt er mich einen Moment, korrigierte die Kopfhaltung, meine Lage, und dann war seine Hand einmal an mir heruntergeglitten und, so hielt er mich, hielt mich einen Moment im Schritt, ja, er sah mich erschrocken an und zog die Hand wieder zurück. Dreimal hatte ich den Mann gesehen, mit ihm auf dem Beckenrand gesessen: Er war Architekt, verheiratet, hatte Kinder. Wenn wir da, die Füße im Wasser hängend, saßen, erzählte er von Bauprojekten, eine Schule, ein Postamt irgendwo im Osten, ein Mehrfamilienhaus; und immer mit einer Begeisterung, ja einem Fanatismus, als handle es sich um den Eiffelturm, und so zielstrebig schwamm er, sparsam in den Bewegungen, aber voller Kraft und mit minimalen Spritzern. Ich konnte kaum noch abwarten, morgens zum Schwimmen zu gehen, freute mich, ihn zu sehen, und als er zwei Wochen nicht kam, paddelte ich lustlos am Nichtschwimmerseil entlang, kam sogar am Wochenende, um ihn auf keinen Fall zu verpassen. Dann, nach zwei Wochen, war er wieder da. Eine Reise wegen irgendeiner Ausschreibung. Ich sagte ihm, das Schwimmen, so allein, habe keinen Spaß gemacht, und er sagte, er hätte es nicht abwarten können, und dann sind wir nach dem Schwimmen zu den Umkleidekabinen gegangen, und da passierte es.

Am anderen Ende war es still. Was, fragte ich, und was passierte da? Sie schien etwas zu trinken.

Ich trinke ein Glas Rotwein. Können wir nicht anstoßen, so durch die Leitung.

Ich sagte, hier gebe es keinen Rotwein, nur Bier im Kühlschrank, ich müßte erst in die Küche gehen.

Meine Güte, sagte sie, das ist ja sehr spartanisch. Ich wollte erst widersprechen, sie fragen, ob sie denn Minibars stimmungsvoller fände, sah dann aber die Zahlen, die auf 578 vorgerückt waren.

Was war passiert? fragte ich nach.

Ich rutschte aus. Er hielt mich fest. Sehr fest. Ich spürte seinen nassen Körper, spürte meinen, mit diesem leichten Schauder, obwohl es doch warm in der Halle war. Ich wollte mir die Badekappe vom Kopf ziehen, bekam sie nicht gleich zu fassen, meine Hände flatterten. Da zog er mir die Kappe mit einer sachten Bewegung vom Kopf, und ganz unvermittelt küßten wir uns, nein, wir stürzten regelrecht ineinander. Was ich schmeckte, ich schmeckte Chlor, ein Geruch, den ich eigentlich nicht mag, aber sonderbar, jetzt, in dem Moment, war das ein total geiler Geruch – verrückt, nicht –, ein Geruch, der von seinem nassen, nackten Körper ausging, während draußen der Schneeregen fiel, plötzlich Kindergeschrei, eine Schulklasse kam zum Schwimmunterricht. Wir drückten eine der Kabinentüren auf, riegelten uns ein, wir stürzten gegen die Wand, ohne etwas zu sagen, zog er, nein riß er mir den Badeanzug vom Körper.

Warte mal, sagte sie, ich hol mir mal ne Zigarette. Ich hörte ein Knacken, sie hatte offensichtlich den Hörer auf den Tisch gelegt, dann Schritte, die leiser wurden, es war ein metallisches Picken. Trug sie etwa Pfennigabsätze auf einem Parkettboden? Jedenfalls hatte sie keine Turnschuhe mehr an. Wollte sie heute abend noch weggehen? Einen Mann treffen? Ich versuchte sie mir in einem schwarzen Kleid vorzustellen. Aber dann fiel mein Blick wieder auf den kleinen weißen Apparat vor mir, auf das schwarze Zählwerk mit den kleinen weißen Zahlen, die sich gleichmäßig und unermüdlich weiterdrehten, während ich in einen stillen Raum hineinlauschte, der jetzt mit 590 angezählt wurde und in dem bald die 600 übersprungen sein würde. Ich rechnete hoch und kam schon jetzt auf die irrwitzige Summe von 360 Mark. Ich spürte Ärger, ja die Wut in mir aufsteigen, überlegte, ob ich mich hier weiter zum Narren halten lassen oder nicht einfach auflegen sollte. Andererseits, sagte ich mir, es sei ganz verrückt, jetzt, wo es schon so viel gekostet hatte, nicht den Schluß der Geschichte zu hören. Und natürlich wollte ich sie gern wiedersehen. Dann hörte ich das Pikken der Absätze von fern, es kam näher, ein Rascheln, hallo, sagte sie, entschuldige, sagte sie, ich mußte noch pinkeln. Du mußt mir noch deine Adresse geben, dann schick ich dir eine Kopie meiner Arbeit. Sie ist natürlich sehr literaturhistorisch ausgerichtet.

Ich hatte mir vorgenommen, ihr mit einem flapsigen Tonfall zu sagen: Mädchen, jetzt komm mal zum Ende. Jetzt aber überlegte ich, welche Adresse ich ihr geben sollte, da ich ihr ja einen falschen Namen genannt hatte.

Am besten zu einem Freund schicken, sagte ich und nannte ihr die Adresse von Kubin.

Moment, sagte sie, ich schreibe.

Also, sagte ich betont ungeduldig, wie ging es weiter?

Nee, sagte sie, etwas Zeit mußt du schon haben.

Zeit ist Geld, sagte ich.

Stimmt. Sie lachte. Ja, wir waren in dieser Badekabine. Natürlich hatte ich auch das damals im Kopf, dieses Wort: Aids, aber verrückt, gegen jedes bessere Wissen, es war mir egal. Total. Eng war es in dieser Kabine, überall die Wände, oben drüber ein Maschendraht, eine Bank, auf der ich mit einem Bein kniete, den Oberkörper, den Kopf in die Kabinenecke verdreht. Er drückte mir, als ich laut aufseufzte, sein Handtuch in den Mund, ich biß hinein, stumm, aber jeder der unterdrückten Schreie hallte in mir nur um so lauter, es sprengte mir den Kopf, den Körper, wie ich so stumm und verbissen in mir schrie, bis sich in mir alles aufwölbte, um wie wild pochend in sich zusammenzufallen, dann ein sanftes, lustvolles Nachschaudern. Erst als er mich vorsichtig auf die Beine stellte, merkte ich, daß sie weich waren, mir die Knie zitterten. Ich konnte kaum stehen, mußte mich an der Wand festhalten. Jemand riß an der Kabinentür. Wir hörten von draußen das Geschrei der Kinder. Ich zog mir hastig den Badeanzug an. Wir lauschten. Das Geschrei der Kinder entfernte sich, dann stürmten wir aus der Kabine, erst er, nach links und rechts blickend, wie nach einem Banküberfall, dann ich. Ich zog mich um, wobei ich bemerkte, daß ich den Badeanzug falsch herum angezogen hatte, das Etikett nach außen. Ich fuhr nach Hause. Für mich selbst überraschend, es war nicht peinlich, es war mein erster Seitensprung, wie man das so nennt.

Und wieder hörte ich sie trinken. Ich hatte mir immer vorgestellt, das schlechte Gewissen würde mich niederdrücken, schier zerreißen, ich würde mir verzweifelte Selbstvorwürfe machen, nichts davon. Wenn ich daran dachte, dann immer mit einem Lachen, ja ich lachte laut vor mich hin. Es war die reine Lust. Ein wenig unsicher war ich aber, wie das sein würde, wenn ich meinen Mann sehen würde, wie ich ihm abends entgegentreten sollte.

Die Tür der Pension wurde aufgeriegelt. Augenblick mal, sagte ich. Ein Pensionsgast kam, ein junger Mann, auf der Schulter trug er ein Rennrad. Er guckte kurz zu mir in den Salon, sah mich telefonieren, sagte: Guten Abend. Guten Abend.

Er ging parkettquietschend den Gang zu seinem Zimmer weiter.

Wer war das, fragte sie.

Ein junger Mann aus der Pension mit seinem Rennrad.

Ich trag mein Fahrrad auch ins Haus, sagte sie, die Zeit, in der man die draußen anketten konnte, ist vorbei. Inzwischen sägen die sogar die Titanschlösser durch, die werden kurz stark abgekühlt und ratsch, sind sie durch, geht ruck zuck.

Du wolltest von deinem Mann erzählen, nach dem, also nach dem Schwimmbadbesuch.

Ja, am Abend kam mein Mann, ich nenn ihn mal Thomas. Ich ging ihm entgegen, nicht verkrampft, nicht mit ner inneren Sperre, im Gegenteil, total offen, ja, ich war sogar scharf auf ihn, und das, obwohl es mir schon seit Monaten keine Lust mehr mit ihm gemacht hatte. Ich denke, hätte ich mich irgendwo mit dem Mann in einem Haus getroffen, einem Zimmer, vollgestellt mit Bett, Sesseln, Schrank, privaten Dingen, wäre es alles auf sein und auf mein Leben bezogen gewesen. Aber so war es wie aus einer anderen Welt. Und ich denke, darum kommt es gerade in Hotels zu dem, was man Seitensprung nennt. Dieser anonyme Ort mit seiner genormten Einrichtung läßt kaum einen Vergleich zu dem, wie man zu Hause lebt, zu. Dachte ich an das Hallenbad, war es, als hätte ich das alles, wie soll ich sagen, in einem Film gesehen. Mich auch. Kannst du das verstehen?

Ich blickte auf diesen Zähler, der sich schon der 700 näherte, und sagte, ja, natürlich, aber wie gehts weiter.

Auch daß der andere, ich will ihn nur den anderen nennen, mit seiner Frau zusammen war, störte mich nicht, es war wie eine andere Welt, so ähnlich, denke ich, wie ich mit Thomas zusammen war. Jede Woche sahen wir uns mindestens zweimal. Wir schwammen eine gute halbe Stunde, dann duschten wir uns, warm, heiß, gingen schnell in die Kabinenreihe, und in einem unbewachten Augenblick stürzten wir in eine der Kabinen, wo wir dann übereinander herfielen, nie im Liegen, dazu war kein Platz, du verstehst, alle möglichen Positionen. Es gab in den Kabinen zum Beispiel zwei Kleiderhaken, an denen ich mich festhalten konnte, sie lachte, und ich hörte sie wieder einen Schluck trinken. Stellungen, wie man die von Abbildungen indischer Tempel kennt, die verrücktesten Stellungen, nur eben nicht die normalste der Welt, daß man sich im Liegen liebt.

Und immer in dieser irrwitzigen Stummheit, weil die Nebenkabine aufgeriegelt wurde, das Kratzen eines Bügels, ein Hüsteln, während ich aufpassen mußte, daß mein Kopf nicht regelmäßig gegen die Trennwand gestoßen wurde. In mir alle Schreie, alles Keuchen, atemlos, nein, nach Luft ringend, wir beide rot in den Gesichtern, Kratzspuren an seinem Rücken, seiner Brust. Gott, flüsterte ich, was hab ich gemacht. Und zeigte auf die roten Striemen. Was wird deine Frau sagen?

Ich hab ihr gesagt, daß ich zweimal in der Woche Wasserball spiele, sagte er.

Ich lachte.

Du lachst jetzt, wir haben damals auch gelacht. Wir haben in der Kabine losgeprustet. Als wir aus der Kabine kamen, stand davor ein Mann und starrte uns an, starrte mich an. Ich bekam einen mächtigen Schreck, irgendwie kam mir der Mann bekannt vor, dachte den ganzen Tag nach, woher ich den Mann kannte.

Und, sagte ich, um sie wieder auf die Spur zu bringen, hat dein Mann etwas gemerkt?

Nein. Einmal fragte er mich, warum ich mir die Nägel so kurz schnitt, derart kurz, wie man es bei Kindern macht, die sich die Nägel abbeißen. Die Nägel werden vom Chlor brüchig, sagte ich, sie splittern.

Und natürlich wollte er wissen, was denn in mich gefahren sei. Ich entzog mich ihm nicht, im Gegenteil, er sagte, ich sei anders, ein ganz anderer Mensch, gelöster, regelrecht verrückt, das käme, sagte er, vom Schwimmen, ich hätte meine Tiefenangst verloren. Du läßt dich fallen. Du bist richtig wild, sagte er, wilder noch als damals, als wir uns kennenlernten. Aber ich denke, da hatte er nur vergessen, wie es damals war.

So waren gut zwei Monate vergangen. Ich schlief wie ein Bär. Meine Kopfschmerzen waren verschwunden, die Verspannungen. Ich kam mit meiner Arbeit voran. Es ging mir einfach fabelhaft.

Warte mal, ich muß mal einschenken. Ich hörte Plätschern, dann ein Schluckgeräusch. Mir kam plötzlich der Verdacht, daß es vorfabrizierte Hintergrundstöne waren, die ich da hörte. Am liebsten hätte ich ihr gesagt, deine Arbeitsschwierigkeiten interessieren mich nicht die Bohne. Sag mal, fragte ich, hast du ein Tonband mitlaufen?

Nein, bei dir mach ich das nicht.

Also zweimal in der Woche habt ihr euch gesehen?

Ja. Zweimal in der Woche trafen wir uns beim Schwimmen. Wir waren geübter, es war nicht mehr so anstrengend, die Luft anzuhalten, die Schreie zu unterdrücken. Wir waren aufeinander eingespielt, könnte man sagen. Ich hatte Zeit, seine Haut zu genießen, eine wunderbar weiche, sanfte Haut, trotz des Chlorwassers.

Dann einmal, als wir aus der Kabine gekommen waren und am Beckenrand saßen, sagte er: Etwas, wonach ich mich richtig sehne, ist, mich bei dir ausstrecken zu können, dich an meinem Ohr zu hören. Eine Zeit neben dir zu liegen. Und noch etwas – Ruhe. Ruhe um uns. Er schlug vor, wir sollten uns an einem Wochenende treffen.

Ich sah den Zähler von 852 auf 853, 854 umspringen.

Und wie kam es, ich meine, wie ging die Ehe kaputt?

Nicht so schnell. Wir haben Zeit. Also, ich sagte zu Thomas, am Wochenende wolle ich nach Frankfurt, eine Ausstellung besuchen, eine Schulfreundin lebte dort, die ich seit Jahren nicht mehr gesehen hatte. Ich wolle nicht bei ihr übernachten, sagte ich, da ich deren Mann nicht mochte. Ich belog Thomas, das erstemal in den ganzen Monaten mußte ich lügen. Sonst war ich einfach morgens zum Schwimmen gegangen. Ich log mit einem unbeschreiblichen Widerwillen, und es hat sich mir als eine besondere Gemeinheit eingeprägt, etwas, woran ich sehr ungern denke, dieser Moment, als ich sagte, ich will die Ausstellung besuchen. Ja, ist doch schön, sagte Thomas. Ich fuhr Freitag nachmittag los, wir trafen uns in einem anonymen, aber teuren Hotel. Er hatte für jeden von uns ein Zimmer bestellt, damit kein Verdacht aufkam, wenn einer von uns vom Ehepartner angerufen würde. Er hatte an alles gedacht.

Ich hörte, wie sie etwas trank, eine Pause entstand.

Und wie war es?

Eine Katastrophe.

Wieder nahm sie einen Schluck, schade, daß du nicht auch etwas trinkst.

Ja, schade, aber wieso eine Katastrophe?

Ich konnte im Zimmerspiegel den Badezimmerspiegel sehen und ihn davor, wie er sich die Zähne putzte, immer schön rot-weiß, rot-weiß, kannst du dir das vorstellen, ich lieg da und warte, und er putzt sich die Zähne, wie in einem Aufklärungsfilm gegen Karies, und dann benutzt er auch noch Zahnseide. Wir hatten ein Steak gegessen. Dann kam er und sagte, sag mal, benutzt du Verhütungsmittel? Natürlich nicht, log ich und sagte ihm, daß es doch etwas komisch sei, mich das jetzt zu fragen. Es war ein Debakel, es war eine Eselei. Es klappte denn auch nicht, wie man so schön sagt. Es war lächerlich. Ich schlief in dem anderen Hotelzimmer. Wir sind getrennt nach Berlin zurückgefahren. Ich hatte viel Zeit nachzudenken, während der Intercity über die ausgewechselten DDR-Gleise fuhr. Auch über meine Ehe.

Inzwischen hatte der Zähler die 900-Grenze überschritten, und ich war gespannt, was passieren würde, wenn noch eine Null hinzukäme, wofür kein Platz mehr war. Würde alles auf Null zurückspringen, oder würde der Apparat auseinanderfliegen? Ich hatte für fast 600 Mark telefoniert, das teuerste Telefongespräch meines Lebens. Und natürlich könnte ich es niemandem erzählen. Nun sag schon, drängte ich.

Ich habe die Tür aufgeschlossen und Thomas, der mir entgegenkam, alles erzählt. Er war so überrascht, daß er nur dasaß und zuhörte. Keine Verzweiflung, keine Vorwürfe. Ich bin am selben Abend zu einer Freundin gezogen. Den anderen habe ich nie wieder gesehen. Mit meinem Mann hatte ich so was wie eine gute Freundschaft, verständnisvoll, bis heute, als er anrief und verrückt spielte. Ein total verrückter Tag. Und jetzt bist du mir noch über den Weg gelaufen. Weißt du was, ich hätte Lust zu schwimmen. Ganz ohne Tiefenangst. Wenn du Lust hast, könnten wir uns im Schwimmbad treffen. Hast du Lust? Hallo.

Ich starrte gebannt auf das Zählwerk, das sich jetzt der 1000 näherte. Die 7 kam, die 8, dann die entscheidende 9, das Zählwerk sprang auf 0 zurück. Was machst du? Machst du was mit dir?

Nein. Nichts, ich habe nachgedacht.

Hast du Lust?

Ja, sagte ich.

Wir müssen uns beeilen, sagte sie. Das Bad hat bis 22 Uhr auf.

Ich habe keine Badehose.

Die kannst du dort leihen. Nimm ein Taxi. Bis gleich.

Ich legte auf, die Zahl zeigte genau 13 an, also eine Einheit mehr als zuvor. Ich schrieb 1001 Einheiten unter meine Zimmernummer. Und überlegte, wie ich das morgen erklären sollte. Den Gedanken, nur eine Einheit aufzuschreiben, schob ich schnell als zu schäbig beiseite. Einen Augenblick versuchte ich noch, mich selbst zu überreden, einfach im Zimmer zu bleiben, nicht in dieses Bad zu fahren; du kannst dich nicht so vorführen lassen, sagte ich mir, aber dann auch wieder, du mußt dir dieses Bad schon aus beruflichen Gründen ansehen, denn das war eine ausbaufähige Geschichte. Und, natürlich, ich wollte sehen, wie sie im Badeanzug aussah, auch wollte ich einen Eindruck von der Größe der Kabinen gewinnen, denn die würde sie mir ja sicherlich zeigen. Ich nahm mir eins der Pensionshandtücher und lief hinunter zum Taxistand.

Im Bad konnte ich mir tatsächlich eine Badehose ausleihen. Es war eines dieser alten buntgekachelten Bäder, die in der wilhelminischen Zeit gebaut worden waren. Es roch nach Chlor und Fußpilzmittel, und es war extrem warm. Mir brach der Schweiß aus. Die Brille beschlug. Ich ließ sie in der Kabine. Ich bin nicht stark kurzsichtig, aber doch so, daß ich nicht sicher war, sie auf eine größere Distanz unter den anderen Badegästen zu erkennen, zumal sie eine Badekappe tragen würde. Ich duschte vorschriftsmäßig, ging zum Becken, machte einen Köpfer, der mir – ganz gestreckt – elegant gelang, und kraulte eine Bahn herunter, warm, ungewöhnlich, ja unangenehm warm war das Wasser, ich machte eine Katapultwende, kraulte, jetzt aber schon mächtig außer Atem, zurück, bis ich in eine ältere Frau hineinschwamm, die nach Luft schnappte und schimpfte, aber ich verstand nichts, hatte mich verschluckt und hustete, daß mir die Tränen kamen, hielt mich wassertretend an der Oberfläche, es schmeckte ekelerregend nach Chlor. Ich blickte um mich. Nur alte Leute, alte Männer, alte Frauen, die schwerfällig im Wasser dümpelten. Es war, als hätte ein Altersheim einen Ausflug gemacht. Lediglich am Beckenrand hing an einer Schwimmangel ein blonder Junge, den Gurt um den Leib, und machte unter der Aufsicht eines Bademeisters Schwimmübungen. Ich hätte nie gedacht, daß nach dieser altmodischen Methode noch immer Schwimmunterricht gegeben wurde. Eine halbe Stunde schwamm ich noch hin und her, in diesem piß-warmen Wasser, ganz unangestrengt. Hin und wieder stemmte ich mich auf den Beckenrand und hielt Ausschau, aber sie tauchte nicht auf. Ich war hier mit Abstand der Jüngste. Eine Lautsprecherstimme sagte, bitte verlassen Sie das Schwimmbecken, wir schließen in 15 Minuten das Bad. Ich ging zur Kabine und zog mich an. Erst beim Hinausgehen sah ich das Schild. *Heute extra warm. Senioren-Abend.*

10
Das Glas Buttermilch

Ein Klopfen weckte mich. Jemand klopfte an die Zimmertür: Telefon für Sie! Ich sprang aus dem Bett, zog mir schnell ein Sweatshirt über, schlüpfte in die Slipper und ging in den Salon, wo schon einige Pensionsgäste frühstückten. Der Hörer lag auf dem kleinen Telefontisch. Hallo, sagte ich und hörte eine tiefe Männerstimme, verstand aber nichts. Erst nach einem Moment erkannte ich einzelne Worte: Kartoffel. Katalog. Sorten. Schmackguuuut. Sie suuuchen?

Ja, sagte ich, ich suche einen Katalog, einen Geschmackskatalog verschiedener Kartoffelsorten.

Schmackguuut, sagte die Stimme mit einem jovialen Lachen.

Haben Sie das Kästchen? fragte ich.

Habsortenaberkostet.

Ja, natürlich. Wo kann ich Sie treffen?

Hilton Hotel, *Gendarmmarkt,* in Lobby, sexzehn Uhr?

Okay, sagte ich, Hilton Hotel, 16 Uhr, und bringen Sie bitte den Geschmackskatalog gleich mit.

Guuut – abernixbilliggutpreis.

Selbstverständlich gibt es Finderlohn.

Diese Stimme lachte aus einer Tiefe, die ihr eine dröhnende Herzhaftigkeit gab. Ein spontanes, sympathisches Lachen, dachte ich.

Ich legte auf. Das Kästchen war also wieder aufgetaucht. Ich war derart erleichtert, daß ich vermutlich freudig aufgeschnauft oder vielleicht auch etwas gesagt hatte, jedenfalls waren, als ich mich umdrehte, alle Augen auf mich gerichtet, eine Frau hielt wie vergessen das angebissene Brötchen vor den Mund, sie hatte auch aufgehört zu kauen, ein Mann starrte mich mit einem blöden Staunen an. Ich sagte guten Morgen, drehte mich um, sogleich begann hinter mir ein Tuscheln. Ich ging in mein Zimmer zurück.

Es war ja auch nicht leicht einzuordnen, was die Leute zu ihren Frühstückseiern hatten hören müssen: Kartoffeln, Geschmackskatalog, Kartoffelsorten, Finderlohn, und dabei hatten sie auch noch meine wie von einem Mithäftling verschnittenen Haare vor Augen. Einen Vertreter für Kartoffeln trifft man nicht alle Tage in einer Pension, in der man Stockhausen oder Anselm Kiefer erwartet. Ich nahm mir vor, noch heute zu einem Friseur zu gehen und die Haare nachschneiden zu lassen. Vermutlich hatte der Fahrer das Kästchen einem ihm bekannten Russen gegeben, der sich jetzt als Finder präsentierte, und die beiden würden dann halbe-halbe machen. Es war mir egal, wenn nur der Kotzbrocken von Taxifahrer nicht selbst auftauchte.

Ich rasierte mich. Die Augen waren noch immer vom Chlor leicht gerötet. Idiot, sagte ich laut zu meinem Spiegelbild. Was ich erhofft hatte, war eine nie gehörte, in Perversionen schwelgende Geschichte, statt dessen die Geschichte von einem Seitensprung, die ich mir genausogut auch selbst hätte ausdenken können, allerdings nicht so – das mußte ich mir eingestehen –, daß ich selbst in die Geschichte hätte eintauchen können. Ich sah mich im Spiegel den Kopf schütteln. 600 Mark hatte der Spaß gekostet. Verrückt. Ich duschte, zog mir ein Polohemd und Hosen an, nahm die Jacke und ging, als es einen Moment ruhig auf dem Gang war, hinaus, schloß meine Zimmertür ab und versuchte, ungesehen aus der Pension zu kommen. In dem Moment kam die junge Frau, die morgens das Frühstück bereitet, aus dem Salon.

Hallo! Haben Sie gut geschlafen? fragte sie mit einer Munterkeit, die mir sofort ein schlechtes Gewissen machte.

Ja.

Es muß hier nachts ziemlich laut zugegangen sein.

Ich habe nichts gehört.

Die Musiker aus den USA haben nach ihrem Konzert noch bis spät in der Nacht weitergespielt, bis in den Morgen. Eine Wahnsinnsnacht. Ein Extrakonzert. Den Saxophonisten hab ich heute morgen in der Küche gefunden, schlafend, auf dem Boden, neben dem Hund.

Schade, sagte ich, das hätte ich gern gehört.

Sie haben sich übrigens verschrieben mit den Telefoneinheiten. Sie hatten nur eine Einheit, haben aber tausendundeins hingeschrieben. Sie lachte.

Nein, sagte ich, das stimmt.

Tausend Einheiten? Das kann doch gar nicht sein, so viele haben wir sonst nicht mal in einem Monat.

Doch, das hat seine Ordnung.

Meine Güte, wohin haben Sie denn telefoniert?

Australien. Ein Freund arbeitet dort, in Alice Springs. Er ist Ethnologe.

Ich sah ihr an, sie glaubte mir nicht, und so, wie ich es sagte, so verlegen verquetscht, hätte ich es mir auch nicht geglaubt. Ich mußte ihn anrufen, erzählte ich betont munter. Seine Frau hat ihn verlassen, und er sitzt da zwischen den Aborigines, die seinen Kummer überhaupt nicht verstehen können. Sie wollen mit Bierdosen darauf anstoßen, daß er die Frau im fernen Deutschland endlich los ist.

Ach so, sagte sie, das ist ja ulkig, möchten Sie ein kleines oder großes Frühstück?

Danke, heute keins, ich bin zum Frühstück bei Freunden eingeladen, log ich. Ich wollte so schnell wie möglich raus, wollte nicht der Pensionswirtin nochmals beteuern, daß es mit den 1001 Einheiten seine Richtigkeit hatte.

Ich kam an der Telefonzelle vorbei, von der aus ich gestern nacht versucht hatte, Tina anzurufen. Ich hatte mir vorgenommen, ihr zu sagen, was sie da mit mir angestellt hat, sei wirklich seine 600 Mark wert gewesen, und dazu wollte ich ganz locker lachen. Aber ihr Telefon war ständig besetzt gewesen, und erst da begann mein Ärger, ein sich ständig steigernder Ärger, denn ich sagte mir, jetzt telefoniert sie mit einem anderen, erzählt womöglich eine spannendere Geschichte, und wieder läuft der Geldzähler, den man normalerweise ja gar nicht sehen kann, so daß man erst später von der Höhe der Telefonrechnung überrascht wird. Wahrscheinlich hatte sie auch telefoniert, also Geld verdient, während ich im Schwimmbad meine Bahnen zog. Und auch jetzt ließ sich irgendein geiler Depp eine Geschichte erzählen. Als ich das Wort Depp dachte, dachte ich sogleich, das bist du, und ich sagte laut: Ja, du Depp, du bist ein Idiot, ein Vollidiot, ein Esel. Und ich wunderte mich darüber, daß ich du und nicht ich sagte: Ich Esel. Ich Idiot.

Später hatte ich im Bett gelegen und konnte nicht einschlafen, weil mich der Gedanke beschäftigte, wie ich ihr das heimzahlen könnte.

Ich ging in eine Nebenstraße, in der ich gestern ein kleines Lebensmittelgeschäft gesehen hatte. Dort wurden mit Käse und Wurst belegte Brötchen angeboten. Das Bimmeln der Ladenglocke. Eine alte Frau in einem weißen Kittel bediente, und eine jüngere, die ihre Tochter sein konnte, half ihr. Ich wollte ein Brötchen, ein Brötchen mit Käse.

Was für einen Käse möchten Sie denn? Emmentaler, Gouda, Tilsiter?

Tilsiter, bitte.

Die Tochter der Frau schnitt das Brötchen auf. Früher, sagte die alte Frau, bekamen wir Butter und Käse direkt aus Tilsit, das war vor dem Krieg. Der Käse heißt noch so, aber die Stadt gibt es nicht mehr.

Doch, sagte ich, nur der Namen ist ein anderer.

Nein, sagte die alte Frau, wenn der Name verloren ist, gibt es auch nicht mehr die Stadt. Da sind noch Steine, aber keiner, der dort wohnt, nennt die Stadt so. Die sprechen jetzt alle Russisch. Es ist eine andere Stadt. Den Käse, den kann man noch essen, das ist die einzige Erinnerung an die Stadt.

Die Tochter hatte das Brötchen mit Butter beschmiert und zwei Scheiben Käse abgeschnitten und draufgelegt.

Die Tochter reichte der Frau das Brötchen, und die gab es mir. Die Tochter, ich schätzte sie auf sechzig, sah mich kurz an, mit einem flüchtigen, abweisenden Blick, die alte Frau lächelte freundlich, reichte mir das Brötchen über den Tresen.

Haben wir noch Schrippen, fragte die alte Frau die Tochter. Die schüttelte den Kopf. Dann hol uns doch zehn, das heißt besser nur acht. Es geht jetzt schon auf zehn Uhr. Da kommen nicht mehr viele, die noch Schrippen haben wollen. Die Tochter ging im weißen Kittel aus dem Laden, begleitet von dem hellen Bimmeln der Ladenglocke. Möchten Sie etwas trinken? fragte mich die alte Frau.

Ja, wenn Sie einen Kaffee haben.

Kaffee dürfen wir nicht ausschenken, aber vielleicht mögen Sie ein Glas Milch oder Buttermilch?

Ja, Buttermilch, bitte.

Ich bekam einen großen Becher mit Buttermilch, einen Strohhalm dazu.

Ende des Jahres geben wir das Geschäft auf. Wir haben den Laden vor sechzig Jahren eröffnet, mein Mann und ich. Er ist nun schon zwanzig Jahre tot. Das Geschäft geht nicht mehr. Schade, sagt sie. Obwohl es für die Leute doch so viel einfacher ist, hier mal schnell etwas Butter zu kaufen, frisch, wenn man sie eben braucht, als dreimal die Woche zum Supermarkt zu gehen und dann die schweren Taschen nach Hause zu schleppen. Sind Sie auf Besuch hier?

Einen Moment überlegte ich, ob ich nicht einfach ja sagen sollte, um damit weitere Fragen zu vermeiden. Aber warum sollte ich gerade diese alte Frau belügen, und ich nannte ihr den Grund meiner Reise.

Sie lachte, sagte, was es alles gibt, über die Kartoffel schreiben.

Verkaufen Sie auch Kartoffeln?

Ja, aber nur noch drei Sorten, eine festkochende und zwei mehlige. Früher hatten wir zwanzig Sorten, bekamen die direkt vom Bauern.

Kennen Sie eine Kartoffelsorte, die Roter Baum heißt?

Roter Baum, nein. Komischer Name. Aber als ich Kind war, gabs Namen wie Reichskanzler, Fürstenkrone und Blaue Niere. Wir hatten im Keller mehrere Zentner, kamen direkt von den Bauern. Vier Haufen, daneben der Haufen Koks. Hinter den Kartoffelhaufen war so ein Verschlag, da war im Krieg ein Mädchen versteckt. Die Eltern hatten das Mädchen, als sie abgeholt wurden, bei einer Nachbarin abgegeben, und die hat es zu uns gebracht, weil wir diesen Keller hier unter dem Laden hatten. Und dann konnten wir ja noch jemanden mit durchfüttern, fiel in so einem Laden immer was ab, trotz der

Lebensmittelmarken, die wir auch abrechnen mußten. Die Eltern von dem Mädchen waren ganz feine Leute. Der Vater hatte so ne kleine Fabrik, in der Stimmgabeln für Klaviere hergestellt wurden. So eine Stimmgabel hatte das Mädchen in der Tasche, so eine kleine Ledertasche, in die man früher Butterbrote für die Schulkinder steckte. Zwei Jahre saß das Kind im Keller. Und manchmal, nachts, hat das Mädchen da unten mit der Stimmgabel geschlagen, ping machte es dann, ping. Ganz deutlich hörte man das nachts. Hat sie gemacht aus Angst vor der Dunkelheit. Und wir hatten Angst, daß andere Leute das im Haus hören würden. Saß in dem Verschlag, bis die Russen kamen, zwei Jahre, saß da in dem Holzverschlag. Als 45 die Russen kamen, haben sich im Keller die Frauen versteckt. Die hinter dem Koks saßen, die haben die Russen rausgezogen und – aber über die Kartoffeln sind sie nicht gestiegen. Die sind davongekommen. Aber die anderen, sie stockt, das Mädchen war danach stumm, hat nie wieder was gesagt.

Sie drehte sich und nahm die Buttermilchtüte. Noch etwas Buttermilch?

Ja, bitte, schmeckt wirklich gut.

Ein junger Mann kam mit dem Glockenbimmeln in den Laden.

Hallo, sagte die alte Frau, wieder n Joghurt natur?

Der junge Mann pulte sich die Walkmanstöpsel aus den Ohren.

Joghurt wie immer, fragte die alte Frau nochmals.

Ja, und zwei Bananen, möglichst reife, bitte.

Es war der junge Mann, der gestern abend, als ich telefonierte, mit seinem Rennrad auf der Schulter in die Pension gekommen war, groß, schlaksig, Mitte Zwanzig, das Haar fiel ihm mit ausgeblichenen Strähnen in die Stirn.

Und wenn Sie mir dann noch 50 Gramm Leinsamen und einen Ring getrockneter Feigen geben.

Moment, sagte die Frau, die muß ich holen. Sie ging in den Raum hinter dem Laden.

Hallo, sagte der junge Mann zu mir, Sie wohnen auch in der Pension. Ich hab Sie gestern abend gesehen, als Sie telefonierten.

Ja.

Ich frühstücke nie in der Pension, sagte er, wird sonst zu teuer.

Sie wohnen schon länger dort?

Schon fast einen Monat. Ein Forschungsvorhaben. Und Sie arbeiten über die Bolle?

Woher wissen Sie das?

Aus der Pension. Doch kein Geheimnis oder?

Nein.

Ich hab auch gehört, daß Sie gestern 1000 Einheiten vertelefoniert haben. Eine Liebesgeschichte, sagte mir die junge Frau.

Ja, sagte ich, eine verrückte Geschichte. Und wollte gerade ansetzen, zu erklären: Mein Freund Ted, der Feldforschung in der Nähe von Alice Springs betreibt, als der junge Mann sagte: Wir können das zurückbuchen.

Wie?

Er schnürte seinen kleinen baligewebten Rucksack auf, steckte die beiden Bananen und den Joghurtbecher hinein. Die Zauberei beginnt mit den Mikrochips, das haben nur die Kulturpessimisten noch nicht begriffen. Wenn Sie mich so in drei Stunden im Institut anrufen. Das ist meine Telefonnummer dort, er zog eine kleine rote Karte heraus. Ich gebe Ihnen dann eine Nummer, die muß ich erst erfragen. Die Nummer gilt dann auch nur für heute. Da rufen Sie an. Ist ziemlich weit weg, lassen Sie sich nicht dadurch irritieren. Dann wird das Gespräch dem Apparat, von dem aus Sie telefonieren, gutgeschrieben.

Aber wie? Und woher kommt das Geld?

Er lachte. Das ist das Gemeine, Sie müssen jemanden anzapfen, Sie werden sicherlich jemanden kennen, der Ihnen was schuldet. Sie können natürlich auch irgendeine Institution anrufen, zum Beispiel das Finanzamt. Müssen sich halt so lange unterhalten, bis Sie die 600 wieder draufhaben. Die Nummer gilt aber nur für heute. Er lachte. Ein Sesam-öffne-Dich für einen Tag.

Gibts doch nicht.

Doch.

Aber wie funktioniert das?

Da müssen Sie die schlauen Jungs von der Telekom fragen. Das ist der sogenannte Bumerang-Call. Sie werfen den Bumerang, der beschreibt einen hübschen Kreis, und Sie fangen ihn wieder auf. Sie haben doch mit Australien telefoniert, mit Ihrer Freundin?

Die alte Frau kam mit einem kleinen spitzen Tütchen aus dem rückwärtigen Raum.

Ich zögerte einen Moment. Die junge Frau in der Pension hatte mir die Geschichte also nicht geglaubt und sie einfach umgedreht. Was kann es schaden, dachte ich, es ist sowieso alles in Konfusion, und ich sagte: Ja. Sind Sie Informatiker?

War mal, sagte er, schob das Tütchen in den Rucksack, ohne ihn wieder aufzuknoten, hab mal Programme geschrieben, mach jetzt aber Sprachwissenschaft. Er zahlte. Ich mache eine Untersuchung über die Unterschiede der Berliner Dialektausprägung Ost und West. Muß mich ranhalten. Hier verändert sich alles in rasender Geschwindigkeit.

Er hat mich auch schon interviewt, sagte die Frau, ich

kann hochdeutsch, berlinern und ostpreußisch. Ick bin nämlich keene echte Berlinerin, komm aus Ostpreußen, Pillkallen. Hieß es immer: Es trinkt der Mensch, es säuft das Pferd, in Pillkallen ist es umgekehrt.

Ich kenne keine Stadt, wo man so schnell mit Leuten ins Gespräch kommt wie hier, sagte ich, man fragt nach dem Straßennamen und bekommt eine Biographie erzählt.

Ja. War vor der Wende noch leichter. Nimmt aber eher ab. Ich hab eine Theorie, sagte er, es gibt im Berlinerischen eine Bevorzugung des Dativs beim Personalpronomen, eine grammatikalische Erleichterung der Kommunikation. Die Berliner sagen Dir, da haste dir janz schön jestoßen. Durch den Dativ wird das Sie regelrecht umgangen. Der legt die Schranken der Distanz nieder, der Dativ, sehr listig.

Sie sind Berliner?

Nee, ich bin Amerikaner. New York, aber meine Mutter ist Deutsche, allerdings Hamburgerin. Hätte Kennedy doch nie sagen können: Ich bin ein Hamburger. Er blickte auf die Uhr, sagte, Herrje, ich muß los. Muß zu einem Interview. Mit einem Ossi, Lokführer, vor zwanzig Jahren aus Sachsen zugewandert, ein sogenannter Zonenpenner. Rufen Sie mich an. Tschüs.

Die alte Frau und ich blickten ihm durch die Schaufensterscheibe nach, wie er auf sein Rennrad stieg und sich auf den Pedalen stehend in Fahrt wiegte. Er verschwand in einer scharfen Kurve um die Ecke.

Die alte Frau lächelte und sagte: Wie der rasende Roland. Is n schöner junger Mann, find ich, und immer so nett und freundlich. Sachen jibts, sagte sie im betonten Berlinerisch, jloobt selbst die Oma nich, ick mein worüber der forsch. Sie schüttelte den Kopf. Und wie kommen Sie auf die Kartoffel?

Ich erzählte ihr von meinem Onkel.

Ah, sagte die alte Frau, so einen habe ich mal in *Wetten daß* bei dem Thomas Gottschalk gesehen. Einfach toll, was es alles gibt. Die Tochter kam, vom Bimmeln der Ladenglocke begleitet, wieder in den Laden, eine Papiertüte mit Brötchen im Arm. Hat Ihr Onkel mal in Berlin gelebt?

Nein, soweit ich weiß, nicht. Er ist kaum gereist. Einmal war er in der Südsee.

Oh, sagte die Frau, wie schön.

Aber er hat nicht so viel gesehen. Er war Koch und mußte in den Häfen auf dem Schiff bleiben, weil er schwarz angeheuert hatte. Er ist einmal um die Welt gefahren, und dann konnte er den Strand, die Palmen, die Häfen, die Menschen nur vom Schiff aus sehen.

Vielleicht, sagte sie, hat ihm das viele Enttäuschungen erspart.

Ja, vielleicht.

Hat Ihnen die Schrippe geschmeckt?

Sehr gut.

Und die Buttermilch?

Auch. Ich habe schon seit langem keine mehr getrunken. Früher sehr viel, als meine Mutter noch lebte. Jedesmal, wenn ich sie besuchte, kaufte sie Buttermilch. Die macht groß und stark, sagte sie dann. Da war ich schon über vierzig.

Die alte Frau lachte.

Solange noch ein Elternteil lebt, bleibt man eben Kind.

So, dann möchte ich zahlen. Ich habe aber nur einen Fünfzigmarkschein.

Können Sie das absetzen?

Im Prinzip, ja. Aber bei einem Glas Buttermilch und einer Schrippe lohnt sich das nicht.

Ich schreib Ihnen eine Quittung. Können Sie ja sagen,

Sie haben für ein Geschäftsfrühstück eingekauft. Wenn alle immer zahlen würden, was der Staat verlangt, wären wir schnell pleite. Das weiß ja auch das Finanzamt. Sie schrieb auf einen Quittungsblock. Speisen und Getränke, gab mir das Wechselgeld mit der Quittung zurück.

164 Mark: Käse, Brot, Getränke, las ich.

Na, sie lachte. War eben n großes Frühstück. Son Bransch. Mit Sekt und Kaviar. Haben Sie mit nem Kartoffelfachmann geredet.

Ich lachte: Nicht schlecht. Wenn ich nun einer vom Finanzamt wäre?

Nee, det seh ick. Viel Jlück bei der Arbeit.

Auf Wiedersehen.

Erst draußen merkte ich, daß sie mir genau zehn Mark zuwenig herausgegeben hatte. Ich wollte schon zurückgehen und ihr sagen, daß sie sich geirrt habe, aber dann dachte ich, daß sie sich vielleicht doch nicht geirrt hat, sondern daß es der Preis für die freundliche Unterhaltung und für die Quittung war.

Ich ging weiter und zum *Kurfürstendamm* hinüber, auf der Suche nach einem Tabakgeschäft. Es war schon jetzt, am Morgen, so heiß, daß ich meine Jacke auszog und mir über die Schultern hängte. Ich nahm auch die Kappe ab. Es war mir egal, was die Leute dachten. An der *Uhlandstraße* fand ich ein Tabakgeschäft und verlangte Havannas, *Cohiba*. Der Verkäufer führte mich zu dem durch eine Glastür abgeschlossenen Klimaschrank. Ich überlegte, ob ich vier *Coronas Especial* nehmen sollte oder die etwas kleineren *Exquisitos,* von denen fünf in mein Etui paßten. Ich roch und entschied mich für die honigfarbenen *Exquisitos*. Hundertfünfundzwanzig Mark, ein stolzer Preis. Meine Geschichte wurde immer teurer. Der Verkäufer, der mir die Zigarren fachgerecht abschnitt, erzählte, die *Cohiba* rollen in Cuba junge Frauen, die nicht älter als neunzehn sein dürfen, auf ihren Schenkeln, erst diese Verbindung mit der Haut setzt ein Ferment im Tabak frei, das beim Rauchen das allerfeinste Aroma erzeugt. In Cuba hatte ich in der Zigarrenfabrik *Laguito* meist ältere Arbeiterinnen gesehen, allerdings sangen sie. Ich widersprach dem Verkäufer nicht, sondern steckte die Zigarren in mein Etui, zahlte und nahm mir vor, das Rauchen vielleicht schon dann einzustellen, wenn diese Kartoffelgeschichte ihr Ende gefunden hatte.

Von einer Telefonzelle aus rief ich Rosenow an. Er meldete sich von unterwegs, wahrscheinlich aus dem Auto. Haben Sie die Sachen bekommen? fragte er sofort.

Ja, das, was in der Wohnung untergestellt war. Aber der Geschmackskatalog fehlt.

Was? Wieso? Der muß doch in dem Kästchen liegen.

Ja. Es ist mir ausgesprochen peinlich, aber das kleine Holzkästchen mit dem Katalog ist im Taxi liegengeblieben.

Ich hörte Rosenows erstauntes leises Nein, und noch ein zweites etwas lauteres, empörtes: Nein.

Ja, es tut mir leid, aber inzwischen hab ich das Kästchen mit dem Katalog wieder aufgetrieben. Heute nachmittag bekomme ich es wieder.

Hören Sie, sagte Rosenow, und seine Stimme hatte einen ungewohnt scharfen Ton: Dieses Kästchen gehört mir, das gehört nicht Rogler. Es ist ein Erbstück, verstehen Sie. Ich habe da nur die Karteikarten von Rogler reingelegt. Wie konnte das überhaupt passieren?

Mir lief der Schweiß über die Stirn. Ich hatte mit einem Taxifahrer Streit bekommen. Einer dieser taxifahrenden Widerlinge. Er hat den Karton, die Unterlagen auf die Straße geworfen. Mit diesem Kästchen ist er dann weitergefahren. Die Taxe war nicht registriert. Ich war auf dem Fundbüro. Nichts. Ich habe eine Anzeige aufgegeben in der *Berliner Zeitung* und im *Tagesspiegel*. Und heute hat sich der Finder gemeldet.

Da haben Sie aber Glück gehabt.

Ja. Ich zahle natürlich Finderlohn.

Gut, sagte Rosenow, es ist nämlich nicht irgendein Holzkasten.

Ich weiß, Biedermeier, Kirsche.

Nicht nur das, er hat eine besondere Bedeutung für mich, mal ganz abgesehen von der Lebensarbeit von Rogler, die da drin steckt.

Ich weiß. Es wäre wirklich unverzeihlich.

Vielleicht, sagte Rosenow, hätte die Bucher eine Kopie gehabt. Bei der müssen auch noch Unterlagen von Rogler liegen.

Wer ist die Bucher eigentlich?

Eine Ethnologin, mit der Rogler nach der Wende die Ausstellung im Westen machen wollte. Gleich kommt Rot, dann suche ich Ihnen die Telefonnummer heraus.

Dann war es, bis auf die leisen Fahrgeräusche, still.

Es war heiß in der Telefonzelle. Ich schwitzte, auch vor Aufregung, und ich wußte nicht, ob ich überhaupt noch weitere Kartoffelforscher treffen wollte. Am liebsten wäre ich aus dieser ganzen Geschichte ausgestiegen. Ich drückte mit dem Fuß die Tür auf und suchte meinen Füller in der Jackentasche. Rosenow gab mir die Nummer durch. Vielleicht hat die Bucher eine Kopie. Und dann, nach einer Pause: Rufen Sie mich gleich an, wenn Sie das Kästchen haben. Hat Spranger etwas gesagt?

Nein. Aber der Friseur, dieser Kramer, hat mir einen Haarschnitt verpaßt.

O Gott, wahrscheinlich einen Façonschnitt, Typ Nationale Volksarmee, Rosenows Stimme hatte wieder den freundlich-verbindlichen Ton.

Nein, sagte ich, eher Typ Punk, aber nur am Hinterkopf, mit vielen Treppen.

Ich hätte Sie warnen sollen. Ich hab einen guten, einen sehr guten Friseursalon, vielleicht können die ja etwas reparieren. Ich gebe Ihnen mal die Nummer. Sie müssen sich anmelden. Verlangen Sie nach Puk. Ein Zauberer, wirklich, und außerdem kann er gute Geschichten erzählen. Also rufen Sie mich an, wenn Sie das Kästchen haben. Ich hole es mir dann ab.

Ich hängte ein. Wischte mir den Schweiß aus den Augenbrauen. Ein peinliches Gespräch, wobei mich doch überraschte, mit welcher Erregung Rosenow reagiert hatte. Sicherlich war der Verlust dieses Kästchens ärgerlich, zumal, wenn es ein Erbstück war. Andererseits hatte das Kästchen ja Monate in seiner ehemaligen Wohnung herumgestanden, ohne daß er es vermißt hatte. Und jetzt diese ungebremste Aufregung, so, als sei in dem Kästchen Gott weiß was. Aber wahrscheinlich war das Kästchen nur vorgeschoben, tatsächlich hatte er Angst, daß durch seine Vermittlung Roglers Geschmackskatalog verlorengegangen war. Und der Gedanke peinigte ja auch mich derart, daß ich ihn immer wieder bewußt verdrängen mußte.

Ich wählte die Nummer des Friseursalons und fragte, wann ich kommen könne. Moment. Ich schaue in unserm Plan nach, sagte die Stimme. Wann wollen Sie denn kommen? Möglichst bald, und wenn es geht, möchte ich gern von Herrn Puk geschnitten werden. Wir sind total ausgebucht die nächste Zeit, bis zum 8. Juli, da ist hier nämlich die große Loveparade. Bis dahin geht hier gar nichts mehr.

Das ist schade, sehr schade. Dr. Rosenow hat mich an Sie empfohlen. Mir hat man nämlich Treppen geschnitten, und zwar gräßliche.

Ach herrje, ein Notfall. Und dann sagte die Stimme nach einer kleinen Pause: Gut, kommen Sie heute so gegen Mittag, ich versuche Sie dann irgendwie dazwischenzuschieben.

Ich wählte die Nummer von Frau Bucher. Eine Männerstimme meldete sich: Bucher. Ich erzählte kurz mein Anliegen. Kommen Sie vorbei, sagte er, ja, gleich.

Ich hängte ein. Wischte mir die Stirn und legte die Kappe gut sichtbar auf den Apparat. Sie würde sicherlich schnell einen Liebhaber finden.

Auf der Straße winkte ich einem Taxi und ließ mich nach Dahlem fahren. Vielleicht erwartete mich dort ja diese auffallend schöne Frau, deren Foto ich zwischen Roglers Archivmaterial gefunden hatte.

11

Der Ring

Die Villa, ein protziger Bau aus den zwanziger Jahren, war umgebaut und in zwei separate Wohnungen aufgeteilt worden; in der oberen, die zwei Dachterrassen hatte, wohnte Bucher, ein Mann um die Fünfzig. Er stand in der Wohnungstür, trug blaue Shorts, ein ausgewaschenes blaues Sweatshirt, an den nackten Füßen braune Lederslipper. Das Wohnzimmer war von einem strahlenden Weiß. Die Wände leer bis auf ein Bild. Ein Rot, das von einer blauen Kugel durchdrungen, regelrecht durchschlagen wird. Ein Lebedev, sagte Bucher, als er sah, wie ich das Bild anstarrte. Es war das gleiche Bild, das ich vorgestern an der Wand von Spranger gesehen hatte.

Kennen Sie das Werk von Abbildungen?

Es ist sehr schön, wenn man das so überhaupt sagen kann.

Ist es echt?

Ja. Ich habe es mit der Expertise eines russischen Kunsthistorikers gekauft. Kommen Sie, wir setzen uns auf die Terrasse. Eine große, mit Rosenbüschen und drei kleinen Krüppelkiefern begrünte Terrasse. Zwei Liegestühle, weiße Gartenstühle, ein runder Tisch, über den ein mächtiger orangener Sonnenschirm aufgespannt war. Auf dem Tisch die Reste eines opulenten Frühstücks: Marmeladen, Käse, Wurst, Schinken, es war für zwei Personen gedeckt, eine Flasche Champagner in einem Eiskübel. Ich mußte mich richtig zusammennehmen, um nicht gleich nach seiner Frau zu fragen. Eine Treppe führte zu der zweiten, etwas kleineren Terrasse hoch, von der herab eine Bougainvillea lila leuchtete. Einen Moment war mir, als hätte ich oben eine dunkle Gestalt gesehen, vor diesem grellblauen Himmel.

Haben Sie schon gefrühstückt? fragte Bucher.

Ja, danke.

Vielleicht ein Frühstücksglas Laurent-Perrier?

Nein, danke. Aber wenn Sie einen Orangensaft hätten.

Er schenkte mir ein Glas voll. Ich habe Ihnen die beiden Kartons schon rausgestellt. Er zeigte in Richtung eines hölzernen Deckssstuhls. Sie können sich dort hinsetzen und in Ruhe die Sachen durchsehen.

Ich ging zu dem Deckssstuhl. An der Armlehne war ein kleines Messingschild angeschraubt: TITANIC.

Ich habe vorgestern schon die Nachfertigung von Napoleons Feldbett gesehen, jetzt diesen Liegestuhl.

Nein, sagte Bucher, das ist keine Nachfertigung, das ist ein Original. Ich habe ihn in Halifax gekauft. Dort wurde all das abgeladen, was nach dem Untergang der Titanic aus der See gefischt wurde: Tote, leere Schwimmwesten und eben auch die hölzernen Deckssstühle. Die wurden schon damals für teures Geld verkauft. Ich habe den letzten von einem Neufundländer Fischer gekauft, dessen Großvater hatte gut dreißig Stück eingesammelt und sich damit einen neuen Schoner kaufen können.

Ich blätterte in den Akten, den Karteikästen und sah sogleich, daß es Fotokopien von dem Bestand waren, den ich schon in dem Möbellager gesichtet hatte. Allerdings fehlten hier die Bücher.

Ein Aktenordner mit Fotokopien von Statistiken und verschiedene Aufsätze über Kartoffelkrankheiten, Ernteflächenverteilung, über Preissteigerungen, den wöchentlichen Kartoffelkonsum einer Arbeiterfamilie 1883, dazwischen steckte ein Foto. Ein Mann mit graublondem Haar, einer gut geschnittenen Nase und einem Schnauzbart, der schwer über die Oberlippe hing. Auffallend waren die hellblauen, durchsichtigen Augen. Ich dachte sofort, das müsse Rogler sein. Und das Foto von der Frau in Roglers Karton zeigt dann wohl wirklich die Frau von Bucher. Möglicherweise war die Beziehung doch nicht nur durch die Vorbereitung einer Ausstellung bestimmt gewesen, wie Spranger glaubte. Der Mann auf dem Foto trug ein Sweatshirt, das sichtlich abgetragen war, aber daraus ablesen zu wollen, daß er aus dem Osten kam, erschien mir recht kühn. Das hätte ebensogut ein Mathematiker aus Princeton oder Cambridge tragen können. Ich blätterte in Fotokopien, die Tongefäße der Inkas in Kartoffelform zeigten. Kartoffeln mit Menschenköpfen oder Menschenköpfe mit Kartoffelleibern, Vulven, Penisse, erigierte, schlaffe. Die Mappe trug die Aufschrift: *Die Kartoffel. Fruchtbarkeit und Tonkunst.* In dem Moment ließ mich eine Bewegung, ein Geräusch, aufblikken, oben auf der Terrasse stand eine Frau in einem dunklen Kleid, ein schwarzes Tuch auf dem Kopf. Sie blickte kurz zu mir herunter. Im ersten Augenblick dachte ich, es sei Buchers Frau, aber dann sah ich das dunkelbraune Gesicht. Ich grüßte hinauf. Die Gestalt blieb, ohne ein Zeichen, daß sie meinen Gruß bemerkt hätte, ruhig stehen, blickte dann in die andere Richtung, trat zurück und verschwand hinter den Blüten.

Na, fragte Bucher, ist das interessant für Sie?

Ja.

Sie werden verstehen, daß ich Ihnen diese Unterlagen nicht überlassen kann, ohne zuvor meine Frau gefragt zu haben. Aber ich könnte Ihnen, was Sie brauchen, fotokopieren.

Danke, sagte ich. Und fragte mich, ob, so, wie er das gesagt hatte, seine Frau denn überhaupt zu Hause war.

Vielleicht nahm sie aber auch nur nach diesem opulenten Frühstück ein Bad. Kannten Sie Rogler?

Ja, ich hab ihn ein paar Mal erlebt.

Ist er das? Ich zeigte Bucher die Fotografie.

Ja. Woher haben Sie das Foto?

Das steckte hier zwischen den Zetteln.

Bucher nahm die Fotografie. Ja, genau, das ist er. Das heißt, war er. Ein Mondstrahl. Ich bin Physiker, habe da vielleicht eine etwas enge Perspektive, aber was dieser Rogler machte, hatte wenig mit Wissenschaft zu tun. Ein Agrarwissenschaftler, der sich mit Kulturgeschichte beschäftigte, also einer etwas weichen Wissenschaft. Ich will das keineswegs kleinmachen. Er kannte sich gut aus und sammelte wirklich alles, was es nur irgend gab. Sie hätten ihn sehen müssen, als er, unmittelbar nach dem Fall der Mauer, in die USA reiste, er war eingeladen, von einer Provinzuniversität, hatte meine Frau vermittelt. So erlebte ich ihn zum ersten Mal. Annette und ich brachten ihn zum Flughafen. Er fuhr mit einem Freund los, der Botaniker war und einen gewaltigen Karton mitschleppte. Die beiden sahen aus wie türkische Gastarbeiter auf der Heimreise. In dem Karton war ein russischer Computer, ein Computer, den Noah schon beim Besteigen der Arche als veraltet zurückgewiesen hätte. Der Botaniker fuhr das Gerät auf einem Kofferkuli, Rogler stützte es seitwärts ab. Und beinahe hätten die beiden gar nicht in New York einreisen dürfen, weil die amerikanischen Zöllner glaubten, das sei eine sowjetische Dechiffriermaschine. Erst langsam begriffen sie, daß es sich um einen russischen Laptop handelte. Rogler hat das selbst sehr schön erzählt. Er hatte einen guten Humor und auch eine feine Selbstironie, wie er das erzählte und dabei immer mit seinem Schnauzbart schnoberte, wie diese Fernsehrobbe – wir konnten uns nicht halten vor

Lachen, Annette und ich. Ich wollte Rogler ein Notebook schenken, aber er lehnte ab, blieb bei seinen Karteikarten. Übrigens kam er von dieser Reise ganz verändert wieder. Er schwärmte von New York, wohin er sich von einem College in Montana aus vorgearbeitet hatte. Sein Traum: eine Stelle an der NYU, aber sein Englisch war nicht gut; ansonsten war er richtig weltläufig geworden, mixte uns als erstes einen Martini à la Paul Becker, Professor, Dichter und Mixer berühmter Cocktails in Greenwich Village. Einen Augenblick sah Bucher vor sich hin.

Ich zögerte, ob ich ihm die Frage stellen sollte, aber dann fragte ich doch und ganz beiläufig: Ihre Frau ist nicht da?

Nein. Und dann, vielleicht weil er mir meine Enttäuschung ansah oder auch nur um weitere Fragen zu vermeiden, sagte er, sie ist nicht in Berlin. Ich mixe uns einen Drink, einen Paul-Becker-Martini. Das Rezept ist das Beste, was Rogler hinterlassen hat. Diese Kartoffelgeschichte war mir einfach zu pathetisch, zu viel Interpretation, Meinung, und Meinungen haben immer etwas Matschiges. Nein, das war nicht mein Fall. Sie sollten diesen Martini unbedingt probieren.

Es ist heiß, sagte ich, ich habe gestern mittag schon mehrere Wodka trinken müssen, auf einer Polenhochzeit. Sie müssen wissen, ich trinke sonst nie am Tag, und auch abends höchstens ein Bier, ein Glas Wein.

Aber diesen Drink müssen Sie einmal probieren, wunderbar kühl und ganz trocken, genau das Richtige für solch einen heißen Tag, auch wenn es jetzt noch etwas früh ist. Schon allein darum, um auf Rogler anstoßen zu können.

Darf ich einmal ein Foto von Ihrer Frau sehen? Wenn man sich so intensiv mit den Arbeiten eines Menschen beschäftigt, wird man auf das Gesicht neugierig.

Bucher ging ins Wohnzimmer und brachte mir ein silbergerahmtes Foto. Es zeigte tatsächlich die Frau, von der ich in Roglers Karton ein Foto gefunden hatte. So hatten also beide in den Unterlagen, und zwar in den Tabellen der Kartoffelsorten, Fotografien von sich versteckt. Auf dieser hier lachte die Frau offen heraus. Eine anmutige, anziehend schöne Frau. Aber ich sagte nur, ja, und danke, und wollte das Foto zurückgeben.

Bucher zeigte auf einen Glastisch: Sie können das Bild dort hinlegen. Er war zu der schwarzhölzernen Art-Déco-Bar gegangen, klappte sie auf und begann mit Flaschen und dem Mixer zu hantieren, während er mir durch das offene Terrassenfenster die Zubereitung erklärte: Meine Frau und ich nannten ihn *Roglers Traum.* Also, sehr guten Gin, am besten *Bombay* oder *House of Lords,* sodann weißen Wermut. Damit der Martini richtig trokken wird, sollte man ihn in einen Mixer über Eis gießen, einen kleinen Schuß Wermut darüber – Vanderbilts Butler, von dem das Rezept stammt, soll gesagt haben, man darf den Wermut nur darüberflüstern –, sodann rühren, nicht schütteln. In eisgekühlte Gläser schenken, ein kleines Stück Zitronenschale dazu.

Auf der oberen Terrasse sah ich kurz das dunkle Kopftuch der Frau, wahrscheinlich die Putzfrau, eine Türkin oder eine Marokkanerin, von denen in letzter Zeit viele illegal nach Berlin gekommen waren, um hier zu arbeiten. Allerdings war diese Frau ungewöhnlich hochgewachsen, und sie hatte einen besonderen Gang, ruhig, geradezu würdevoll. Vielleicht war es Buchers Geliebte.

Bucher kam, sah meinen Blick zur oberen Terrasse, schüttelte nur den Kopf, ohne etwas zu sagen. Er reichte mir das Glas, ein Jugendstilglas in einem silbernen Blütenkelch. Prost. – Na?

Schmeckt ganz fabelhaft.

Ja, sagte er. Aber es ist nicht dieses Zaubergetränk gewesen, denke ich jedenfalls, das all diesen Irrsinn ausgelöst hat.

Welchen Irrsinn?

Ja. Ich habe alles aufgegeben, Beruf, die Frau. Ja, sagte er nochmals und zupfte einen Moment zerstreut an seiner kurzen blauen Hose. Meine Frau ist Kunsthistorikerin, keine Ethnologin. Das ist ein Mißverständnis von Rosenow, und genaugenommen beginnt damit auch diese Geschichte, denn wäre sie Ethnologin, wäre das wahrscheinlich so gar nicht alles passiert. Sie hätte dann nämlich gewußt, daß eine für uns nebensächliche Geste oder Bemerkung in einer anderen Kultur eine ungeahnte Bedeutung haben kann. Sie hat in den letzten Jahren drei Reisen in die Sahara gemacht. Jeweils in einer kleinen Reisegruppe. Drei, vier Personen. Wüste meint ja, keine Grenzen, man will sich selbst grenzenlos erleben. Nachts muß der Himmel unbeschreiblich sein. Ich wäre mitgekommen, hatte aber keine Zeit. Die Firma. Ich mache – ich machte – Software für Kommunen, zum Beispiel für die Müllabfuhr, für Trinkwasser, Friedhöfe. Die Firma habe ich vor drei Monaten verkauft und kann seitdem sorgenlos leben und russische Konstruktivisten sammeln. Meine Frau interessierte sich besonders für die Konstruktivisten. Seit wir uns getrennt haben, sammle ich die Bilder, nicht aus Rache, sondern weil ich wirklich Lust habe. Aber ich wollte Ihnen von der Wüstenreise meiner Frau erzählen. Drei Monate nach der Reise im vorletzten Jahr klingelt bei uns das Telefon. Eine Stimme sagt: Annette, bitte. Nichts weiter. Meine Frau geht ans Telefon. Legt auf und sagt: Sonderbar. Da ist jemand, der will ein Foto abholen. Der steht am Flughafen und wartet. Ich bin mit ihr rausgefahren. Es war Januar und bitter kalt. Wir kommen zum Flughafen, und da steht ein Beduine, ein Tuareg, in einem völlig ausgeblichenen dunkelblauen Alesho, steht in der Halle und friert wie ein Schneider, obwohl die Halle ja gut geheizt war. Ich hab dem Mann meinen Mantel über die Schulter gehängt, und dann sind wir raus und direkt hierher. Der Wagen roch, glauben Sie es mir, tatsächlich nach Kamelmist.

Der Mann, wohl eine Art Prinz, hatte seinen Anteil an Kamelen verkauft, sich davon ein Ticket erster Klasse gekauft, und zwar Hin- und Rückflug. Bekam darum auch anstandslos sein Visum. Er hatte einfach das getan, was meine Frau gesagt hatte. Wenn Sie mal nach Deutschland kommen, besuchen Sie uns. Eine Floskel, nichts weiter. Zuvor aber hatte sie ihn fotografiert. Ich hatte das Foto gesehen, nach der Reise, ein ausgesprochen gutaussehender, ja schöner Mann, mit blauen, tiefblauen Augen, hochgewachsen, schlank, dann diese langen dunkelblauen Gewänder. Sie hatte ihn, als sie mit dem Landrover auf seine Karawane trafen, wie schon gesagt, fotografiert, und er hatte sie zu einem Tee in sein Zelt eingeladen. Sie hatte ihm das Foto versprochen und gesagt, was man so sagt, er solle sie mal besuchen. Und jetzt war er da. Es war wie im Kino. Ganz selbstverständlich, ohne große Erklärung, von wegen, ich habe die Gelegenheit genutzt oder ähnliches. Wir haben keine Kinder und viel Platz, zwei Gästezimmer, mit Bad und kleiner Küche. Es war also kein Problem, ihn unterzubringen. Übrigens sprach er Deutsch. Er sprach ein sonderbares Deutsch, ein Deutsch mit russischem Akzent. Er hatte es bei einer adeligen Russin gelernt, die 1918 mit der russischen Schwarzmeerflotte nach Tunesien gekommen war. Die Flotte hatte auf seiten der Weißen gegen die Bolschewiken gekämpft. Und die Frau war, wie viele Offiziersfamilien, dort hängengeblieben. Ein feierliches Deutsch mit einem altertümlich höflichen Faltenwurf:

Entschuldigen Sie bitte, daß ich Sie unterbreche, aber könnten Sie mir bitte die Platemenage herüberreichen. Damit meinte er dann den Salzstreuer. Wie er das sagte, hatte es immer eine eigentümliche Würde. Es war nichts Devotes an ihm. Alle aus unserem Freundeskreis kamen, wollten ihn sehen. Oder wir wurden mit ihm eingeladen. Partys wurden seinetwegen gegeben. Die Leute rissen sich darum, mit ihm in der U-Bahn zu fahren oder im Paternoster, ihm die Eisbären im Zoo zu zeigen oder ihn einfach einmal zum Eisessen einzuladen. Er lief mit einer Mischung aus kindlichem Staunen und einer würdigen Neugierde durch die Stadt. Zudem war es nach der Zeit, als die Leute mit Kerzen auf die Straße gingen, um gegen Fremdenfeindlichkeit zu demonstrieren, es war einfach chic, sich mit einem schwarzen Mann in einem blauen, von der Saharasonne ausgeblichenen Gewand zu zeigen. All die Liberalen, die netten Lehrer, Architekten, Ärzte wollten ihn am liebsten auch mal über Nacht behalten. Aber er wollte nie woanders hin. Schlief nur bei uns, er ging mit uns weg, kam mit uns zurück. Er trank nichts. Er saß da und staunte. Und alle wollten sich auch so anstaunen lassen, oder doch wenigstens ihren Rasenmäher, das Segelboot, den Billardtisch. Es kam zu regelrechten Eifersüchteleien. Auch in unserem Leben hatte sich viel, nein alles verändert. Ich denke, es muß so ähnlich sein, wenn man ein Kind bekommt. Keine dieser langweiligen Abende mehr, nicht mehr diese sich hinziehenden Sonntagnachmittage. Mit ihm sah man die Dinge neu, ein wenig fremd, sie waren wie in ein anderes Licht getaucht. So konnte er zum Beispiel in der Stadt im Feierabendverkehr sagen: Heute drängen sich wieder so die Autos aneinander. Gibt es Regen? Als dann Weihnachten ins Haus stand, habe ich doch einmal sehr vorsichtig gefragt, ob er nicht seine Wüste vermisse, seine Zelte.

Schließlich hatte er doch sein Foto gesehen. Aber er ging gar nicht auf meine Frage ein, er blieb. Der Frühling kam, er blieb, immerhin ging er jetzt manchmal in den Garten hinunter. Auf die Straße aber ging er nie allein. Annette sagte, er hat alles, was er besaß, verkauft, für diese Reise. Er ist mittellos. Sie machte mir Vorwürfe, behauptete, ich ließe ihn merken, daß er wieder zurückreisen solle. Es kam zwischen mir und Annette immer öfter zu Streitigkeiten, die drehten sich dann meist um ganz andere Dinge, die nur indirekt mit ihm zu tun hatten. Er stand dann jedesmal förmlich auf und entfernte sich, und zwar ging er nicht in sein Zimmer, sondern auf die Veranda. Dort saß er dann, auch bei Schneeregen, unter dem aufgeklappten Sonnenschirm, so daß wir schnell unseren Streit beilegten, damit er sich da draußen keine Lungenentzündung zuzog. Wir hatten nie den Eindruck, daß er mittellos sei, was tatsächlich ja der Fall war. Er lag uns, wie man sagt, auf der Tasche. Wir hatten ja Geld. Er nahm alles mit einer königlichen Selbstverständlichkeit. Wenn man als Bürger sein Geld verliert, sagte Rogler, der ja geschulter Marxist war, dann ist man nichts mehr. Der Adelige bleibt adelig, das ist unabhängig vom Geld. Er ist dann eben nur ein armer Adeliger.

Ah, Rogler, sagte ich, richtig Rogler, und mir kam wieder in den Kopf, warum ich hier saß.

Noch einen Martini?

Oh, sagte ich, und es fiel mir schwer, die Ablehnung zu formulieren. Nein, aber ich fand so schnell keine Begründung.

Die Geschichte, sagte Bucher, reicht genau für zwei Martinis. Er schenkte aus dem eisgekühlten Silbermixer nach. *Roglers Traum.* Den haben wir auch auf Sylt getrunken, Annette und ich. Es war das letzte Mal, daß wir ihn tranken. Jedes Jahr fahren wir Mitte Mai nach Sylt.

Und natürlich überlegten wir uns, was aus unserem Beduinen-Prinzen in der Ferienzeit werden sollte. Wir versuchten ihm das zu erklären, was es heißt, wegzufahren, in die Ferien. Aber man konnte ihm das nicht klarmachen. Wir hatten extra die Haushälterin gefragt, ob sie bleiben und ihn versorgen könne, denn ihn allein mit Gas und Mikrowellenherd hantieren zu lassen, da hatten wir unsere Bedenken. Er nickte, machte aber keine Anstalten zu bleiben, sondern fand es offensichtlich selbstverständlich mitzukommen. Ich schlug vor, einfach heimlich abzufahren, frühmorgens die Koffer in den Wagen zu laden und dann weg. Aber Annette war richtig empört, das ist Verrat. Man kann seine wirklich kindliche Gutgläubigkeit doch nicht so enttäuschen.

Ich trank von *Roglers Traum* und dachte, wie sehr das alles vorerzählt klang, dieser Bucher suchte nicht mehr nach Formulierungen, verlor sich nicht in Nebendingen, sondern erzählte seine Geschichte, als hätte er sie sich für meinen Besuch genau zurechtgelegt – oder aber er hatte sie schon oft erzählt. Vielleicht kam es mir aber auch nur so vor, weil dieser Martini all die anderen mich hetzenden Wahrnehmungen ausgeblendet hatte und ich jetzt mit einer gleichmäßigen Neugierde zuhörte.

Wir fuhren mit ihm los. Ich vermute, im Mittelalter sind die Kaiser so wie wir gereist. Wohin wir kamen, erregten wir Aufsehen. Er begleitete uns, nicht wie ein Bediensteter, sondern wie der Gesandte eines fernen Landes, selbstverständlich und mit einer königlichen Würde, in Autobahnraststätten, in Hotels, zu Freunden in Hamburg. Bis wir nach Sylt kamen, zu der Insel Sylt mit ihren Dünen. Wir kamen an, und er geriet außer sich. Das einzige Mal übrigens, daß er seine fürstliche Ruhe verlor. Er sah die Sanddünen und lief los. Er stieß dabei eigentümlich kehlige Laute aus, dann eine Art Jodeln.

Wir warteten, wir hatten einfach angehalten, wir standen und warteten. Wir machten uns Sorgen, dachten, daß er womöglich einem Polizisten in die Arme gelaufen sei. Er hatte ja weder Paß noch sonst etwas bei sich, auch war seine Aufenthaltsgenehmigung abgelaufen. Annette sah ihn schon in Abschiebehaft. Dann dachten wir, daß er ins Wasser gegangen sei, aus Neugier, womöglich gleich von der ersten Brandungswelle ergriffen worden und ertrunken sei. Er kannte ja das Meer nicht. Konnte nicht schwimmen. Außerdem war es noch kalt, auch wenn die Sonne schien. Nach drei Stunden, Annette war schon völlig aufgelöst, wollte gerade losfahren und einen Suchhubschrauber alarmieren, da tauchte er auf. Sein Gewand war naß, er war also tatsächlich ins Wasser gewatet. Ich muß gestehen, das hätte ich für mein Leben gern gesehen, wie er das Meer sah, die Wellen, die Gischt der Brandung, wie er da hineinschritt. Später lief er ganz selbstverständlich in einer blauen Badehose zum Strand. Wir hatten ihn bis dahin nur verhüllt gesehen. Ging zum Strand und legte sich, wie man es manchmal in Italien sieht, wie eine dieser alten Frauen, die nie schwimmen gelernt haben, in die auslaufenden, noch eisigen Wellen, krallte sich, wenn die Gischt kam, lachend und kreischend im Sand fest. Übrigens nur bei der Gelegenheit sah ich so etwas wie kindliche Angst in seinem Gesicht. Manchmal verschwand er für Stunden in den Dünen. Ich habe nie gedacht, daß ich mich für Männer interessiere, aber als ich ihn nackt sah, diesen durchtrainierten, gleichmäßig braunen, muskulösen Körper, kam immer häufiger dieser mich zutiefst irritierende Wunsch in mir auf, die Muskeln, die den Arm hier mit der Brust verbinden, zu berühren. Er tippte mir vorsichtig auf die Brust. Nicht mehr. In der Zeit legte er erstmals sein Gewand ab, er trug kurze blaue Hosen und ein altes blaues

Sweatshirt, das, was ich jetzt trage. Ich weiß nicht, warum er das tat. Weder Annette noch ich fragten ihn, denn genaugenommen wäre er in seinem Gewand hier am wenigsten aufgefallen, wo doch alle irgendwelche Badehandtücher umgewickelt trugen. Er rückte einem so, wie soll ich sagen, normal gekleidet, plötzlich näher.

Von da an konnte ich an Annettes Verhalten Veränderungen beobachten, seit wir auf Sylt waren, seit man ihn am Strand und in den Dünen sah. Sie schminkte sich schon morgens, was sie auf Sylt sonst nie tat, sie schüttelte sich am Frühstückstisch das frischgewaschene Haar ins Gesicht, so wie sie es bei mir getan hatte, als wir uns kennenlernten, jetzt sah sie ihn durch diesen seidigglänzenden Vorhang an. Ich sah sie an, sah ihn an. Ich muß mir eingestehen, ich sah ihn gern an, freute mich schon am Morgen auf ihn. Sonderbarerweise ließen mich ihre Blicke kalt, eher war ich, wenn ich ehrlich bin, eifersüchtig, wenn er sie ansah. Aber er schien, jedenfalls war das mein Eindruck, nicht auf ihre Blicke zu reagieren.

Das war für mich das Unfaßliche, daß ich mich mit fünfzig für einen Mann zu interessieren begann, wobei mein Interesse nicht so vordergründig sexuell war, sondern es war einfach der Wunsch, in seiner körperlichen Nähe zu sein.

Und dann, eines Morgens, sprach er nicht mehr mit Annette. Er übersah sie. Was ist? fragte ich ihn. Er schüttelte nur den Kopf. Was ist? fragte ich sie. Nichts, sagte sie. Aber sie war, wie soll ich sagen – verwirrt. Am dritten Tag bekam sie einen Weinkrampf. Sie packte ihren Koffer. Sie gestand mir, an dem Abend, als ich einen Freund getroffen hatte, sei sie zu ihm ins Zimmer gegangen. Er habe sich reserviert gezeigt, was sie als kulturelle Schüchternheit mißverstand, dann aber, als sie ihn anfaßte, ihn zu küssen versuchte, hatte er sie des Zimmers verwiesen. Wissen Sie, mit welchen Worten? Es ziemt sich nicht. Bucher lachte auf. Den Gastgeber betrügt man nicht. Die Gastpflicht schlägt den Sexualtrieb, können Sie sich das vorstellen, der Trieb, der letzte wilde, den wir noch haben, der bei uns alles außer Kraft setzt, Freundschaft, Ehe, Religion, Aidsangst, jede Form der political correctness, alles vergessen, wenn die Partner denn so richtig scharf aufeinander sind. Und da kommt einer und stellt Gastrecht und Gastpflicht über alles.

Sie ist dann zu einer Freundin nach Paris gefahren. Erst wollte ich ihr das Konto sperren, aber dann dachte ich, es sei gut, so wie es ist. Es wäre nur kleinlich. Und insgeheim, das mußte ich mir eingestehen, war ich froh, daß sie weggegangen war. Hin und wieder hebt sie etwas von dem Konto ab, sparsam, also bleibt es, wie es ist. Nicht einmal ihre Lieblingsblusen und die alten, in New York gekauften Zwanziger-Jahre-Kleider hat sie mitgenommen.

Einmal hat sie angerufen. Es war ein ruhiges, freundliches, geradezu herzliches Gespräch, es ging um Rechnungen, Verträge, Verwandte, auch um dieses Archiv von dem toten Rogler. Sie weinte, als ich sie fragte, ob ich das weiter aufheben solle. Ich denke, das war wie eine Erinnerung an ihr früheres Leben, daß hier diese beiden Kartons herumstanden. Sie fing sich dann aber schnell. Ich fragte, wie es ihr gehe. Gut, sagte sie. Die Zelte sind abgebrochen. Der Horizont ist wieder frei. Das stammt natürlich von ihm, dieser Satz. Eine verrückte Geschichte, in die wir da geraten sind, sagte sie, und wollte wissen, wie es ihm geht. Gut. Das war alles. Sie hatte aus Paris angerufen.

Ich habe mir immer versagt, ihn zu berühren. Ich bin sicher, er würde sofort abreisen. Sein Visum ist zwar längst abgelaufen. Aber er hat sein Rückflugticket erster Klasse noch. Er würde zu seinen Kamelen, die ihm nicht mehr gehören, zurückkehren. Ich würde ihm gern Geld anbieten, das Geld, das er für das Ticket ausgegeben hat. Aber, das ist verrückt, zugleich fürchte ich diesen Augenblick. Danach ist es so, wie es früher war, gewöhnlich, das meint normal, alle Farben gemischt ergeben dieses Grau. Dagegen seine ruhige Gegenwart. Ich weiß gar nicht, was er macht, wenn er allein in seinem Zimmer ist. Morgens, bei gutem Wetter, sitzt er auf der Terrasse und betet Richtung Osten. Unser gemeinsames Interesse, wissen Sie, was das ist?

Nein, sagte ich, sogar dieses kleine Wort kam mir inzwischen nur noch schwer durch *Roglers Traum* über die Zunge.

Die Konstruktivisten und die klassische Musik, das verbindet uns. Bach und Mozart. Wir gehen oft in Konzerte. Er hat, obwohl er zuvor nie Klassik gehört hatte, ein äußerst empfindsames Gehör. Er sitzt, wird Bach gespielt, wie versteinert da, manchmal stoße ich ihn an, weil ich denke, jetzt ist er für immer weg, endgültig in sich versunken. Dann löst er sich langsam aus dieser Starre. Ich habe so etwas noch nie erlebt. Und dann betrachten wir die russischen Konstruktivisten. Mit den Gegenständlichen kann er nichts anfangen, auch Picasso oder die Expressionisten mag er nicht, da lacht er nur. Aber Sie hätten ihn sehen müssen, als er den ersten Yves Klein sah. Das reine Blau. Ich konnte ihn von dem Bild nicht wegbringen.

Und Rogler? fragte ich. Es klang eher wie Roller, was ich da hervorbrachte.

Aber Bucher verstand. Er starb ganz plötzlich. Ein Herzinfarkt. Einige Monate verfolgte meine Frau den Plan mit dieser Ausstellung weiter, aber dann kam es zu der Trennung. Sie hat alles hinter sich gelassen. Es gibt, soweit ich weiß, einen Geschmackskatalog der Kartoffelsorten, der wichtigste Teil seiner Arbeit, wie Annette behauptete. Aber ich denke, das ist eher reine Poesie.

Eben diesen Katalog suche ich, der ist auch nicht in diesen Kartons.

Plötzlich stieß Bucher einen merkwürdigen modulierten Ruf aus, eine Art Jodler, aber kehliger, ein Ruf, der mich an Minaretts und Tausendundeine Nacht denken ließ.

Nach einem kurzen Augenblick erschien die Frau, kam die Terrassentreppe herunter, ich sah unter dem ausgeblichenen blauen Kopfschleier blaue Augen und ein dunkles, ebenmäßiges Männergesicht. Er verbeugte sich leicht und stellte eine Messingkanne auf den Tisch.

Das ist Moussa, sagte Bucher und stellte mich vor. Mögen Sie einen Minztee, fragte Bucher, er hat ihn zubereitet.

Gern.

Bucher stellte drei Tassen auf den Tisch, und der Mann schenkte den dampfenden Tee ein. Eine Art Pfefferminztee, stark gesüßt. Moussa trank und fragte mich, was ich mache.

Ich schreibe.

Sind Sie Schriftgelehrter?

Er beschreibt die Welt, sagte Bucher, und die Menschen, sozusagen.

Ohne Gesang, sagte der Mann, würden wir uns im Sand verirren.

Ich hätte, wäre mir das Denken, das Sprechen nicht so schwergefallen, versucht zu erklären, daß ich kein Sänger bin, daß eine Verwechslung vorliege. Aber ich versuchte es dann gar nicht erst, ich sagte mir, es käme sowieso nicht darauf an, wofür er mich hielt, da wir uns nicht wiedersehen würden.

Er sagte, wenn Sie mir gestatten, wüßte ich gern, ob Sie oft gehen oder oft mit der Eisenbahn oder aber oft mit dem Automobil fahren?

Ja, sagte ich, ich reise gern. Allerdings war ich noch nie in der Sahara. Aber hier, in den letzten Tagen, bin ich viel herumgekommen. Und ich habe seltsame Dinge erlebt. Weit mehr als in einem Jahr in München.

Der Mond, unser Bruder, sagte er, er wacht über unseren Schlaf. Er leitet uns auf dem Weg. Er bringt Regen. Er läßt den Tau auf dem Stein zurück. Sein Unglück ist, er ist mit der Sonne verheiratet. Nach einer Nacht mit ihr nimmt er ab. Ausgezehrt, braucht er 28 Tage, um wieder zu Kräften zu kommen. In drei Tagen wird er vergehen.

Ich trank den Tee, eine süße Schwere und fern die Frische der Minze.

Er trug an der linken Hand einen goldenen Ring mit einer Gemme.

Ein wunderschöner Ring, sagte ich, ist das eine römische Gemme?

Er streckte die Hand aus, lange zartgliedrige braune Finger. Ich faßte ihn, um besser sehen zu können, vorsichtig an der Hand, ein feines Zucken spürte ich. Er zog sich den Ring vom Finger und reichte ihn mir, ohne mich zu berühren.

Ein Geschenk.

Das ist Athene, sagte ich, die Begleiterin des Odysseus.

Er machte eine Geste, die anzeigte, daß ihm das nichts sagte oder egal sei. Als ich ihm den Ring zurückgeben wollte, hob er abwehrend die Hand. Ein Geschenk, sagte er, der Ring zeigt Ihnen etwas, was er mir nicht gezeigt hat.

Ich bekam einen Schreck, fragte mich, ob ich ihn durch irgendeine Bemerkung zu mir eingeladen hätte oder ob eine meiner Äußerungen mißverständlich gewesen wäre. Diesen Ring als Geschenk anzunehmen, würde bedeuten, irgendwann eine Gegengabe machen zu müssen, etwas, was er dann ganz selbstverständlich einfordern würde, womöglich eine meiner Töchter, vielleicht, wer weiß. Zurückgeben war unmöglich. Er schüttelte mit einer keinen Widerspruch duldenden Bestimmtheit den Kopf. Wo gibt es das, dachte ich, daß jemand sich einen goldenen Ring vom Finger zieht und dem Gast, den er eben zum ersten Mal gesehen hat, schenkt. Ich war verwirrt, verunsichert und wollte möglichst schnell gehen. Meinen Dank nahm er beiläufig, ja gleichgültig entgegen. Irgendwann wird er auftauchen, dachte ich.

Bucher sah mich mit einer Mischung aus Eifersucht und Mißgunst an, vielleicht war auch Trauer in diesem Blick. Wahrscheinlich hatte er seinen Gast nie nach der Bedeutung des Ringes gefragt. Und nun war nichts mehr zu fragen, und schon morgen würde sich Moussa zum Flughafen fahren lassen.

Brauchen Sie nichts von diesen Unterlagen, fragte Bucher. Ich könnte Ihnen Fotokopien zuschicken.

Nein, danke. Ich brauch nichts. Besten Dank.

Und noch etwas, sagte Bucher, schon in dem hellen Treppenhaus stehend, Ihr Haar ist, wie soll ich sagen, total verschnitten, Sie haben drei Treppen, nein, drei Scharten am Hinterkopf.

Ich weiß, sagte ich, danke, danke auch für *Roglers Traum.*

In was, dachte ich, als ich hinunterging, bin ich da hineingeraten. Um nicht zu schwanken, nicht zu fallen, mußte ich mich am Treppengeländer festhalten.

12
Airborne

Gott, wer hat Sie denn so zugerichtet? Ihre Frau? Sind ja meist die Ehefrauen, die sich an den Köpfen ihrer Männer vergehen.

Nein, sagte ich, meine Frau schneidet wirklich gut, das war ein Friseur.

Gibts ja nicht. Er ging um mich herum, betrachtete meinen Hinterkopf, und ich sah im Spiegel sein fassungsloses Staunen.

Ich war vor 25 Jahren zuletzt bei einem Profi, seitdem hat mir meine Frau die Haare geschnitten, und jetzt bin ich innerhalb von zwei Tagen zum zweitenmal bei einem Friseur. Der junge Mann in einer schwarzen weiten Leinenhose und einem steingrauen T-Shirt mit einem weißen stilisierten Fallschirm und dem Aufdruck »Airborne« sagte: Moment mal, bevor ich Hand an Sie lege, will ich den Chef holen. Sie verstehen, sozusagen als Zeugen, damit es später nicht heißt, ich hätte Sie so entstellt. Er ging weg.

In der Mitte des Salons – oder sollte man Atelier sagen; draußen stand als Firmenschild: Hair-Design – stand die lebensgroße Gipsreplik einer Apollostatue. Ich fragte mich, ob ich den jungen Mann mit seinem Airborne-T-Shirt nicht beleidigt hatte, als ich ihn einfach den Friseuren zuschlug. Das Wort Hairstylist konnte ich denken, aber beim Aussprechen, da war ich mir sicher, würde ich darüber stolpern. Die jungen Männer, die hier arbeiteten, könnten alle aus der Ilias kommen, kein Gramm Fett, sportlich gestählt, so schnitten sie, färbten, wuschen, die knappen T-Shirts zeigten muskulöse Oberarme oder durchtrainierte Bauchdecken, sogar den Bauchnabel, wie bei dem Stylisten, der neben mir einem jungen Mann die Haare färbte, feine orange Streifen, die er mit zarten Pinselstrichen über schmaler Alufolie auftrug. In der rechten hinteren Ecke, vom Spiegel aus gesehen links, war eine kleine Bar, davor ein Stahlrohrständer: Fotobände, *Vogue pour l'homme*, Comics, aus Kugellautsprechern klang Techno, zwischendurch war das Fauchen der Espressomaschine zu hören. An der Bar hantierte eine junge Frau in einem winzigen schwarzen Seidenkleid, wahrscheinlich nur ein Unterkleid. Als sie sich, aufgebockt auf extrem hohen, blockhaften Schuhen, zum Eisfach vorbeugte, erschienen – als würde ein Vorhang gehoben – die paarlichen Halbmonde ihres Hintern. Mit einem sanften Tritt schloß sie die Eisschranktür und kam herüber, fragte, ob ich einen Cocktail haben wolle, etwas, das beruhigt.

Ich habe heute schon einen Cocktail getrunken, einen Martini, genaugenommen zwei, am Morgen. Ich trinke so gut wie nie Cocktails. Und tagsüber gar nichts.

Schade, das Mädchen beugte sich über mich, um mir einen blauen Umhang umzubinden, ich tauchte in Sandelduft ein.

Schade, sagte sie nochmals, denn der *Karibiktraum* ist meine Spezialität. Zartzufällig streifte ihre Brust mein rechtes Ohr.

Also gut, sagte ich, ich probiere ihn, obwohl ich immer noch *Roglers Traum* im Kopf habe.

War der gut?

Sehr gut sogar.

Ich bin gespannt, was Sie zu meinem Drink sagen.

Der Hairstylist neben mir arbeitete wie ein Maler an dem jungen Mann, tupfte mit einem Pinsel ins Haar, trat einen Schritt zurück, tupfte abermals. Ich war, als ich mich umsah, mit Abstand der Älteste in diesem Atelier.

Der junge Mann im Airborne-T-Shirt kam zurück, hinter ihm ein anderer junger Mann, auf dem weißen T-Shirt grinste fies Butt-Head. Im Spiegel sah ich, wie jetzt alle zu mir hersahen, Hairstylisten wie Kunden starrten mich an.

Die beiden jungen Männer betrachteten meinen Hinterkopf. Meine Güte, das ist ja Körperverletzung, sagte der Butt-Head-Stylist, der offensichtlich der Chef war. Da können Sie Schadenersatz verlangen. Tatsache. Verklagen Sie den Mann.

Ach, das bringt doch nichts, sagte ich. Ich konnte doch nicht erzählen, daß es Schwarzarbeit war, daß ich mir genaugenommen die Haare gar nicht hatte schneiden lassen wollen, daß ich auf eine idiotische, kaum erklärbare Weise zu diesen Scharten gekommen war. Außerdem war es im Ostteil der Stadt, sagte ich.

Auch das noch, sagte Butt-Head.

Einen Moment zögerte ich, aber dann sagte ich es doch, der Mann hat sogar Ulbricht die Haare geschnitten.

Die armen Leute. Kein Wunder, daß die ne Mauer bauen mußten. Wahrscheinlich sind Sie das Opfer eines Racheakts geworden. Ein Haarschnitt, der sich gegen alle Wessis richtet, sozusagen eine symbolische Verstümmelung. Die beiden, die Umstehenden, die Sitzenden, alle lachten. Vorn sind Sie ausgesprochen gut geschnitten worden, auch an der Seite, aber hinten, da sind drei klassische Treppen. Regelrecht tückisch.

Nein, sagte ich, ich denke, das war nicht böswillig. Der Mann, es war schon ein älterer Mann, wollte mir nämlich einen Stützschnitt machen.

Das hätte ich nicht sagen sollen, denn der Salon explodierte regelrecht von dem Gelächter, ein schrilles Lachen, ein Kreischen, ein Keckern, im Spiegel sah ich in anderen Spiegeln, von hinten, von vorn, vervielfacht bis ins Unendliche, all diese lachenden jungen Stylisten, die lachenden jungen Kunden, auch das Mädchen an der Bar lachte, und die junge Frau an der Kasse.

Entschuldigen Sie, sagte der Chefstylist, das ist zu komisch. Nein, ein Ossi, der einen Stützschnitt macht, das ist, schon wenn man es ausspricht, ein Witz.

Und alle lachten wieder, und ich gab mir alle Mühe, kräftig mitzulachen. Das Mädchen kam auf ihren überlangen Beinen herübergestakst und brachte mir den Drink, den *Karibiktraum*, der auf eine geradezu perverse Weise blaugefärbt war und so azurblau auch schmeckte, nach was? Ja, es mußte irgend etwas 75%iges reingemixt sein, denn schon beim Schmecken, nein, beim Schlucken sah ich um mich alles in einer sanften Ruhe, und ich dachte, das ist die Beruhigungsspritze, die sie dem verpassen, der sich hier wie beim Zahnarzt im Sessel zurücklehnt, um sich umstylen zu lassen. Neben mir wurde dem jungen Mann vorsichtig das überschüssige Orange aus dem Haar getupft.

Na, wie schmeckt er Ihnen, fragte das Mädchen.

Gut, sehr gut.

Denken Sie an Meer dabei?

Hm.

Sie müssen die Augen schließen. Und sagen Sie mir, was Sie sehen.

Ich schloß die Augen. Wieder streifte ihre Brust mein rechtes Ohr, so weich, so zart, während sie meinen Haarumhang zurechtzupfte.

Na, fragte Sie, was sehen Sie beim Schmecken?

Tatsächlich, sagte ich, das Meer. Strand, nein, das ist kein Strand, das sind Felssteine und Betonklötze.

Was, Betonklötze?

Ja, vielleicht ein Kai oder so was, und das Wichtigste ...

Was denn? fragte sie ungeduldig.

Ich sehe eine angeschwemmte Flagge, klein, blau, darin ein weißes Rechteck.

Und was ist das?

Der *Blaue Peter*.

Was für ein blauer Peter? Ich öffnete die Augen und sah sie an, sie hatte irritierend blaue Augen.

Eine Flagge, die auf See gesetzt wird, bedeutet: Meine Netze sind an einem Hindernis festgekommen.

Einen Augenblick sah sie mich ratlos an, dann sagte sie: Sie, Sie sind ja einer, ganz schön abgerockt. Sie lachte, drohte mir neckisch mit dem Zeigefinger und stöckelte zur Bar zurück.

Die meisten sehen immer dasselbe: Sand, Wasser und Palmen, sagte der junge Hairstylist mit dem Airborne-T-Shirt.

Die Augenfarbe der jungen Frau ist fast genauso knallblau wie dieser *Karibiktraum*, ich hab so was noch nie gesehen.

Haftschalen, sie trägt blaue Haftschalen, normalerweise hat sie ascheimergraue Augen, sagte Airborne und, nach einem grübelnden Blick auf meinen Hinterkopf: Also bei diesen drei Schmissen am Hinterkopf gibt es drei Möglichkeiten: entweder eine Glatze schneiden, und zwar ausrasiert. Dann sollten Sie allerdings einen Goldring im Ohr tragen.

Mein Nein war so laut, daß der neben mir sitzende junge Mann mit den Orangetupfern im Haar hochfuhr und der Hairstylist den Pinsel schnell heben mußte, um ihm keinen Strich über die Stirn zu machen. Sanft drückte er den Kopf seines Klienten wieder zurück. Auf keinen Fall eine Glatze! sagte ich.

Gut, sagte Airborne, die andere Möglichkeit ist, diese drei, wie soll ich sagen, Schneisen zu thematisieren.

Wie meinen Sie das?

Nun, ich könnte sie grün einfärben, das würde Ihrem Aussehen einen besonderen Kick geben.

Nein, sagte ich, trank von meinem *Karibiktraum*, nein, dafür bin ich zu alt.

Totally wrong, etwas leicht Abgespacetes hängt doch nicht vom Alter ab.

Ja. Nein. Also nicht für mich, bitte.

Ich blickte zu dem jungen Mann hinüber, der die letzten orangenen Striche ins Haar bekam. Er war gut zwanzig Jahre jünger. Auch er blickte zu mir herüber, allerdings jetzt aus den Augenwinkeln.

Dann bleibt nur die letzte, auch schlichteste Lösung: Ich schneide Ihnen die Haare ganz kurz. Man wird diese Treppen dann immer noch sehen, zwar nicht mehr so stark, aber dennoch. Und das muß ich Ihnen auch sagen, Sie sehen dann aus wie ein Verbindungsstudent.

Was? Wieso?

Ja, wie einer, der bei der Mensur was von hinten auf die Mütze bekommen hat, also beim Weglaufen.

Das ist mir egal.

Gut, ich wollte es nur gesagt haben.

Wie kommt dieser Luftgetragene ausgerechnet auf Burschenschaftler, dachte ich und sagte: Seis Panier! Bitte kurz.

Soll ich Ihnen die Seiten etwas färben, Sie sind da schon ziemlich grau.

Nein, sagte ich, die gefärbten Männer um die Fünfzig sind einfach gräßlich, und mit jedem Jahr wird es peinlicher.

Was meinen Sie, wie Genscher aussähe, wenn er grau

wäre. Ein liebenswürdiger Opa mit Elefantenohren, dem doch keiner zugehört hätte.

Nein, bitte nur kurz schneiden.

O. K., sagte er, ich wasche Ihnen erst mal den Kopf.

Ich trank noch mal von meinem *Karibiktraum*. Eine wohlige Gleichgültigkeit verbreitete sich im Kopf, den ich in den Nacken legen mußte. Ich sah noch, wie Airborne ein giftgrünes Gel in die Handfläche drückte, dann leitete er das lauwarme Wasser über den Kopf, rieb das Gel in die Haare, massierte mit langsamen Griffen die Kopfhaut.

Wie sind Sie überhaupt auf den Gedanken gekommen, drüben zum Friseur zu gehen? Geht doch keiner von hier rüber, höchstens mal ins Theater.

Ich habe drüben auf jemanden gewartet, sagte ich, na ja. Ich komme aus München.

Turi?

Nein, ich recherchiere, ich will etwas über die Kartoffel schreiben.

Er lachte. Mein Lieblingsessen sind Pellkartoffeln mit Kräuterquark.

Ja? Ich habe mal ein Mädchen kennengelernt, die mochte Pellkartoffeln sogar so gern, daß sie sich auf einem Faschingsfest als Kartoffel verkleidet hat.

Er strich mir sacht den Schaum vom Haar. Keine Angst. Sie müssen die Augen nicht so fest zusammenkneifen. Das Gel brennt nicht in den Augen. Man merkt, daß Sie lange nicht beim Haircutting waren. Sie sitzen immer noch verkrampft. Beugen Sie sich mal nach vorn. Total entspannen. Er griff mir in die Nackenmuskulatur, in die linke Schulter, zart, aber doch fest, hier, sagte er, hier ist es richtig hart, er nahm etwas von dem Gel, massierte, spüren Sie, ein richtiger Knoten, mit dem Knoten dürfen Sie nicht länger durch Berlin laufen. Ich spürte, langsam löste sich diese Spannung, die ich zuvor gar nicht bemerkt hatte. Ich bekam eine wohlige Gänsehaut. Ich hätte auf der Stelle einschlafen können.

Er rubbelte mir kurz den Kopf ab, nahm die Schere, den Kamm und begann zu schneiden, mit sparsamen Bewegungen, nicht dieses wichtigtuerische Leerschnippeln, das Kramer mir vor Augen geführt hatte, kein drohendes Gefuchtel mit dem Kamm.

Hat der Ihnen denn nicht im Handspiegel gezeigt, wie Sie hinten aussehen?

Nein.

Das gehört eigentlich zur Standesehre dieser Altbarbiere. Aber gut, sagte er, reklamieren können Sie sowieso nicht mehr, höchstens anzeigen. Wer weiß, wie vielen der in seiner DDR-Zeit aus Versehen die Ohren kupiert hat. Übrigens, Sie könnten auch bei diesem kurzen Haarschnitt gut einen Ring im Ohr tragen. Sehen Sie sich den Agassi an. Der trägt fast immer einen Ohrring.

Ja, aber ich bin nicht die Nummer eins im Tennis, und dafür auch zu alt. Ich mach mich nicht lächerlich.

Sie tragen doch einen Ring; Leute wie Sie tragen normalerweise keine Ringe.

Stimmt, ich trag ihn auch erst seit gut zwei Stunden. Er wurde mir geschenkt. Von einem Tuareg. Gefällt er Ihnen? Dann können Sie ihn haben.

Das ist ein ziemlich teurer Ring, glaub ich, sagte er, eine Gemme, nicht?

Ja.

Aber, nein danke, ich habe schon einen festen Freund. Außerdem muß man mit Ringen vorsichtig sein.

Wieso?

Mein Freund liest abends viel, und was ihm besonders gut gefällt, liest er mir vor. Ich lese nur ganz wenig, ich höre lieber Musik.

Und was hören Sie?

Chill out. Neulich hat er mir eine Geschichte von einem Italiener vorgelesen. Es ging um Karl den Großen, der hat sich im reifen Alter – er stockte einen Moment, dann fügte er hinzu, ich meine wesentlich älter als Sie –, der hat sich in ein ganz junges Mädchen verliebt. Der Kaiser wollte nur noch mit diesem Mädchen zusammensein. Die Hofbeamten wurden unruhig. Der Kaiser kümmerte sich nicht mehr um das Reich. Dann stirbt das Mädchen plötzlich, und der Hofstaat atmet erleichtert auf. Aber der Kaiser will einfach nicht von dem Mädchen lassen, läßt sie einbalsamieren und läßt sie in sein Gemach bringen. Das beunruhigt natürlich den Erzbischof. Der vermutet einen Zauber und gibt den Befehl, die Leiche zu untersuchen.

Airborne trat einen Schritt zurück, betrachtete seine Arbeit und sagte mit großer Bestimmtheit: Nein, so kann ich Sie nicht laufen lassen. Diese drei Schmisse. Es sieht dilettantisch aus, nein, komisch, lächerlich, total daneben. Glauben Sie mir, wenn ich Ihnen drei grüne Striche mache, dann bekommt das einen magic drive.

Ich trank den Rest meines *Karibiktraums* aus. Ich überlegte, ich sagte mir, es ist vielleicht wirklich besser, diesen drei Macken eine Wendung ins Absichtsvolle, ins Stilisierte zu geben. Außerdem habe ich nun seit 25 Jahren immer dieselbe Frisur, kurz und ein wenig nach vorn gekämmt, damit die Geheimratsecken etwas verdeckt werden. Jetzt liegen sie offen zutage, und ich finde, ich sehe so eher jünger aus.

Airborne sah mich an, und ich dachte, er hält dich für einen ängstlichen Spießer. Gut, sagte ich.

Er begann mit Flaschen zu hantieren, schüttete Tinkturen um, rührte, schüttete abermals um, prüfte. Zeigte mir schließlich in einem Schälchen die Farbe, ein irrsinniges Grün.

Gut, sage ich nochmals, aber was ist mit dem Zauber?

Ja, sagt er, greift zum Pinsel, was meinen Sie, was man unter der Zunge des toten Mädchens fand?

Ich weiß nicht.

Einen Ring.

Airborne macht einen Strich auf meinen Hinterkopf, mit einer einzigen kühnen Bewegung. Ich muß an einen Dokumentarfilm denken, mit Picasso, der ähnlich gezielt ruhige Striche machte.

Also, der Erzbischof ist erleichtert und steckt sich selbst den Ring an den Finger. Airborne macht einen zweiten Strich. Doch da macht der Kaiser dem alten Erzbischof schöne Augen, schmachtet, versucht, in das Schlafgemach des Kirchenfürsten einzudringen, steht nachts vor der Tür, wartet. Airborne lacht, hebt mir mit einem sanften Griff zum Kinn den Kopf hoch, so daß ich ihn und mich im Spiegel sehen kann.

Sie müssen sich das vorstellen, diese beiden Alten, der eine im Ornat, der andere in seinem Kaisermantel, und der Kaiser will dem Erzbischof an die Wäsche. Airborne macht den dritten Strich, den er dann aber nochmals vorsichtig wiederholt. Der Erzbischof überlegt, was zu tun ist, wie er dieser Peinlichkeit ein Ende setzen kann. Schließlich wirft er den Ring in den Bodensee. Und was passiert? Der Kaiser verliebt sich in den See, er steht am Ufer und blickt hinaus, Tag und Nacht blickt er über den See.

Airborne legt den Pinsel weg, stellt das Schälchen mit dem Irrsinnsgrün auf die schwarze Granitplatte. Wissen Sie, was mein Freund sagt? Wirkliche, also tiefe Liebe muß einseitig sein, da beginnt die Unruhe, die Spannung.

Wo sich beide gleich stark lieben, wird es häkelig langweilig, sagt er. Finden Sie das nicht auch?

Eigentlich nicht. Es kommt darauf an, was man sonst noch macht, außer lieben. Nur lieben und sonst in einer Versicherung arbeiten, da wirds vielleicht etwas still. Aber wenn beide Höhlenforscher sind. Oder nehmen Sie, sage ich, diesen verrückten Christo mit seiner Frau, ein wahres Kraftwerk, wie beide seit zwanzig Jahren versuchen, den Reichstag zu verhüllen. Ich denke, die können sich lieben, gleich stark, beide, aber häkelig finde ich das gerade nicht.

Gut, sagt er, da haben Sie recht.

Was hätten Sie denn an Karls Stelle getan? frage ich.

Ohne einen Moment zu zögern, sagt er: Mir selbst den Ring angesteckt.

Für jemanden in Ihrem Alter ist das nicht das Schlechteste. Aber für einen alten Mann wäre es eine deprimierende Lösung.

Er nimmt mir das Tuch ab, wischt mir mit einem feuchten, nach Sandel duftenden Tuch die Haare aus dem Nacken, holt einen Spiegel und zeigt mir meinen Hinterkopf, drei grüne Streifen, darunter die hellen Striche der Kopfhaut, leicht schräg verlaufend, so daß sie sich, würde man sie verlängern, an der linken Schulter träfen, dort, wo Airborne die Verspannung, diesen Knoten massiert hatte. Ich versuche, in Airbornes Gesicht zu erkennen, was er über diese Frisur denkt. Er blickt zufrieden auf sein Werk, legt sogar den Kopf leicht schräg. Grüßen Sie bitte Dr. Rosenow.

An der Kasse, an der die zweite Frau, die in diesem Salon arbeitet, sitzt, zahle ich. 120 Mark. Der teuerste Haarschnitt, den ich je hatte. Der Chef mit seinem tückisch grinsenden Butt-Head-Kopf auf der Brust gibt mir die Hand, sagt: Und denken Sie daran: Nie wieder einen Stützschnitt, und erst recht nicht von einem Ossi.

Gut, sage ich, ich werde daran denken.

Ich gehe hinaus in dieses schmerzhaft grelle Licht, in diese drückende Hitze. Ich drehe mich um. Die jungen Männer, die beiden jungen Frauen stehen da und blicken mir nach. Sie lachen nicht, wie ich vermutet habe, sondern sehen mir nach, traurig ernst, so als sei ich eben aus dem Paradies vertrieben worden.

13

Wechselschritt

Unter den Linden reitet der Alte Fritz, vorn die Gene-
räle, hinten, direkt unterm Pferdearsch, in Bronze: Kant
und Lessing. Die Pferdeäppel würden Lessing genau auf
den Kopf fallen. Ich gehe, nein hüpfe über die Straße.
Gern hätte ich mich auf einen dieser Lindenäste gesetzt,
die so zart begrünt die Doppeldeckerbusse streicheln.
Ich höre Musik, nicht den Hohenfriedberger Marsch,
nein, das ist ja ein Foxtrott. Dieser *Karibiktraum* scheint
erst jetzt seine Wirkung zu entfalten, eine bei Alkohol
ganz untypische Leichtigkeit fährt mir in die Glieder.
Foxtrott und Karibik geht doch nicht zusammen, denke
ich und versuche zwischen den Steinplatten einen Wechselschritt, slow, slow, quick, quick, slow. Schwebe dahin,
zwischen all den Menschen, ein ungenaues Durcheinander, das zum Reichstag drängt. Eine Frau redet auf mich
ein, seitwärts, behindert mich in meinen Foxtrottschrit-
ten. Ich sage: Ich spende für Tibet und *Greenpeace* und
nix weiter, keine müde Mark ansonsten, klar?

Aber die Frau bleibt hartnäckig, bleibt dichtauf, während ich mich weiter tänzerisch zwischen den Fußgän-
gern bewege, redet sie auf mich ein, eine Stimme wie
Möwenschreie. Erst langsam dringt es in mein Verstehen
ein, nicht Geld will sie, sondern etwas wissen. Was
denn?

Ob ich ein Nest bauen könne.

Will ich nicht, sage ich.

Können Sie das, ein einfaches Nest bauen, ein Nest,
wie es die Rohrdommel baut?

Ich bin keine Rohrdommel, rufe ich noch immer munter und fröhlich und mache wieder meine Schritte, jetzt Walzer, richtig, der Wechselschritt gehört doch gar nicht zum Foxtrott. Oder doch? Keine Rohrdommelschritte. Das sind doch mehr die Dorfschwalben und die schöne blaue Donau, so schön wie der blaue *Karibiktraum*. Meine Güte, das war ein Renngemisch, sage ich.

Was, fragt die Frau verdutzt.

Dieser blaue *Karibiktraum*. Und dann der *Blaue Peter*, dios mios, hatte die Beine, schier und endlos. Und jetzt kommen Sie mir ja nicht mit Sexismus, den können Sie sich von mir aus an die Handtasche schmieren.

Hören Sie, sagt die Frau: Das Rohrdommelnest, im Schilf, was ist dagegen dieser Glanz, diese Eitelkeit. Es blitzt, es funkelt nur für Ihn, dessen Namen wir nicht nennen, und für das Tier, das Siebenköpfige. Noch lachen Sie, sagt sie, noch hüpfen Sie, sagt sie, aber was wird sein, sagt sie, wenn das Ende naht? Was dann? Wenn sich die Erde auftut? Was dann? Die Frau läuft jetzt rechts seitwärts etwas vor mir. Sie schreit: Was dann? Die Leute vor uns drehen sich um, noch bevor wir sie erreicht haben, so laut schreit sie. Sie sind gezeichnet, schreit sie.

Ja, sage ich, dafür hab ich auch kräftig hinblättern müssen, jeder Strich 30 Mmchen, Schneiden und Waschen nicht gerechnet.

Tand, alles Tand, schreit sie. Das Nest der Rohrdommel im Schilf.

Immer mehr Leute bleiben stehen, starren uns an, ich versuche, schneller voranzukommen, aber sie bleibt neben mir. Ich biege ab, in die *Charlottenstraße*, beschleunige nochmals den Schritt, da zupft sie am Ärmel meiner Jacke, die ich über dem Arm trage, ein Knistern, funkensprühend, ein Schlag, der mich zusammenzucken läßt, derart hatte sich die Frau in ihrem ascheimerfarbenen Mantel aufgeladen, ein Mantel aus einem Kunststoffgewebe, vermutlich in Nowosibirsk hergestellt, wie auch die Kunststoffschuhe, mit den schrill-orangen Plastiksohlen, wahrscheinlich eine der Aussiedlerinnen, die in der sibirischen Tundra seit mehr als zwei Jahrhunderten an ihrem Deutsch und irgendeiner sektiererischen Bibelauslegung festgehalten haben. Ja, sie sprüht, ihre Haare stehen zu Berge, und sie spricht vom Lamm und den Posaunen, sie sprüht bei jeder Berührung mit Passanten, die keine Gummisohlen tragen. Sünde, sagt sie, Harmageddon, sagt sie, aber, sagt sie, Jehova, sagt sie, das Nest der Rohrdommel, sagt sie.

Um Gottes willen, sage ich, als sie wieder die Hand nach mir ausstreckt und an meinem Seidenjackett zupft, Funken sprühen. Aufhören! Loslassen! Hände weg!

Endlich das *Hilton*. Ich stürme, mein Jackett, das teure, anziehend, an dem Portier vorbei, der für mich die Drehtür in Bewegung setzt, dem nachdrängenden Racheengel in seinem Nowosibirskmantel aber den Weg vertritt. Drinnen bleibe ich stehen, endlich in einer angenehmen Kühle, und sehe, wie sie draußen steht und, die Hände an die braun getönte Scheibenfläche gepreßt, mich drinnen zu erspähen sucht. Ich blicke in eine der verspiegelten Säulen, um an meinem Spiegelbild abzulesen, was diese Besessene bewogen haben mag, gerade mich zu verfolgen. Von vorn ist, finde ich, nichts Auffallendes an mir. Das Haar ist zwar ungewöhnlich kurz geschnitten, deutlich sehe ich, was mir schon bei Rosenow aufgefallen ist, die hellen Stellen im Gesicht, wo die vom Haar verdeckte Haut nicht gebräunt ist. Aber das ist normal. Drehe ich aber den Kopf nach links, dann kann ich die Enden dieser drei grünen Irrsinnsstriche sehen. Ich bin gezeichnet, sicherlich, aber doch nur in einem modischen Sinn, denke ich. Oder gibt es in der Bibel eine Stelle, in der drei grüne Streifen eine Rolle spielen? Normalerweise stehen diese Leute mit ihren *Wachttürmen* da und lächeln einem nur vielversprechend entgegen. Vielleicht liegt es ja an diesem *Karibiktraum,* an meinen Tanzschritten, vielleicht strahle ich ja tatsächlich mit dem grüngestreiften Hinterkopf etwas Pfingstliches aus.

Ich gehe einmal durch die Lounge, halte Ausschau nach einem Mann mit Pilotenkoffer, der den Aufkleber trägt: *Hermes.* Ein Mann mit einem Pilotenkoffer ist nirgendwo zu sehen. Die Leute, die dasitzen, sind zu mehreren an den Tischen. Ich bin ja auch gut eine halbe Stunde zu früh gekommen. An einem Tisch entdecke ich einen mir bekannten Schriftsteller, er sitzt mit einem mir ebenfalls bekannten Rundfunkredakteur zusammen, beide rauchen Zigarren. Sie erkennen mich nicht. Allerdings haben sie mich auch – wenn denn überhaupt – nur im Profil gesehen. Sie lachen, ich weiß nicht, ob über meine Frisur oder einfach so aus einem Gespräch heraus. Die beiden vor Augen, insbesondere diesen literarischen Prosaplumpsack mit seiner Zigarre, nehme ich mir vor, das Rauchen einzustellen, nicht erst, wenn ich die Geschichte fertiggeschrieben habe, sondern mit den vier Zigarren, die ich noch im Etui habe.

Ich setze mich von den beiden möglichst weit entfernt in die Rauchersektion an einen der runden Tische. Kaum aber sitze ich, werde ich derart schläfrig, daß ich nur noch mit Mühe die Augen aufhalten kann, erst *Roglers Traum* und dann dieser irisierend blaue *Karibiktraum,* in dem sicherlich auch andere Mittelchen eingemixt waren. Tatsächlich muß ich kurz eingenickt sein, denn ein Ober sagt streng: Mein Herr, wenn Sie schlafen wollen, dann gehen Sie doch bitte auf Ihr Zimmer. Von den Nachbartischen starren die Leute zu mir herüber. Einige grinsen.

Wahrscheinlich habe ich zart geschnarcht, was ich, wie man mir erzählt hat, meist tue, wenn ich im Sitzen schlafe.

Ich bestelle einen Cappuccino und zünde mir eine Zigarre an. Vorsichtig mit dem Streichholz erst den Rand erhitzend. Fernando Ortiz schreibt: *Das Nikotin regt den Geist an, indem es ihn diabolisch inspiriert.* Recht hat er!

Ein Mann kommt durch die Halle, klein, dick, glatzköpfig mit dunkel-buschigen Augenbrauen, wie Vogelschwingen sitzen sie ihm auf der Stirn. Neben ihm geht ein hochgewachsener, athletisch gebauter Mann. Beide tragen beige Sommeranzüge. Der gedrungene Mann hat einen Pilotenkoffer in der Hand. Noch bevor ich winken kann, kommen sie zu mir herüber. Ich stehe auf, sage das Stichwort: Kartoffel und strecke dem gedrungenen Mann die Hand hin. Aber statt seiner ergreift sie der Athlet, und zwar mit der Linken, hält meine Hand fest, mit seiner Rechten fährt er mir blitzschnell unter meine Jacke, tastet mir die Hüften, den Hintern ab, ein flüchtigsachliches Streicheln meines Glieds, das alles geht derart schnell, daß mein gestammeltes: Was bitte, also, hören Sie, was, Moment mal, erst herauskommt, als er mit einem: Entschuldigen Sie, mir auch noch mein Schildpattetui aus der Jackentasche zieht und öffnet. Er nimmt eine Zigarre heraus, bricht sie durch, sagt nochmals: Sie entschuldigen bitte. Schiebt mir das Etui wieder in die Tasche, macht eine leichte Verbeugung und geht zwei Tische weiter, wo er sich, ohne mich aus den Augen zu lassen, hinsetzt.

Hören Sie, sage ich zu dem gedrungenen Mann mit seinen Bürsten an der Stirn, was soll das, das ist ja der reinste Überfall. Aber meine Empörung fällt regelrecht in sich zusammen, als der Mann seinen Koffer auf den Tisch hebt und mir dabei zuzwinkert.

Das Kästchen? frage ich.

Er nickt. Istnursicherdassnichtkommjetkomplikation, sieht mich dabei aber fragend an.

Wie bitte?

Istvorsichtmehrnicht – – seerentschuldigung!

Er legt die Hände auf den Koffer. Es sind auffallend breite Fingernägel, regelrechte Schaufeln, die oval zulaufend beschnitten sind, wahrscheinlich, um sie dadurch länger erscheinen zu lassen. Drei der feinen Häutchen am Nagelbett sind blutig eingeschnitten. Und ich denke, wie gut, daß ich mir von Kramer nicht auch noch die Nägel habe maniküren lassen.

Haben Sie den Katalog von einem Taxifahrer bekommen?

Er nickt. Abermüssenredenübervorstellungvonihnnenn.

Und das Kästchen haben Sie in der Tasche?

Wieder nickt er.

Wunderbar, sage ich. Wissen Sie, der Wert liegt ja gerade in der Klassifikation der verschiedenen Kartoffelsorten, also ihrer Eigenschaften: Nährwert, Geschmack, Anfälligkeit für Kartoffelkrankheiten.

Jaja. Er schüttelt den Kopf. Er lacht wieder, laut, sympathisch offen: Isfragimmervonpreis.

Das gehört mit zum Finderlohn. Ist ja ein mehr ideeller Wert.

Er schüttelt den Kopf.

Idellisgut – – machtbummdannweg.

Können Sie mir den Katalog mal zeigen?

Er schüttelt den Kopf, sagt, isgeschäftmitvertrauen.

Haben Sie ihn denn dabei?

Er schüttelt wieder den Kopf, klopft aber bestätigend auf den Koffer.

Kommen Sie aus Ungarn?

Er nickt, sagt dann aber: Bulgarien.
Nicht Ungarn?
Er nickt. Nein. Bulgarien.
Ich denke, daß in diesem *Karibiktraum* etwas war, was eine Langzeitwirkung hat, etwas, was die Gesten durcheinanderbringt, am liebsten hätte ich jetzt die Augen zugemacht, dieses Genicke, Geschüttel und immer diese beiden schwarzen Bürsten vor Augen, die sich mitbewegen, Schwingen, als wollten sie jeden Moment auffliegen, aber immer anderswohin.
Zeigen Sie bitte, sage ich, ich zahle auch anständig.
Beilieferungnurgegenkesch.
Klar doch.
Er öffnet den Koffer, holt einen Katalog heraus, gebunden und Hochglanzpapier, reicht ihn mir herüber, grinst: Schönkartoffelreichkartoffel.
Ich lese: Tschechische Panzerminen, Splitterminen, Stumpfminen, Flächensprengminen aus bulgarischer Produktion, mit Qualitätszertifikat. Die Minen sind abgebildet. Eine Panzermine ist vor einen Strauß Schneeglöckchen gelegt, platt, sieht aus wie die runde Wärmflasche, die meine Mutter benutzte.
Könnenmengenrabbatreden, sagt der Bulgare, und bietet mir eine Zigarre an, Davidoff-fürkaputta.
Einen Augenblick denke ich, das ist eine dieser Scherzfallen. Ich drehe mich schnell um, ob irgendwo eine versteckte Kamera zu sehen ist, die mein blödes, fassungsloses Staunen aufzeichnet; oder ob die guten Freunde, Kubin und Reinhard, denen ich solche Späßchen zutraue, im Hintergrund stehen und sich gar nicht fassen können vor Lachen. Nein, niemand ist zu sehen. Der Bulgare holt aus dem Koffer noch einen zweiten Katalog heraus, ernst und geschäftsmäßig. Kein Kästchen ist zu sehen. Er blättert den zweiten Katalog auf,

ebenfalls auf Hochglanz gedruckt, deutsch, englisch, französisch, spanisch: Panzerminen. Splitterwirkung, Druckwellen, eine Zeichnung beschreibt den Umkreis der Sprengwirkung. Die Figur, die auf die Mine getreten ist, ist stark stilisiert, ein schraffierter Schatten nur, die ihn begleitenden, vorwärts stürmenden Soldaten sind recht genau gezeichnet, sie sind umgeben von den Splittern wie von Hornissen. Der Umkreis ist mit 50 Metern angegeben.

Er grinst erwartungsvoll.

Wer zeichnet so etwas, so genau, so gekonnt? frage ich mich. Ich bemerke, wie ich langsam aufstehe und zugleich mit mir auch dieser athletische Mann, der zwei Tische entfernt sitzt, aufsteht und zwei, drei Schritte näher kommt.

Der Bulgare starrt mich an. Die beiden schwarzen Schwingen hochgezogen, als wollten sie aufgeschreckt hochfliegen, hinauf zu diesem idiotischen Kronleuchter aus Preßglas.

Eine Verwechslung, murmle ich.

Was sagen Sie? fragt der Athlet.

Eine Verwechslung, rufe ich und laufe, ja renne in Richtung zum Ausgang. Der Ober, der mich vorhin geweckt hat, kommt auf mich zugestürzt, schneidet mir den Weg ab: Moment mal, Sie haben nicht gezahlt.

Ich zeige auf den Bulgaren: Der Waffenhändler zahlt! Ich renne raus, hinein in die Menschenmenge, die zum Reichstag strömt. Ich drehe mich um. Hinter mir der Athlet in seinem beigen Anzug. Er folgt mir in einiger Distanz. Oder ist der, der mir da folgt, nur einer dieser New Yorker Galeristen, die alle und wie auf Verabredung beige Anzüge tragen?

Am Reichstag sind tausend und abertausend Neugierige auf den Beinen, die Sonne glänzt im grausilbrigen

Stoff; mit Seilen verzurrt, die Falten werfen ihre sanften Schatten, ein riesiges verschnürtes Paket, das ist jetzt diese Reichstagskiste, eine monströse Kiste, häßlich, klobig, protzig, ich mochte diese Kiste noch nie leiden, behauptete immer, daß man am Äußeren schon den »Burgfrieden« von 1914 ablesen könne, jetzt verpackt, ist dieser Klotz ein verrückt schöner Anblick. Frauen, Männer, Familien mit Kindern und Hunden, Zeitungsverkäufer, fliegende Händler, noch immer werden Stücke der Mauer verkauft, fingernagelgroße, handflächengroße, bemalt, blau, rot, auch Uniformmützen der Roten Armee vom Leutnant bis zum Marschall, Rußland hat ja schließlich den Krieg verloren, Nachtgläser, Panzeruhren, Orden, sogar die höchsten, der Lenin-Orden, der Karl-Marx-Orden werden hier verscherbelt. Daneben lebende Bilder, Mumien, Caesaren, vergoldete Putti, Engel. Ich dränge mich durch die Menschen, in wie vielen Filmen gibt es dieses Motiv, in das ich hineingeraten bin. Roglers Traum. Ich drehe mich nochmals um. Der beige Athlet ist nicht mehr zu sehen.

14
Wannsee

Der Fahrtwind wühlte in dem gelbbraunen Haar der alten Frau. Alle Fenster waren heruntergezogen, in diesem alten S-Bahn-Waggon aus den dreißiger Jahren, dessen Holzbänke man in DDR-Zeiten mit hellgrünem Schaumgummi und einem tannengrünen Plastikbezug aufgepolstert hatte. Im Waggon waren außer der alten Frau und mir nur noch zwei Jungen. Sie standen an der Tür, die sie während der Fahrt, was natürlich verboten war, aufgezogen hatten, so wie ich es als Kind mit Dikkenmeyer gemacht hatte, auf der Fahrt nach Blankenese, wo wir am Elbufer die Quellen des Orinoko suchten. Die beiden Jungs hatten ihre Badetaschen auf einer freien Bank abgestellt. Wahrscheinlich kamen sie aus dem Nachmittagsunterricht und fuhren jetzt noch zum Schwimmen. Die alte Frau, die mir gegenübersaß, blickte angestrengt aus dem Fenster. Die Bahn hielt. Neben der Station lagen Schrebergärten mit Holzhütten. In einem aufblasbaren blauen Plastikbecken plantschten zwei kleine Kinder. Unter einem Kirschbaum war ein Tisch gedeckt, Tassen, Teller. Eine ältere Frau trug ein Ofenblech, sicherlich Butterkuchen, zum Tisch, eine junge Frau goß Kaffee ein. In einem Liegestuhl las ein alter Mann die Zeitung. Kaum war der Zug zum Stehen gekommen, wurde es stickig heiß. Der Schweiß lief mir in den Hemdkragen.

Det wolln se jetzt ooch abreißen, die Lauben da. Allet weg, sagte die alte Frau, dabei blickte sie weiter aus dem Fenster. Anjeblich illejal jebaut, nachm Krieg.

Endlich fuhr der Zug wieder an, durch die Fenster strömte der Fahrtwind, warm, und dennoch kühlte er. Die beiden Jungen zogen wieder die Tür auf, so daß der Fahrtwind erneut ins Haar der alten Frau fuhr, Haare, die schlecht gefärbt waren, ein struppiges Gelbbraun. Ich schätzte sie auf Mitte Sechzig, vielleicht war sie aber auch älter. Sie trug eine Bluse aus den fünfziger Jahren, mit abgenähten Biesen an der Knopflochleiste, das Perlonweiß war vergilbt. Die alte Frau drehte sich zu den Jungs an der Tür um, fixierte sie mit einem bösen Blick. Die Jungen bemerkten es gar nicht, sie redeten und lachten. Die alte Frau hielt eine Einkaufstasche auf dem Schoß, ein Lederimitat. In der Tasche steckte eine Thermosflasche.

Fahren Sie zum Schwimmen? fragte ich, um sie von den Jungs abzulenken.

Sie blickte mich an, überrascht, und ihr Gesicht entspannte sich für einen kurzen Augenblick, dann erstarrte es mit dem Nein wieder.

Ich will etwas schwimmen, sagte ich. Können Sie mir sagen, wo ich da am besten hingehe?

Wo wolln Se denn aussteigen, fragte sie mißtrauisch.

Es soll ein Bad am Wannsee geben.

Dann müssn Se Nikolassee aussteigen, wenn Se aus dem Bahnhof kommen, gleich rechts über ne Brücke jehen, dann geradeaus weiter zum See, dann kommn Se zum Strandbad Wannsee.

Ich freue mich schon den ganzen Tag darauf, sagte ich, endlich ins Wasser zu kommen. Bei dieser Hitze. Fahren Sie nicht zum Baden?

Sie blickte einen Moment aus dem Fenster, dann sagte sie, nee, ick kann nich schwimmen.

Haben Sie Schwimmen nicht gelernt?

Nee, nie richtig, und dann is ja auch det passiert.

Was?

Eine Scharführerin vom BDM hat mir int Wasser jestoßen. Ick hab nen fürchterlichen Schreck jekriecht und viel Wasser jeschluckt, bin unterjejangen.

Ick, sie zögerte, ick wollte danach nich mehr int Wasser jehn. Die Scharführerin hat später eine Lebensrettungsmedaille bekommen, weil sie mir rausjezojen hat. Die alte Frau lachte gequält, schüttelte den Kopf.

Ich erzählte ihr, wie ich einmal überredet worden bin, vom Fünfmeterbrett zu springen. Ich stand oben und blickte hinunter. Alle riefen: Los spring! Ich habe es dann doch nicht getan. Ich bin wieder hinuntergestiegen, und alle, alle haben gelacht, die Jungens und der Schwimmlehrer. Ich galt von da an als Feigling.

Sind Se nie mehr jesprungen?

Doch, später. Ein Freund hat mir erklärt, wie man es machen muß, nicht nach unten starren, sondern nach vorn ins Wasser und sich sagen, gleich fliege ich, ein wunderbares Gefühl.

Ja, sagte sie und blickte hinaus, muß schön sein.

Fahren Sie zu einer Grillparty? Ich zeigte auf ihre Tasche.

Nee, und zum ersten Mal lachte sie, nee, ick war noch nie auf einer Grillparty. Sie zeigte wieder diese grimmige Stirnfalte. Is doch schlimm, wie diese Türken da am Reichstag sitzen und Feuer machen. Riecht nach verbranntem Fett und später der Dreck.

Die Türken packen alles sorgfältig weg. Ich glaub, es sind eher die deutschen Jugendlichen, die ihre Bierdosen liegen lassen.

Dat sajen Sie, sie sah wieder angestrengt aus dem Fenster, so als wolle sie mir anzeigen, daß sie das Gespräch für beendet hielt.

Einer der beiden Jungs an der Tür zeigte hinter ihrem

Rücken eine Spraydose. Die beiden lachten, deuteten auf das struppelige gelbbraune Haar der Frau, als wollten sie es blau nachfärben. Ich grinste, drehte leicht meinen Kopf, damit sie die grünen Striche sehen konnten. Beide streckten anerkennend den Daumen in die Luft.

Die Frau tippte mit dem Finger gegen die Fensterscheibe. Hier wurden im Krieg die Jüterzüje umjeladen. Auf dem Jelände, hab ick in ne Zeitung jelesn, wachsen janz seltene Pflanzen, aus janz Europa, von überall, wo die deutschen Truppen waren: Frankreich, Italien und Rußland.

Sie schraubte die Thermosflasche auf. Wollen Se nen Schluck, is Zitronentee, löscht den Durst. Ick muß bei der Hitze viel trinken, ick bin herzkrank.

Einen Moment zögerte ich.

Ick hab noch ne saubere Tasse dabei, sagte sie und zog eine Plastiktasse aus der Tasche.

Ja, gern, sagte ich und spürte erst jetzt meinen Durst. Sie schenkte mir den Tee ein, und er schmeckte genauso, wie ihn meine Mutter machte, wenn ich als Kind mit Dickenmeyer zur Elbe fuhr. Es schmeckt sauer und doch süß, sagte ich, und löscht den Durst.

Ja, et muß ordentlich Zucker rin, det is det Jeheimnis, sagte die alte Frau.

Das tut richtig gut, sagte ich, man hat mir nämlich heute schon zwei Drinks angeboten. Zuletzt bei einem Friseur. Vorgestern war ich bei einem Friseur, der hat mir drei Treppen in die Haare geschnitten, heute mußte ich mir die Haare nachschneiden lassen.

Is ja unerhört, sagte sie. Ich drehte ihr meinen Hinterkopf zu.

Ach herrje, sagte sie, det sieht ja aus, und sie begann erst leise, dann immer lauter zu lachen, det sieht aus, als hätten Sie sich an nen jrünen Zaun jelehnt. Sie wischte sich die Lachtränen aus den Augen. So wat, ne ooch.

Ja, und ich war in so einem Friseursalon, und dort gab es einen *Karibiktraum*, blau, schmeckte gut, aber jetzt habe ich einen irrsinnigen Durst. Und was ich gezahlt habe, darf ich gar nicht sagen.

Wolln Se noch n Täßchen?

Gern. Wenn Sie den Tee nicht selbst brauchen, ich meine, Sie müssen doch viel trinken.

Ick kann mir im Atelier wat aus m Kühlschrank nehmen.

Im Atelier?

Ja, ick fahr zum Putzen. Ein Designer-Atelier. Das Wort Designer klang fremd aus ihrem Mund.

Was wird dort gemacht?

Ach, allet mögliche, Sonnenbrillenjestelle, Büjeleisen, Heizkissen.

Kriegen Sie keine Rente?

Doch, sagte sie, und machte eine Handbewegung, 600 Mark, is für die Katz. Sie blickte aus dem Fenster. Komm grad von ner Tante. Is im Altersheim. Is neunzig. Kann nich mehr loofen und hat immer Mundbrennen. Die sagt, det Essen im Heim is zu schaaf. Jibt nur zwei Sorten Essen, und sie sagt, beede sin immer zu schaaf. Ja, der tut, wenn se ißt, der Mund weh, rasend. Und det hat se, seit se ihre Möbel verkoofen mußte, weil se in n kleenet Zimmer jekommen is, mit Möbeln ausm Heim. Jenau seit dem Tag brennt ihr der Mund. Verträgt auch det Jebiß nicht mehr im Mund. Wenn ick se besuch, sitzt se da und schnitzt mit m Kartoffelschälmesser am Jebiß rum.

Die alte Frau lachte, schüttelte den Kopf. Die nächste Station wurde angesagt.

So, sagte sie, ick muß raus.

Schönen Tag noch.

Danke./

Sie stand auf und ging zur Tür, an der die beiden Jungen standen. Die Bahn fuhr langsamer. Die Jungen zogen die Tür ganz auf. Ich sah, wie die Haare der Frau im Fahrtwind flattern. Der eine Junge zog die blaue Spraydose heraus und hielt sie hoch. Er machte mit dem Kopf eine Bewegung, die sagte: Soll ich mal? Dann ging alles blitzschnell, die alte Frau packte die Hand des Jungen, drehte ihm den Arm um und auf den Rücken, so daß er sich nach vorn beugen mußte. Au, verdammt, rief er. Die Spraydose war ihm aus der Hand gefallen und rollte durch den anhaltenden Waggon.

Hab ick erst vor kurzem jelernt, sagte die alte Frau, also Vorsicht! Nächstes Mal! Sie stieg aus.

Sie drehte sich noch mal kurz um und grüßte mich mit einem Kopfnicken.

Det is ja Hölle, sagte der Junge und rieb sich das Handgelenk. Rechnet man doch nich mit, so ne olle Oma.

Er holte die Spraydose unter einer Bank hervor. Auf seinem roten T-Shirt hatte er einen blauen Strich.

Die hat dich angesprayt, sagte ich und mußte lachen.

Ick jloob, det war ick selbst, als se mir den Arm umjedreht hat. Det war ja n Drachen. Wa.

Die beiden Jungen kamen zu mir, sie guckten sich ganz ungeniert meinen Hinterkopf an, der Junge mit dem roten T-Shirt, das jetzt einen blauen Strich hatte, und der andere, kleinere, mit Goldring im Ohr und überweiten Hosen mit aufgesetzten Taschen.

Geil, sagte der mit dem Goldring im Ohr, megageil.

Det Grün. Wo habn Se det machn lassn?

War ein ziemlich teurer Spaß, sagte ich ausweichend.

Und wat hat det jekostet?

60 Mark, log ich.

Det is ja noch billich.

Fahrt ihr zum Baden? Später. Erst wolln wa noch n bischen sprayn.

Was denn? Der Junge mit dem Goldring hob das Handtuch aus der Badetasche und ließ mich in die Tasche sehen.

Handschuhe hatten sie in der Badetasche und Spraydosen, rot, schwarz und gelb.

Erstaunlich, wie bereitwillig sie mir das alles zeigten und erzählten. Es waren diese drei grünen Striche, die so schnell verbanden.

Der Junge mit dem roten T-Shirt zog zwei Schablonen aus der Tasche.

Ham wir selbst jeschnitten.

Die eine Schablone zeigte eine Kuh. Darunter die Aufschrift: Ich hab Berlin gesehen. Bring mich heim in meinen Stall.

Die andere Schablone zeigte einen Neandertalerkopf mit Sprechblase: Adolf find ick juut!!

Und wo sprayt ihr?

Det is ma klar, nur da, wo et verbotn is.

Und die Handschuhe?

Janz wichtig. Wird man erwischt, sind keene Fingerabdrücke auf der Dose.

Jetzt habn se sojar Bauzäune freijejebn, sojar aufjefordert zu sprayn. Nee, det is nur wat fürn Kinderjartenausflug.

Unser Ziel, det is der polierte Jranit in der Friedrichstraße. Aber det bewachen se, Tag und Nacht. Komm wir aber doch ran.

Wat machn Sie denn hier?

Nix. Ich wollte was arbeiten. Was schreiben.

Wat denn?

Über die Kartoffel.

Da lachten sie, wollten es nicht glauben.

Ich mußte mitlachen. Ja. Ich glaub, ich geb auf. Jetzt bin ich auf der Flucht.

Wat denn? Vor wem denn?

Vorm Waffenschieber.

Tatsache?

Ja. Tatsache.

Mensch, geil. Und wat jetzt?

Jetzt geh ich erst mal baden.

Die Station Nikolassee. Sie zeigten mir die Richtung: rechts rum, dann über die Brücke. Sie hatten da hinten eine leuchtend weiße Gartenmauer im Auge. Da wollten sie hin, mit Kuh und Neandertaler.

Am Ufer gab es tatsächlich einen hellen Sandstrand, wenn auch nur schmal. Es roch nach Harz, verbranntem Gras und – wie war das zu beschreiben – nach Blau, ein Blau, das langsam den warmen abendlich braunen Duft bekommt, wenn Farben denn Gerüche haben. Auf dem Weg zum Bad, zwischen den Kiefern und Eichen, waren mir die Ausflügler entgegengekommen, zu Fuß und auf Fahrrädern, bepackt mit Taschen, Decken und Kühlboxen. Leuchtende rote Gesichter. Im Bad waren nur noch wenige Menschen. Die Sonne stand tief, der orangene Schein fiel glatt über das Wasser, wurde erst dort aufgesplittert, wo die Mädchen und Jungen im hüfthohen Wasser Reiterkämpfe austrugen. Jeweils ein Mädchen saß auf den Schultern eines Jungen, umklammerte seinen Leib mit den Beinen. Sie versuchten, sich gegenseitig umzustoßen. Und wie erlöst kreischten alle, wenn wieder welche ins Wasser fielen. Ich zog die Schuhe, Strümpfe, Hose, das weiße Hemd aus, behielt nur meine Shorts an, watete ins Wasser, langsam; kalt das Wasser, was sicherlich nur eine Täuschung war, weil mir so heiß war, es roch nach Algen und Entengrütze. Ich mußte an das Wasserbett von Kubin denken, diese verzweifelte Suche nach dem größtmöglichen Selbstgenuß, der immer wieder nur in eine noch größere Enttäuschung führt, weil sich entzieht, was man um so mehr sucht, das wunschlose Glück.

Ich schwamm, tauchte, grün das Wasser, bodenlos, ich schwamm weit hinaus, ließ mich als toter Mann auf dem Rücken treiben. Wie eine dicke Orange hing die Sonne in den Baumwipfeln, während der Mond ausgezehrt als bleiche Sichel auftauchte.

15
Durchatmen

Ich fuhr in die Pension, um mein Hemd zu wechseln und die Hose, sie klebte mir an den Beinen.

In meinem Zimmer fand ich einen unter der Tür durchgeschobenen Zettel: Wählen Sie die unten stehende Nummer und sagen Sie zu dem Operator das Stichwort: I need a bumerangcall. Viel Glück!

Ich duschte, zog mir Jeans und ein frisches Polohemd an. Ich bestellte mir bei dem Mann, der nachmittags in der Pension als Portier arbeitete, einen Tee.

Möchten Sie einen Darjeeling oder einen milden Assam?

Den Assam, bitte.

Setzen Sie sich ruhig schon in den Salon, ich bringe Ihnen den Tee. Übrigens ist zweimal für Sie angerufen worden.

Von wem?

Die haben keine Namen genannt. Waren aber Ausländer. Der eine wollte, wenn ich ihn richtig verstanden habe, noch mal anrufen. Und der andere hat sich unsere Adresse geben lassen.

Ich bekam einen eisigen Schreck, weil mir sofort der Bulgare einfiel und sein beiger Gorilla. Hören Sie, falls die wieder anrufen, geben Sie auf keinen Fall meine Privatadresse.

Klar. Anlageberater? fragte der Portier.

Ja. So was Ähnliches. Ich ging in den Salon, der morgens der Frühstücksraum war. Die hohe Flügeltür zum Balkon stand offen. Von der Straße waren Stimmen und

Autolärm zu hören. Auf dem Sofa, am Lesetisch, saß ein Mann in einem verknitterten schwarzen Leinenanzug, blätterte in dem Buch, das Christo und Jeanne Claude über die Verhüllung herausgebracht hatten.

Waren Sie schon am Reichstag?

Ja.

Ein verrücktes Unternehmen, einfach verrückt, das mir sehr gut gefällt, sagte der Mann.

Ja, sagte ich, mir auch.

Danach wird etwas anders sein, ich bin überzeugt, daß diese Verhüllung etwas verändert. Das Geheimnis liegt darin, daß etwas anders sein könnte. Übrigens ist keinem dieser Kunstkritiker aufgefallen, daß die Verhüllung am 23. Juni vollendet wird, also der Mittsommernacht, in der es ja kunterbunt zugeht, Verwechslungen, Verkleidungen, Vertauschungen sozusagen zur Tagesordnung gehören. Es ist die ästhetischste Nacht des Jahres. Die Dinge zeigen sich von einer anderen Seite, wie auch die Menschen. Fräulein Spinnweb und Frau Bohnenblüte lassen grüßen. Wenn Sie die treffen wollen, müssen Sie sich heute ein Reggaekonzert anhören.

Einen Augenblick überlegte ich, ob ich ihm sagen sollte, daß ich Frau Spinnweb schon getroffen hätte, fragte dann aber nach dieser Bar.

Da spielt eine Band, eine gute Mischung von Hip Hop und Reggae, ein paar Jungs aus Jamaika, die holen Ihnen mit sanftem Druck die Urträume aus dem Stammhirn. Woher kommen Sie, wenn ich fragen darf?

Ich komme aus München. Und Sie?

Ich komme aus Hamburg, bin aber Berliner.

Und ich bin Hamburger.

Er lachte, das paßt zum Tag.

Sind Sie hierhergekommen, um sich diesen verhüllten Reichstag anzusehen?

Das ist Zufall, sagte der Mann, wenn es einen gibt, ich habe morgen eine Uraufführung.

Sind Sie am Theater?

Nein, ich bin Komponist.

Und was wird aufgeführt? /

Ich habe es ein Requiem genannt. Es heißt Aspiration. Ich habe mit unterschiedlichen Instrumenten experimentiert, Instrumente im weitesten Sinn, zum Beispiel Atmungshilfen für Asthmatiker, ein Blasebalg für Hochöfen, aber auch Hörner ohne Ventile, ein Sauerstoffzelt auf einer Intensivstation, alles Instrumente, die mit Luft arbeiten, auch das Atmen selbst, aber nicht als Vokal, sondern nur die reine Aspiration.

Und für wen ist das Requiem?

Für Rosa Luxemburg.

Das ist ungewöhnlich, sagte ich, jedenfalls im Moment. Vor einigen Jahren, als man ihre Schriften las, ihr Bild auf Transparenten durch die Straßen trug, aber jetzt?

Eben darum, sagte er, damals war es nicht nötig, sie war lebendig, ich meine, man las, man diskutierte ihre Schriften, Frauengruppen benannten sich nach ihr, damit meine ich nicht diese verordnete Verehrung in der DDR, sondern das Interesse, das ihr aus Neugierde, also freiwillig entgegengebracht wurde. Damals wäre mir das gar nicht in den Sinn gekommen. Aber dann, vor zwei, drei Jahren, sah ich ein Foto in der Zeitung. Einen aufgehackten Schweinskopf. Jemand hatte ihn an die Gedenkstelle gelegt, wo die Leiche von Rosa Luxemburg in den Landwehrkanal geworfen worden war. Und da dachte ich, ich müsse in die Stadt zurückkommen, aus der ich vor zwanzig Jahren weggegangen war, ich müsse dieses Requiem schreiben, das auch eines über diese Stadt sein sollte.

Ist das nicht – verstehen Sie mich bitte nicht falsch – ziemlich schwierig?

Ja. Es ist ein Versuch. Und er ist maßlos, ich weiß. Aber maßlos muß der Versuch sein, sonst entsteht nur Braves. Lieber maßlos scheitern, lachte er. Ich habe die Schriften von Rosa Luxemburg wieder gelesen und erst jetzt richtig verstanden, dieser Versuch, das zu verbinden, zu versöhnen, was sich doch per se ausschließt: Gleichheit und Freiheit, diesen Ausgleich zustande zu bringen, also eine infinitesimale Politik, die Bedürfnisse, Fähigkeiten, Interessen, Wünsche, Zwänge in einen zivilen Ausgleich zu bringen, das empörend dumme Unrecht, das in dem Wort »naturgegeben« steckt – Sie wissen, daß sie eine schwere Hüftluxation hatte –, dieses natürliche Unrecht durch ein gesellschaftliches Recht auf Gleichheit auszubalancieren, ohne dabei den Menschen als bloßes Sozialmaterial zu sehen, sondern ihm gerade wegen seiner Einmaligkeit auch seine Unversehrtheit zu garantieren. Ich dachte, eben das müsse sich auch akustisch thematisieren lassen. Ich habe die Artikel, Reden, Briefe von ihr gelesen, gerade die, die sie aus dem Gefängnis geschrieben hat, Liebesbriefe von einer, ich kann das nur mit einem etwas altmodischen Wort sagen: melancholischen Keuschheit. Ich bin all die Stellen abgegangen, hier in Berlin, an denen sie gelebt und gearbeitet hat, ich habe meinen Atem dabei aufgenommen, man denkt, der sei gleichmäßig, wenn man sich gleichmäßig bewegt, aber hört man genau hin, verändert er sich, nicht allein durch die winzige Veränderung des Schritts, sondern durch das, was man hört, sieht, fühlt und denkt, auf dem *Schloßplatz,* wo sie geredet hat, in der *Barnimstraße,* wo sie im Gefängnis saß und im Hof einen Fliederstrauch pflanzte, das Hotel *Eden,* wo sie verhöhnt und erschlagen wurde, die *Lichtensteinbrücke,* an der sie in den *Landwehrkanal* geworfen wurde, die Schleuse, wo ihre Leiche dreieinhalb Monate später herausgezogen wurde, Friedhof *Friedrichsfelde,* wo sie beerdigt wurde, 33 das Grab von Nazis eingeebnet, wo sich später auch ein Politbürokrat wie Ulbricht angelagert hat. Es ist eine kleine, starke Frau gewesen, man möchte sagen, zart, nein, sie war stark, kräftig, körperlich, und doch verletzt, wenn Sie das Bild sehen von Rosa Luxemburg mit Clara Zetkin zusammen, beide diese Hüte auf, und man sieht, wenn man hinguckt: sie hinkt. Ich bin das alles abgeschritten, auch mit der Erinnerung an meine vergangenen Hoffnungen, und hatte dabei meinen Atem im Ohr. Sie müssen wissen, daß ich 69 einmal ein Stück für Schalmeien geschrieben habe. Es sollte diese schlichten Märsche ablösen, es sollte etwas Neues sein, für den 1. Mai, etwas so noch nie Gehörtes, aber eben aus diesem Instrument, das ja ein Instrument der Streckenarbeiter war, ein Instrument, um vor einer nahenden Gefahr zu warnen. Es sollte eine Art Agitpropstück in Musik sein. Aber es hat die, für die ich es geschrieben habe, die Arbeiter, nicht interessiert, nicht die Gewerkschafter, nicht die organisierten Kommunisten. Die fanden das gräßlich. Von den Massen ganz zu schweigen. Es war ein falscher Ansatz. Es kommt nicht darauf an, politische Botschaften herauszuposaunen, sondern die ästhetischen Voraussetzungen dafür zu schaffen, daß politisches Handeln möglich wird, und zwar so, daß gerade auf Vielfalt und auf die Einmaligkeit des Handelnden insistiert wird.

Der Portier kam mit dem Tee, stellte ihn auf den Tisch, sagte, ich habe den Tee eben hineingetan. Wenn Sie ihn in drei Minuten herausnehmen.

Danke, sagte ich und fragte den Mann im schwarzen Leinenanzug: Wer hört jetzt Ihre Arbeiten?

Interessierte, sagen wir es so. Wenige. Sehr wenige nur. Kennen Sie sich in der zeitgenössischen Musik aus?

Wenig. Hin und wieder bringt mir ein befreundeter Buchhändler und Saxophonist, mit dem ich Tennis spiele, CDs mit, zuletzt von den Donaueschinger Musiktagen. Ich würde Ihr Requiem gern hören.

Es ist ein kleineres Werk. Wenn Sie Lust haben, können Sie morgen zur Uraufführung kommen.

Ich muß morgen leider wieder nach München zurück.

Ich kann Ihnen, wenn es Sie interessiert, ein Stück vorspielen. Ich habe es auf Kassette. Das Gerät hier ist nicht optimal, aber Sie bekommen einen Eindruck.

Gern, sagte ich, ich kann dann in Ruhe meinen Tee trinken, wenn es Sie nicht stört.

Überhaupt nicht. Es ist ein Leid, daß die Künste heute so isoliert gehört und betrachtet werden. Man sollte vorlesen, musizieren und dabei Kaffee trinken, sich unterhalten. Hören Sie Musik, wenn Sie arbeiten?

Ja, manchmal.

Und was?

Jazz, Klassik, Hip Hop.

Sind Sie in der Werbebranche?

Wie kommen Sie darauf?

Na ja, die Frisur.

Hab ich mir heute schneiden lassen. Ich wollte was über die Kartoffel recherchieren, habe inzwischen viele merkwürdige Geschichten erlebt. Man fängt mit der Kartoffel an und landet ganz woanders und ist dabei selbst auch ein anderer geworden, sieht man ja am Kopf.

Er lachte. Gute Geschichten sind wie Labyrinthe.

Ja, sagte ich, inzwischen habe ich allerdings den Faden verloren. Ich würde nur noch gern wissen, was Roter Baum bedeutet. Kennen Sie eine Kartoffelsorte, die so heißt?

Nein. Wie kommen Sie auf diesen Namen?

Er kommt von einem Onkel, den ich sehr mochte. Er konnte Kartoffeln schmecken. Ich meine, die einzelnen Sorten schmeckte er auch in gekochtem Zustand heraus. Als er im Sterben lag, sagte er noch: Roter Baum. Und niemand wußte, was er damit meinte.

Irgendwann werde ich ein Gesangstück schreiben, das sich aus lauter letzten Worten zusammensetzt. Sie kennen es: Mehr Licht. Oder aber Tschechow, als er in Badenweiler im Bett lag, sich aufrichtete und auf deutsch sagte: Ich sterbe. Er fiel zurück und starb. Aber es gibt nicht nur diese kurzen Ausrufe, Worte, es gibt Menschen, die sprechend sterben. Es ist ein Vokalprojekt.

Ich würde mir gern Ihre Arbeit anhören.

Er ging in sein Zimmer. Ich schenkte mir Tee ein, nahm von der Milch.

Er kam mit der Kassette, steckte sie in den Rekorder, balancierte die Stereolautsprecher aus.

Die Lautsprecher sind hier natürlich nicht optimal.

Ich saß bequem im Sessel, rauchte eine Zigarre an, trank Tee und hörte: das Atmen, gleichmäßig, so schien es, aber dann hörte ich doch kleine Unterschiede, ein Stocken, ein Atemanhalten, kurz nur, eine Beschleunigung, ein kurzes Husten, als würde etwas ausgespuckt, herausgewürgt, dann wieder ein Gleichmaß, das umspielt wurde von einem mächtigen Fauchen, einem furchterregenden Fauchen, vielleicht von dem Blasebalg, ein Blasebalg großen Ausmaßes, wie ich ihn einmal an einem Hochofen gesehen hatte, ein feines Zischen, wie von einem Zerstäuber, ein Wehen, so wie der Wind geht, ein maschinelles Keuchen, ein Nachluftringen, aber auch ein Durchatmen, ein Aufatmen – das Atmen der Welt.

16
Der Bumerangcall

Gegen abend, als gerade mal niemand im Salon saß, wählte ich die Nummer, die mir der junge Mann aufgeschrieben hatte. Die Nummer, das hatte ich nachgeschlagen, war die Vorwahl von Trinidad. Ein fernes atmosphärisches Knistern, oder waren es die Spannungen in dem Überseekabel im Atlantik, dann hörte ich eine Stimme, die mit starkem Akzent auf englisch sagte: Operator. Can I help you?

Ich sagte, was mir der junge Mann als Codewort genannt hatte: I need a boomerangcall to Germany.

O. K. The number please.

Ich gab die Geschäftsnummer von Tina durch. Das war alles. Ich dachte zunächst, ich müsse noch lange Erklärungen abgeben, woher ich die Nummer oder das Codewort hätte. Aber nichts dergleichen. Die Stimme fragte nur, wohin der backcall notiert werden sollte. Ich gab die Nummer der Pension an.

Fifty Dollars per minute, it's O. K.?

That's fine, sagte ich und dachte, wenn das stimmt, ist es einfach märchenhaft. Es wurde gewählt, vom fernen Trinidad und Tobago, wohin ich schon als Kind wollte, weil mir die Briefmarken so gut gefielen, der englische König George im Profil über Palmen, Sandstränden und Schilfhütten. Etwa acht Minuten mußte ich sprechen, dann wäre das Geld wieder auf dem Konto der Pension. Wenn denn die Geschichte, die sich ja ziemlich phantastisch anhörte, stimmte. War das ein Freund des jungen Mannes, oder war das eine Stelle, die immer erreichbar war? Ich behielt den Zählapparat im Blick, und tatsächlich zählte er recht schnell 15, 16, 17 Einheiten, in einem Rhythmus, vergleichbar dem von gestern, als ich Tina unter ihrer Spezialnummer angerufen hatte. Womöglich lief jetzt doch wieder alles auf das Konto der Pension? Andererseits müßte sich bei einem Tarif von fünfzig Dollar die Zählgeschwindigkeit derart erhöhen, daß dieser Zählapparat auseinanderflog. Ich hielt wirklich alles für möglich. Inzwischen waren gefälschte Chipkarten im Umlauf, hatte ich gelesen, mit denen man endlos telefonieren konnte, und zwar von jeder beliebigen Telefonzelle zu jedem beliebigen Ort der Welt – immer kostenlos. Undenkbar noch vor vier, fünf Jahren, als man der guten alten Post noch die Groschen und Markstücke in den Schlitz stecken mußte.

Sie meldete sich, sie sagte mit dieser hellen freundlichen Stimme: Hallo. Aber ich war richtig enttäuscht, als ich hörte, daß die Stimme von einem Band kam, also gar nicht sie war, jedenfalls nicht in diesem Moment. Auch keine Schreie, kein Ächzen, keine Raumwechsel. Vielleicht hatte sich das der Operator in Trinidad gespannt angehört, bis er das Gespräch zu mir durchstellte. Denn Deutsch mußte er dafür nicht können. Ich hörte von dem Anrufbeantworter ihre Stimme, geschäftsmäßig freundlich: Ich bin leider im Augenblick nicht erreichbar. Wenn Sie besondere Wünsche haben, sprechen Sie die bitte auf das Band. Lassen Sie sich Zeit, es gibt keine Begrenzung. Also wurde auch bei dem Anrufbeantworter der Sondertarif bezahlt, dachte ich, ihre Geschäftstüchtigkeit kannte keine Grenzen. Ich starrte auf den kleinen weißen Kasten, und tatsächlich, nachdem der Zähler schnell 31 Einheiten angesammelt hatte, blieb er mit ihrer Stimme plötzlich stehen. Ich bin in technischen Dingen ein Idiot, aber es hätte mich auch nicht gewundert, wenn die Zahlen rückwärts gelaufen wären, genaugenommen hatte ich das sogar erhofft, aber das taten sie nicht. Die Zahl 31 blieb, als hake sie, hängen. Dann kam der Piepton. Ich sagte: Hallo, hier ist Block. Es tut mir leid, ich konnte gestern nicht ins Schwimmbad kommen. Vielleicht können wir uns aber heute treffen. Wenn Sie Lust und Zeit haben. Ich schlage vor, in einer Bar, die mir empfohlen wurde, dort soll ein guter Reggae gespielt werden. Moment, ich muß die Adresse suchen.

Ich blickte auf die Armbanduhr und hätte für mein Leben gern gewußt, wie das funktioniert, ein akustisches Loch, das Geld verdiente:......................................
....
....
....
....

Die junge Frau aus dem Nebenzimmer, deren Orgasmus ich durch die Wand akustisch verfolgt hatte, kam über den Gang, die Haare gewaschen, stark geschminkt, im Morgenmantel, den sie sich über der Brust mit der Hand zusammenhielt, kam in den Salon, sah mich, wie ich dasaß, den Hörer am Ohr, nur hineinlauschte, nichts sagte, so als würde mir gerade eine aufregende Geschichte erzählt. Hallo, sagte ich, und preßte den Hörer an die Brust, an mein Herz, sagte, entschuldigen Sie, aber ich bin gleich mit dem Telefonat fertig.

Ja, sie nickte, zögerte irritiert, sagte: Ich muß nur kurz anrufen. Ein Taxi vorbestellen. Wir wollen nämlich ins Theater.

Wenn Sie sich noch, ich blickte zur Uhr, vier Minuten gedulden könnten.

Sie lächelte verwundert und etwas gezwungen, sagte,

gut, klopfen Sie doch bitte kurz an unsere Tür. Dann ging sie über den Gang in ihr Zimmer zurück. Ich nahm den Hörer wieder von der Brust. Sie wird, dachte ich, meinen Herzschlag gehört haben. Sie wird, vielleicht, mich sprechen gehört haben. Hat sie es verstanden, dieses brusttiefe Dröhnen, meinen Atem? Ich nahm mir vor, das, wenn ich wieder in München war, auszuprobieren, einen Freund anzurufen, ihn zu bitten, daß er sich den Hörer an die Brust preßt und dann spricht. Ich nahm den Hörer, lauschte, nichts. Ich zog den Hörer durch mein kurzgeschnittenes Haar, dann über die Rauhfasertapete, ein akustisches Feuerwerk, für die, die so akustophil war, vielleicht ein Genuß, ich ließ die Seiten des Telefonbuchs am Hörer vorbeirauschen, der Fahrtwind, raschelte mit einer Serviette, Laub, wischte mit der Ohrmuschel über den Stoff meines Hosenbeins, vielleicht bekommt sie jetzt eine Gänsehaut, und ich hatte wieder ihren blonden Flaum vor Augen. Der Zeiger meiner Uhr zeigte, daß noch eine Minute fehlte:...
....
....
....

Ich nannte den Namen der Bar, sagte noch: Ich hoffe, wir sehen uns heute abend. Ich war mir ziemlich sicher, daß sie nicht kommen würde, möglicherweise hatte sie einfach in das Schweigen hinein aufgelegt, ohne die Adresse abzuwarten. Vielleicht war sie aber doch so neugierig, daß sie gute acht Minuten in den Hörer hineinlauschte. Ich lachte, sacht, aber doch noch hörbar, ohne daß ich das absichtlich hatte tun wollen, es war die Vorstellung, wie sie lauschte, während das Geld durchlief, eine ziemlich fiese Freude, die ich da empfand, die Schadenfreude, die ja den Deutschen als typisches Nationalmerkmal nachgesagt wird, egal, mir jedenfalls in diesem Moment, denn ich dachte, es ist ja nur ein Ausgleich, sie wird bei der Vorstellung, mich im seniorenwarmen Wasser zu wissen, auch ihre Freude gehabt haben. Wer andren eine Grube gräbt, hat wohl gebaut, sagte ich und legte auf.

17

Die Tränen der Dinge

Ein Schwarzer, riesig, glatzköpfig, fixierte die Eintreten-
den, ließ mich durch, in dieses dröhnende Dunkel,
Trommeln, schweißglänzend die Trommler, die keu-
chend arbeiteten, Frauen und Männer tanzten, langsam,
wie im Traum, andere saßen oder standen, ein paar Tische, Stühle von realsozialistischer Häßlichkeit, die riesigen Verstärker, das Teuerste, das Neueste, aus denen die
Schallwellen in den Raum gepreßt wurden, ich drängte
mich an den Herumstehenden vorbei, viele Schwarze,
ein paar Weiße, meist Frauen, und lehnte mich an eine der
gußeisernen Säulen. Ein Mädchen kam, die Oberschenkel von einem knappen roten Lederrock eingezwängt,
die Haare ein knalliges Lila, sie drückte mir eine Bierfla-
sche in die Hand, Bier aus Jamaika, original, brüllte sie
mir ins Ohr, macht achtfünfzig.

Das sind ja Preise wie auf der Münchner Wiesn.

Dafür mußte hier keen Eintritt zahln und kannst kie-
ken – bist doch ooch son oller Spanner, wa. Sie lachte,
machte keine Anstalten, auf die zehn Mark herauszugeben.

Tina war, was ich erwartet hatte, nicht gekommen.
Zwei Frauen tanzten, mit einem leichten Schwung aus
den Hüften fingen sie diese Druckwellen der Trommel-
schläge auf, drehten sie ab und um, ließen sie langsam in
die Arme, Oberschenkel, Beine gleiten, leiteten sie über
die Finger in die Luft ab, bewegt die Körper, nur ihre
Köpfe blieben, während mir der Kopf wackelte, ruhig.

Eine junge Frau kam zu mir herüber, nackte Schultern, an Spaghettiträgern hing ein metallicsilbernes Kleid, extrem kurz, überhohe Blockabsätze, ebenfalls silbern, schwarzes, tiefschwarzes Haar, dessen Ponysträhnen ihr in die Augen hingen, tiefschwarz geschminkt, darin blau die Iris. Sie lächelte mich an. Bekannt kam mir das Gesicht vor, einen Augenblick glaubte ich, es sei die junge Frau aus dem Friseursalon.

Du hältst dich an deinem Kopf fest, rief sie mir ins Ohr, deshalb wackelst du mit dem Kopf, aber sonst stehst du stocksteif da. Da, die Frau, deren Kopf ist ruhig, die Augen, die ist in Trance, die Bewegung dreht sich allein um den Bauchnabel.

Tatsächlich ist der Bauchnabel unter dem zusammengeknoteten Herrenhemd zu sehen.

Stimmt, brüllte ich zurück, der ist wie ein schattiger Ruhepunkt.

Das Haar der einen Frau war feuerrot gefärbt und auf eine geheimnisvolle Weise hochtoupiert, als sei es über ihrem Kopf explodiert. Die andere Frau, dunkelhäutig, sah aus wie eine Verkäuferin in einem Kosmetikgeschäft, eine sorgsam aufgeschminkte Langeweile, aber hier in Bewegung, langsam ruderte sie mit den Armen, wiegte vor meinen Augen wie in Zeitlupe den Wonderbra-Busen.

Hast du inzwischen den Geschmackskatalog zurückbekommen?

Gern hätte ich das dämliche Oh, das mir aus dem Mund kam, wieder runtergeschluckt.

Sie lachte und sagte, da guckste, als hättste n Rad ab. Sie zupfte an einer schwarzen Ponysträhne: Ich habe deine Nachricht gehört. Hat mir übrigens gut gefallen, was du mir da aufgenommen hast.

Ich sagte etwas einfallslos, daß ich sie unter der Perükke nicht erkannt hätte.

Ich dich auch nicht. Ganz schön mutig – in deinem Alter die Frisur. Aber gefällt mir.

Ist ne Notlösung.

Wir wissen ja, aus Mangel entsteht Kunst. Sie strich mir kurz über das Haar. Fühlt sich cool an. Du trägst es jetzt genauso kurz wie ich.

Übrigens, sagte ich, es tut mir wirklich leid, ich konnte gestern nicht kommen. Rief noch ein alter Freund an.

Schade, sagte sie, ich war da.

Ich überlegte, ob ich ihr nicht sagen sollte, ich habe nur Rentner gesehen. Aber dann dachte ich, daß sie jetzt lügt, zeigt doch, daß sie mich nicht einfach nur hatte lächerlich machen wollen. Wäre sie sonst hierhergekommen?

Hast du ne Zigarette für mich?

Nein. Kannst ne Zigarre haben.

Sind mir zu schwer. Sie balancierte auf ihren hohen kothurnähnlichen Blockabsätzen zu einem Tisch hinüber und fragte einen jungen Mann. Er hielt ihr sein Päckchen hin, gab ihr Feuer, redete dabei auf sie ein, blickte zu mir herüber, grinste, schüttelte sich demonstrativ das volle braune Haar ins Gesicht. Behaartes Arschgesicht, sagte ich ziemlich laut.

Das Mädchen in dem roten Rock war schon wieder da, sagte, ja det Bier haut in de Aggressionsdrüse, wa. Sie drückte mir eine neue Flasche Jamaika-Bier in die Hand.

Habt ihr auch Sprudel? fragte ich.

Mann, sagte sie, det fehlt uns jerade noch. Wir tun wat für de einheimische Industrie in Jamaika. Und wieder steckte sie den Schein ganz selbstverständlich weg, ohne Restgeld herauszugeben. Übrijens, heute jibts Chili con carne, falls Se weiche Knie kriejen.

Daß sie mich plötzlich siezte, war kein gutes Zeichen, ich bezog es auf mein Alter und empfand es als eine

Zurückweisung. Ich hätte nicht nach Sprudel fragen sollen.

Tina kam in ihrem knappen Metallic-Kleid wieder herübergestöckelt, die brennende Zigarette zwischen den Fingern. Ich hab deine Suchanzeige in der Zeitung gelesen. Hat sich jemand gemeldet?

Ja. Ein Mann.

Und?

Der wollte mir Minen verkaufen.

Minen?

Ja. Splitterminen. Flächenminen. Sprengminen. Hätte auch Panzerminen kaufen können. Seit heute weiß ich, daß Minen bei den Waffenschiebern Kartoffeln heißen.

Wahnsinn, sagte sie.

Weißt du, was mir nach deinem Anruf eingefallen ist, fragte sie. Ich hatte ja Zeit nachzudenken, als ich dich abhörte. Wir beide könnten doch die Ausstellung machen. Das Material ist doch da. Rogler würde sich bestimmt freuen. Unter dem Motto: Die Lust am Schmecken. Oder so ähnlich. Die Kartoffel im Licht der Jahrhunderte.

Ja, sagte ich, warum nicht, wär doch toll, mir rutschte das richtig begeistert raus.

Aber nee, hätte ich doch keine Lust. Gestern vielleicht. Gestern war n durchgeknallter Tag.

Und heute?

Sie sah mich an, blies mir zart den Rauch ins Gesicht.

Auch.

Ich bekam, was ich seit Jahren nicht mehr bekommen hatte, eine Gänsehaut.

Sie sah mich an, aus diesen höllisch schwarz umrandeten Augen, die Iris ist nicht einfach blau, sondern sternenförmig sind darin feine hellgrüne Streifen eingelagert. Die schattigen Wimpern waren angeklebt.

Mit einem gellenden Schrei machte die Band eine Pause. Ich hatte das Gefühl, in eine plötzliche Leere zu stürzen, eine Stille, aber dann, nach einem Moment, kamen wie mit einer Flut all die anderen Geräusche hoch, Lachen, Reden, Gläserklirren.

Hast auch nicht rausbekommen, ob das eine Kartoffelsorte ist, der Rote Baum?

Nein.

Tut mir richtig leid um die Arbeit von dem Rogler.

Ja. Wie hätte ich ihr das beschreiben können, dieses Gefühl der Scham, eine derart schmerzhafte Empfindung, daß ich jeden Gedanken daran jedesmal wieder schnell beiseite zu schieben versuchte, mich zwang, an etwas anderes zu denken. Und was sollte ich Rosenow sagen? Ich hatte mich entschlossen, ihm einen Brief zu schreiben, von München aus, ihm anzubieten, daß ich ein ähnliches Biedermeierkästchen suchen würde. Das wäre ein Ersatz, aber für den Geschmackskatalog von Rogler würde es keinen Ersatz geben. Das war das Leben Roglers.

Weißt du, von wem das stammt, »Auch die Dinge haben Tränen«, fragte ich sie.

Nee.

Sie hielt mir ihr Ohr hin, die schwarze Perücke war aus Naturhaar, wie ich aus dieser Nähe sah, ein zierliches flaches Ohr, das wie ein Blütenkelch roch, ein schweres süßliches Parfum. Ich spürte ihr Haar im Gesicht, hin und wieder die Berührung des Ohrs, in das ich hineinsprach, die Vokale längte, weil ich wußte, daß ihre beiden winzigen Muskeln sich dann zusammenzogen: Auch die Dinge haben Tränen. Hat mir mal vor fast dreißig Jahren ein Freund gesagt. Seitdem habe ich immer gesucht, von wem das Zitat stammen könnte. Letzten Sommer war ich in New York, Greenwich Village, wohnte in der Bleeker Street. Saß in einem Apartment und schrieb, hörte die Polizeiwagen, die wie Hunde jaulen, Krankenwagen mit ihrem elektronischen Jodeln, ich schrieb und schrieb, als würde mich diese ganztägige Betriebsamkeit tragen, ja als schwebte ich. Hin und wieder mußte ich aufstehen, um wieder Boden unter die Füße zu bekommen. Ich ging zum Fenster, ein großes Panoramafenster, und blickte auf den Platz, auf dem die Studenten der NYU Tennis spielten, joggten, Gymnastik trieben. Es war der Tag für den Behindertensport, der Mittwochnachmittag. Zwei Taubstumme trainierten Karate, eine Chinesin, klein, muskulös, aber nicht von dieser starren Sehnigkeit, sondern von runder Zartheit, und ein Mann im mittleren Alter, der aber schon grau war, wahrscheinlich ein Dozent. Sie redeten in Zeichensprache, besonders sie, die Trainerin, die ja erklären mußte, die Bewegungen, wie er die Arme zu führen hätte, wie er die Arme strecken müsse, zwischendurch immer wieder diese energische Zeichensprache, das Spreizen der Finger, das Klopfen der Faust in die Handfläche, Fäuste, Arme, die eine kreisende Bewegung machten, was er dann, ein wenig unbeholfen, nachmachte. Aus zarten vogelhaften Zeichen wurden diese kalkuliert kraftvollen Bewegungen. Es war ein stummes Gedicht, ein Gestengedicht. Ich griff in das neben dem Fenster stehende Bord, in dem die Bücher lagen, die Vorbewohner hier vergessen oder aber, weil sie ihnen auf der Rückreise einfach zu beschwerlich waren, absichtlich stehengelassen hatten. Ich zog ein Buch heraus. *Zerstreutes Hinausschauen,* von Reinhard Lettau, schlug es auf und fand auf den ersten Blick diese Stelle: »So entschuldigte er die militärische Ordnung in meiner Küche mit dem Vergil-Zitat, daß die Dinge auch Tränen haben: ein Recht auf einen festen Platz, an welchem sie sich wohl fühlen.« Das sagte Herbert Marcuse zu Lettau, und seitdem weiß ich, von wem dieser Satz stammt, den ich vor fast 30 Jahren von einem Freund gehört hatte.

Hättest du den Freund, der dir das gesagt hat, nicht einfach fragen können?

Eben nicht.

Und warum nicht?

Er wurde erschossen, hier, in Berlin, bei einer Demonstration, vor 28 Jahren, auch im Juni.

Gott, sagt sie, da war ich ja noch fast zwei Jahre nicht auf der Welt. Sie greift mir ganz unvermittelt an den Kopf, streicht über die Haare, so wie man es bei Kindern macht, die man trösten will, greift mir sanft in den Nakken, zieht meinen Kopf zu sich heran, küßt mich auf die Schläfe. Sie hält die Zigarette weit von sich, damit mir der Rauch nicht in die Augen zieht, dabei ist die Luft hier drin nur Rauch, blau und schwer.

Und du glaubst, das Kästchen weint jetzt?

Nee, so sentimental mein ich das nicht.

Sentimental find ich gut, fühlt man sich so deep inside. Ich wein auch gern, in Kinos, bei Geschichten und so. Ist typisch für deine Generation, daß ihr keinen Sinn für Sentimentales habt. Genaugenommen habt ihr alle Schiß davor, eure Gefühle auszuleben. Du auch. Redest vom Chaos, dabei läuft bei dir doch alles über den Kopf, alles ganz hübsch ordentlich ab. Und nur wenn ihr mal großes Glück habt, dann gibts einen Riß in eurer Welt. Aber meist muß erst einer sterben. Oder euch verlassen.

Das Mädchen in dem roten Rock kommt schon wieder herüber und bringt mir eine Schüssel. Chili con carne.

Hab ich gar nicht bestellt.

Wat denn, wolltn Se det nich, ick dachte, Se brauchens. Sie hält mir unbeirrt diesen Napf hin.

Zwölf Mark.

Die hab ich passend.

Jut, sagt sie, zieht sich aus dem Rockbund einen in eine Papierserviette eingedrehten Löffel.

Ich beginne zu löffeln. Aber die Suppe ist heiß und höllisch scharf. Ja, sage ich, ich wollte dir eigentlich am Telefon die Geschichte von einem Freund erzählen. Aber es war ja nur der Anrufbeantworter eingeschaltet.

Kenn ich den? will sie wissen.

Nee, woher. Ein Freund in München. Er ist Statiker. Er arbeitet frei, zu Hause. Der kann von seinem Zimmer im dritten Stock in eine gegenüberliegende Wohnung sehen. Dort ist im Sommer eine Frau eingezogen. Willst du mal? Sie nickt. Ich halte ihr den Löffel voll hin, blase wie bei einem Kind darüber, damit es abkühlt. Sie nimmt den Löffel brav in den Mund, schluckt. Nickt. Heiß. Scharf. Ja. Jetzt ist Winter. Die Straßenbäume haben ihr Laub verloren, er kann also in das erleuchtete Wohnzimmer sehen. Ein modern eingerichtetes Wohnzimmer, und er kann durch ein zweites Fenster in einen Gang sehen, von dort in das Schlafzimmer. Von dem Schlafzimmer sieht er aber nur einen knappen Teil. Ich halte ihr wieder einen Löffel hin, sie nickt, nimmt den Löffel ganz in den Mund, bis zum oberen Löffelrand, dort bleibt etwas von diesem tiefdunkelroten, fast schwarzen Lippenstift zurück. Ich nehme einen Löffel, schmecke unter dieser brennenden Schärfe den Kirschgeschmack des Lippenstifts, ein extrem künstlicher Fruchtgeschmack. Nur manchmal, wenn der Schrankspiegel in einer bestimmten Stellung geöffnet ist, kann er auch das Bett sehen, ein breites Bett. Gelegentlich blickt er von seinen Berechnungen hoch und sieht die Frau hin und her gehen, bis er eines Abends einen Mann sieht. Er sieht die Frau und den Mann in dem Spiegel, einige kurze Bewegungen, ein

Hemd, das herunterfällt, einen Rock, einen Schuh, die nackten ausgestreckten Beine der Frau und die von dem Mann, die Beine der Frau verschwinden aus dem Blickfeld. Mehr nicht. Von jetzt an steht er jeden Abend am Fenster und starrt hinüber. Und er entdeckt: Es sind verschiedene Männer, die da kommen, eine Edelnutte, sagt er sich. Und je nach Stellung des Spiegels kann er mal nur die Füße, mal die Beine, aber nur einmal, fast, aber eben nur fast, die ganzen Körper sehen. Ich halte ihr einen Löffel hin, sie ißt, sagt, meine Güte, is das scharf. Der Mann kauft sich ein Opernglas, nach einer Woche einen teuren Feldstecher, schließlich ein Nachtglas mit Infrarotverstärker. Er schließt sich in seinem Zimmer ein, um nicht von seiner Frau überrascht zu werden. Er steht und wartet den Abend über, daß Besuch kommt, er sagt sich, ich bin ein Spanner, das Wort Voyeur ist viel zu schwach, denkt er, für das, was ich da mache. Er ist, bekommt sie keinen Besuch, enttäuscht, ja niedergeschlagen, und zu Frau und Kindern unwillig. Willst du noch einen Löffel? Sie schüttelt den Kopf. Er hält es nicht mehr in der Wohnung aus, läuft dann durch die Nacht, hetzt nach Hause, weil er sich einbildet, gerade in diesem Moment hat sie Besuch bekommen. Sie aber sitzt vor dem Fernseher. Und eines Tages trifft er die Frau, im Supermarkt, eine gutaussehende, gepflegte junge Frau, und sie blickt ihn an, und so, wie sie ihn ansieht, wird ihm plötzlich klar, daß sie weiß, daß er sie von gegenüber beobachtet. Tatsächlich, am selben Abend ist der Spiegel zum erstenmal so gestellt, daß er die ganzen Körper sehen kann. Was er sieht, beschreibt er für sich als rasende Hingabe. Gib mir noch einen Löffel. Er paßt sie ab, spricht sie an. Sie nimmt ihn einmal mit zu sich, einmal ist er dort drüben, dort oben. Er kann seine Wohnung, sein Zimmer, sein Fenster von außen sehen. Keine Zärtlichkeit, kein Reden, es ist der reine, irrwitzige Sex. Danach bricht sie schlagartig alle Kontakte ab. Der Spiegel bleibt geschlossen. Er kann nur die Kante des Betts sehen. Hin und wieder sieht er Männer, die kommen, die gehen, meist elegant gekleidete, die ihre schweren BMWs und Jaguars zwei Häuserblocks entfernt parken, wie er feststellt. Kaum daß er noch arbeiten kann. Und wenn, ist er so unkonzentriert, daß er Fehler macht, katastrophale Fehler.

Klar, sagt sie, das Ende kenn ich.

Was, sage ich, hör mal, das ist meine Geschichte.

Sie lacht. Quatsch, das ist eine dieser Wandersagen, gibts tausend Kopien davon. Ne ganz triviale Geschichte.

Was? Aber ich kenn das Ende nicht.

Die Trommeln setzen wieder ein, unvermittelt, knallharte Druckwellen, die sich gegen den Solarplexus richten.

Ach, brüllt sie mir ins Ohr, einer meiner Telefonkunden sagt immer, es gibt keine Geschichten mehr. Nur noch solche, die am Telefon erzählt werden, der zieht sich dabei dann die Uhr auf. *Winding watch*

Und wie ist das Ende?

Ganz einfach, sagt sie. Eines Nachts hört seine Frau beim Fernsehen einen Schrei. Wundert sich. Guckt in der Wohnung, ruft ihren Mann, geht in sein Zimmer, das Fenster ist offen. Sie blickt aus dem Fenster. Unten liegt ihr Mann. In der Hand verkrallt ein Fernglas. Sie schaut hoch und sieht am gegenüberliegenden Fenster eine nackte Frau stehen, die ihr zuwinkt. Ne typische Wandersage, so was kann ich keinem am Telefon mehr anbieten. Sag mal, du weinst ja.

Ich glaub, ich hab son grünen Pfeffer erwischt. Etwas lapidar das Ende, sage ich und denke mir, die Geschichte mußt du nicht mehr schreiben. Gut so, denke ich. Ja, ich bin erleichtert. Ich brauche keinen Anfang mehr. Was ich zu Hause im Laptop habe, werde ich mit der DEL-Taste ins Nichts verschwinden lassen.

Bist du traurig wegen der Geschichte?

Nee. Überhaupt nicht. Ich stelle den Napf auf einem Tisch ab. Leid tut mir nur dieser Geschmackskatalog. Mein Kopf ist vom Jamaika-Bier und von diesen Druckwellen der Trommeln derart angeschlagen, daß mir alles egal ist, ich sinke langsam in mich hinein, ein angenehmes Wohlgefühl. Der Ventilator an der Decke quirlt Rauch und heiße Luft um. Der Druck des Reggaes wandert langsam nach unten, drückt die hin und her springenden Gedanken aus dem Kopf hinunter, zum Zwerchfell.

Auf der Tanzfläche, die eigentlich nur eine kleine, nicht von den Tischen und Stühlen besetzte Fläche ist, werden die Bewegungen schneller, jetzt ist es eine Bewegung aufeinander zu, die Körper berühren sich, Männer wie Frauen, sie tanzen hintereinander und voreinander, die Frau mit dem feuerroten Haar tanzt jetzt mit einem riesigen Schwarzen, dem blitzt ein Goldzahn mit Brillanten aus dem Mund, sie kreist, er tanzt hinter ihr, an ihrem kreisenden Gesäß, das er mit seinen kräftigen Stößen fast, aber eben doch nicht ganz berührt.

Los, sagt sie, wir tanzen. Sie tanzt ekstatisch, ich muß mich kräftig ranhalten, mir gehen so komische Gedanken durch den Kopf wie: gut, daß du täglich läufst, dennoch, hoffentlich kommst du nicht so schnell aus der Puste, hoffentlich trittst du sie nicht, hoffentlich verstaucht sie sich nicht einen Fuß, die Blockschuhe sind so verdammt hoch, sie tanzt plötzlich langsamer, was mir gar nicht gefällt, da ich eben erst so richtig in Fahrt gekommen bin, sie tanzt jetzt mit diesen Zeitlupenbewegungen, die mir nicht recht gelingen wollen, außerdem habe ich das Gefühl, wie ein Hampelmann zu agieren, nahe vor mir tanzt sie, kommt mir näher, ganz nahe, ein Hauch, dieses schwere Blütenparfum, das sich mir entgegenwölbt, schwer, süß, aber sie hält, als ich sie an mich ziehen will, doch Distanz. Und obwohl auf der Tanzfläche die Paare so ekstatisch dicht an dicht tanzen, kommt es, was erstaunlich ist, zu keinen Rempeleien. Nur einmal bekomm ich von hinten einen kräftigen Stoß und fliege förmlich auf sie, nein in sie hinein, spüre ihren Körper, zart und weich, habe einen Moment den Eindruck, mit einem Mann zu tanzen, als sei da etwas, was nicht zwischen die Beine einer Frau gehöre. Ihre echtenunechten Haare fliegen, sie lacht mich an, sie fährt wie eine Dirigentin mit den Armen durch die Luft, jetzt wieder schneller.

Es war eine Täuschung, sage ich mir, es muß eine Täuschung gewesen sein. Vielleicht ist das einfach eine verrutschte Damenbinde gewesen. Oder einer dieser sogenannten Intimacybags, die Frauen für Reisen und gefährliche Stadtbezirke angeboten werden, Täschchen, die nicht mehr um die Hüften getragen werden, sondern zwischen den Beinen, und angeblich nicht nur Sicherheit, sondern auch ein angenehmes Gefühl geben sollen. Ich habe sie in der Houston Street in einem Geschäft gesehen, sahen aus wie, ja, wie kleine Würste aus schwarzem Veloursleder. Es passen nur Geldscheine hinein, und man muß sie zusammenrollen. Sie bewegt sich in einer äußerst sparsamen knappen Weise, aber so mühelos, so leicht. Die Band setzt aus. Ich schnaufe, schwitze, aber es ist ein Gefühl, das ich seit Jahren nicht mehr hatte, eine Leichtigkeit, ihre Leichtigkeit, die mich angesteckt hat.

Die Bedienung kommt, drückt mir wieder eine Flasche in die Hand, sagt zu ihr: Hallo Tina, auch ein Bier, drückt ihr die andere Flasche in die Hand. Ich zahle. Die Bedienung steckt die zwanzig Mark weg.

Ich verkneife mir eine Bemerkung, ich will nicht kleinlich erscheinen. Zugleich denke ich, die Bedienung kennt sie. Sie kommt also öfter hierher.

Du trägst heute ja einen Ring?

Hab ich geschenkt bekommen.

Du schwindelst ganz schön, sagt sie.

Wie kommst du darauf, sage ich, und das mit einem Ton der Empörung, weil ich sofort daran denken muß, wie sie mich gestern versetzt hat und heute erzählt, sie sei im Bad gewesen.

Sie trinkt aus der Flasche, was in diesem metallicsilbernen Kleid hinreißend vulgär aussieht. Sie hakt sich bei mir unter. Der stark behaarte Lackaffe blickt herüber, jetzt mit einem unbeherrscht geilen Zug um den Mund, wie ich finde. Ich schenke ihm ein flüchtiges, spöttisch überlegenes Lächeln.

Du kannst sehr gut kraulen, sagt sie, auch deine Katapultwende war nicht schlecht.

Wie?

Ja. Aber das war total komisch, wie du dann in die Oma reingeschwommen bist. Die dümpelte ja auch wie ein altes Walroß im Bassin.

Sie sieht mich an und beginnt zu lachen, nein, du schaust jetzt wirklich, wie soll ich sagen, nee, dafür gibts keine Worte. Sie küßt mich kurz. Komm mit zu mir. Ich gebe dir zu Hause meine Arbeit über das Kartoffelmotiv.

Ich stehe da, die Flasche mit dem Jamaika-Bier in der Hand. Ich nehme einen Schluck aus der Flasche, um meine Gedanken zu ordnen, denke, das Jamaika-Bier schmeckt grausam, eine Mischung aus Malzbier und

Weißbier, denke ich, sie war also doch da, ich denke, sie hat dich gesehen, ich denke, sie war da, ich denke, aber wo, ich denke, sie hat dich beobachtet, ich denke, ich muß an die frische Luft, sonst fall ich um, ich denke, ich hatte die Brille nicht auf, ich denke, ich habe nur minus 2, ich denke, damit erkenne ich die Leute noch auf der anderen Straßenseite. Also, denke ich, hätte ich sie sehen müssen, denke ich, also muß sie irgendwo gesteckt haben, aber wo? denke ich.

Du bist schon wieder mit deinen Gedanken ganz woanders, sagt sie, hier bin ich. In dem Moment fällt mir die Angel ein und der Junge, der blonde Junge, der an der Angel hing und Schwimmunterricht bekam.

Los, sagt sie, wir gehen, ich will dich spüren, richtig, und wenn ich sage: richtig, meine ich das auch so. Sie sieht mich an, ohne verbindliches Lächeln, mit einem grimmigen Ernst, der aus der Tiefe ihrer schwarz umschminkten, von den falschen Wimpern eingeschatteten Augen kommt.

Tiefenangst, denke ich, ich höre mich im Kopf laut sagen: Tiefenangst.

Ja, sage ich, genau.

Was? fragt sie.

Ich muß mal zur Toilette, dieses Jamaika-Bier.

Gut, sagt sie, ich warte hier.

Ich dränge mich durch die Tanzenden hindurch, drehe mich nochmals um, sie blickt mir nach, nein, nicht spöttisch, ernst, kein Lächeln, mit einem gespannten Ernst, so blickt sie mir nach. Oder er?

Ich gehe an der Toilettentür vorbei und durch die Schwingtür in die Küche, wo ein freundlicher Schwarzer mit einer weißen Kochmütze steht und gerade Chappi-Dosen in einen Topf mit schwarzen Bohnen leert.

Ich sage: Lecker, das Chili con carne.

Er nickt, hebt die Schöpfkelle hoch, als wolle er mich abschmecken lassen. Lacht dabei. Ich gehe an ihm vorbei, denke, also ist wenigstens die Geschichte mit dem Chappi keine Wandersage, gehe durch den Küchenausgang hinaus. Draußen ist es stockdunkel.

18
Der Beerdigungsredner

Ich wollte noch eine Currywurst essen und ging zum *Bahnhof Zoo*, zu einem Imbißstand, von dem ich wußte, daß er auch nachts geöffnet hat. Es roch nach ranzigem Fett, und die Würste auf dem Elektrogrill waren auf die Größe kleiner Finger zusammengeschrumpelt, die dunkelbraune Haut rissig aufgeplatzt.

Ham Se mal ne Mark? fragte mich ein alter Mann, der trotz der Wärme eine dicke, gehäkelte Mütze trug, einem Kaffeekannenwärmer ähnlich. Ich gab dem alten Mann fünfzig Pfennig. Er bedankte sich mit einem heftigen Kopfnicken und wünschte mir eine erfolgreiche Nacht.

Wieso erfolgreich?

Meine Frage löste ein flammendes Zucken in seinem Gesicht aus, die Hitze, sagte er, hier im Kopf, kommst nicht rein, kommst nicht rein, da kommt schon der erste Flügel, abgesägt, aufgelöst, der Staub, der Staub, da ist Staub im Schädel, kommt der Schlaf aus dem Kopf, er verhaspelte sich, die Piripython ringt, nicht der Graugeier. Dann murmelte er nur noch Unverständliches.

Ich ging zum *Runnerspoint*, dem Imbißstand Ecke *Kurfürstendamm* und *Joachimstalerstraße*, bestellte mir eine Currywurst. Neben mir stand ein Mann, der eine Frikadelle aß, fingerdick bestrichen mit Senf.

Als er meinen Blick sah, sagte er, ja, das ist mein Stimulans. Wenn mir nichts mehr einfällt, esse ich eine Frikadelle mit viel Senf.

Was muß Ihnen denn einfallen, jetzt, mitten in der Nacht?

Ich schreibe an einer Rede. Ich muß die heute früh halten.

Darf ich fragen, an welcher Rede Sie schreiben?

Eine Grabrede.

Sind Sie Pastor?

Nee, eher das Gegenteil. Ich schreibe Reden für Leute, die sich nicht von einem Pastor beerdigen lassen wollen.

Ich bestellte mir ein Bier und aß von der Currywurst.

Ich dachte an den Tod meiner Mutter. Sie war aus der Kirche ausgetreten, es war kein kämpferischer Akt, das Geschäft ging nicht gut, sie hatte Sorgen und glaubte, dem lieben Gott müßte es doch recht sein, wenn sie seinetwegen weniger Sorgen habe, indem sie die Kirchensteuer spare. Mit ihrem Tod stellte sich eine banale Frage: Wie sollte ich die Mutter beerdigen? Es mußte doch einen Rahmen, eine Form dafür geben. Man kann nach so einem Leben nicht einfach hingehen und den Sarg in die Erde versenken. Sollte ich auf der Beerdigung etwas sagen? Aber ich war mir sicher, daß ich das nicht würde tun können, weil ich mich kenne. Ich würde all meine Konzentration benötigen, um nicht zu weinen, hemmungslos zu weinen. Dazu gehört bei mir sonderbarerweise immer die Nähe anderer Menschen, wie auch die Sprache, ich muß die Trauer aussprechen, mich sprechen hören, und ich beginne zu weinen, sonst ist es nur eine lähmende Traurigkeit, ein Schmerz, der still und kompakt ist.

Ich denke, sagte ich, es ist nicht einfach, bei einer Beerdigung immer den richtigen Ton zu treffen.

Er leckte sich den Senf vom Finger, nickte dann. Kommt drauf an, sagte er, was verlangt wird. Richtet sich ganz nach den Wünschen der Hinterbliebenen, ob die es trocken oder naß haben wollen. Der Beerdigungsredner schaufelte sich noch mehr Senf auf seine Frikadelle. Das bestimmen die Hinterbliebenen. Hat man bald n Gefühl dafür, ob die weinen wollen oder sich hinter einem konzentrierten Ernst aufs Erbe freuen. Klar, muß man sich umsehen, im Leben der Hingeschiedenen. Aber denen kann es ja Wurscht sein, was da veranstaltet wird. Obwohl es auch Fälle gibt, die testamentarisch genau festlegen, was über ihr Leben gesagt werden soll. Höhepunkte, nachträgliche Rechtfertigungen, auch gehässiges Nachtreten, sozusagen aus dem Sarg heraus. Es gibt da nichts, was es nicht gibt. Er bestellte sich noch eine Dose Bier, riß den Verschluß auf und trank. Die Reizung der Tränendrüse, das ist das einfachste. Shakespeare wußte das. Und das war ja später sein Leiden. Sie müssen sich von den Hinterbliebenen nur die Details erzählen lassen, woran die oder der Verstorbene gehangen hat: ein Kanarienvogel beispielsweise oder – er blickte um sich – einen alten selbstgehäkelten Kaffeewärmer, womöglich der einzige Gegenstand, den eine vertriebene Ostpreußin aus dem Königsberger Heim gerettet hat; ein Kaffeewärmer, der sie, ein Mädchen von fünfzehn Jahren, auf der Flucht über das vereiste Haff begleitet hat, der sie als Mütze vor der schneidenden Kälte im Januar 45 geschützt hat, den ganzen langen Weg durch Pommern, bis nach Berlin, den sie sich dann beim Einmarsch der Russen über den Kopf gezogen hat, mit der Warnung, sie sei an Typhus erkrankt, später der erste Bohnenkaffee, von einem GI geschenkt, wegen dieser Mütze, die er bestaunt. Sagen wir, er kam aus New Orleans. Da braucht man ja keine Kaffeewärmer. Die Frau heiratet, bekommt Kinder, die Kinder kriegen Kinder, so vergeht die Zeit, aber sonntags, im Sommer, gibt es Kaffee auf dem Balkon, und dann wird der Kaffeewärmer übergestülpt, inzwischen mehrmals sorgfältig gestopft, der hält die Kanne warm, ein Sinnbild der Geborgenheit, Geborgenheit und Wärme, das hat auch die Verstorbene immer allen gegeben, dann heben Sie den alten zerfledderten Kaffeewärmer hoch – und die ganze Trauergemeinde schwimmt in einem Tränenstrom aus der Aussegnungshalle. Eine Kollegin von mir beherrscht das perfekt. Die heult manchmal selbst. Später fragen sich dann natürlich die Trauergäste, was denn mit ihnen los war, gucken sich peinlich berührt gegenseitig an und müssen die Peinlichkeit mit ein paar klaren Schnäpsen runterspülen. Können Sie bei mir auch haben. Klar doch. Was Sie wollen. Kräftig abreagieren. Die Trauerfeier, egal ob Erd- oder Feuerbestattung, kann aber auch ein gelassenes Ereignis sein, bei dem man sich zurücklehnt, nachdenklich, dabei könnte man eine Zigarre rauchen. Die Altlinken schätzen so was. Er leckte sich den Senf vom Zeigefinger.

Er schüttelte den Kopf und sagte: Nein, ich gebe nichts.

Ich drehte mich um und sah erst jetzt, daß der Bettler mir gefolgt war. Er begann sofort auf mich einzureden. Ich bestellte ihm eine Currywurst. Wissen Sie, sagte er, und sein linkes Auge zuckte: dort, dort stand der Flakbunker, Zoo, kamen die Russen, die Nilpferde im Zoo tot. Die Affen, verbrannt, das Wasser ausgelaufen. Die Fische? Zuckten auf dem Boden, so, er zuckt, und so, er zuckt. Die Giraffen? Tot. Die Elefanten? Tot! Tot! Tot! Und vom Bunker? Immer Bumm. Oben die Flak, unten schon die Russen. Bumm. Vom Dach schossen sie. Bumm. Ich kam runter, die Krokodile tot. Bumm. Die Elefanten auch tot. Tot.

So, jetzt mach mal die Mücke, sagte der Mann, der hinter dem elektrischen Wurstbrater stand, er reichte dem alten Mann den Pappteller mit der Currywurst hin und wedelte ihn weg. Der alte Mann ging ein paar Schritte weiter, blieb stehen und redete wieder erregt vor sich hin, den Pappteller mit der Currywurst in der Hand, ohne etwas von der Wurst zu essen.

Haben Sie mal Literaturwissenschaften studiert, fragte ich den Beerdigungsredner.

Nein. Wie kommen Sie denn darauf?

Wegen der Zigarre, ich dachte an Brecht.

Nein. Ich hab n paar Semester Philosophie studiert. Philosophie und Sanskrit. 68 hab ich abgebrochen. Philosophie. Ein postpubertärer Wunsch. Hab mir dann mein Geld als Sargträger verdient. Und bei der Gelegenheit lernte ich einen dieser Leichenredner kennen, einen von der alten Schule, der noch selbst Leichencarmina schrieb. Es gab damals noch Leute, die ihre nächsten Verwandten gereimt unter die Erde bringen wollten. Ich bin dann mal eingesprungen, als er etwas über einen Atheisten sagen sollte. Dieser erfahrene Leichenredner war einfach ratlos. Der Mann hatte sich nämlich das Leben genommen, hatte sich aufgehängt. Aber er war Kommunist. Wie geht das zusammen? Was tun? Die Hinterbliebenen, alles stramme Kommunisten, wollten eine politische Rede. Was sagt man da? Die glauben doch an die Zukunft. Dem war der Mann nicht gewachsen. Da bin ich eingesprungen. Habe Bloch zitiert. Prinzip Hoffnung. Und gesagt, der Selbstmord, das ist unsere Lizenz der Freiheit. Ein Moment der Hoffnung, ja, der lächelnden Freiheit liegt darin. Damals hatte ich viel zu tun. Traten ja viele aus der Kirche aus, nach 68, eine Welle, damals bin ich in das Geschäft eingestiegen. Boomte richtig. Und war auch relativ leicht. Leben und Gesellschaft. Gesellschaft war beschissen, die kapitalistische Wirklichkeit, unmenschlich, das Leben könnte soviel besser sein. Brüder zur Sonne, zur Freiheit und so. Zum Schluß noch

223

kräftiger Trompetenstoß: Dieser hier hat gekämpft, jetzt ruht er, aber der Kampf geht weiter.

Er trank aus der Dose, sah mich dabei an. Was machen Sie denn so? Unterhaltungsgeschäft?

Wie kommen Sie darauf?

Na, wer so ne Frisur hat, kann nicht in der Bank arbeiten.

Stimmt.

Gegenüber hielt ein Wagen des Arbeiter-Samariter-Bundes. Ein Mann lag im Rinnstein, zwei Männer standen daneben, es war nicht zu erkennen, ob der Mann niedergeschlagen oder ob er angefahren worden war. Der Beerdigungsredner blickte hinüber: Wieder ein Alkoholiker im Koma, sagte er. Ja, das Geschäft ist verdammt schwierig geworden. Bleibt nur immer wieder der Blick in die Biographie des Verstorbenen, Gesellschaft null, Zukunft ebenfalls zero. Da hat es die Konkurrenz von der Kirche leichter. Die Bibel ist doch geradezu ein Handbuch für gesellige Ereignisse. Was immer Sie suchen, Sie werden es finden. Und gerade dieses Buch ist für unsere Arbeit verboten. Er steckte sich das letzte Stück Frikadelle in den Mund, wischte sich den Senf mit der Papierserviette von Daumen und Zeigefinger. Neuerdings kann ich kaum noch meine Unkosten decken.

Ein Tamile kam an den Stand, in der Hand einen Strauß roter Rosen, die alle schon die Köpfe hängen ließen. Er bot uns eine Rose an. Er zeigte die Finger der linken Hand. Fünf Mark das Stück. Nein danke, sagte der Beerdigungsredner. Der Tamile sah müde aus und enttäuscht, wahrscheinlich war er den ganzen Abend und die Nacht durch die Restaurants und Bars gelaufen und hatte versucht, seine welken Rosen zu verkaufen. Vielleicht waren die Rosen aber auch erst auf dem Weg durch das Berliner Nachtleben verwelkt, weil das Frischhaltemittel nicht länger vorhielt als gerade bis kurz vor Mitternacht. Ich dachte an Spranger, der möglicherweise die Stiele dieser Rosen mit der Gartenschere schräggeschnitten hatte. Und einer spontanen Regung folgend, kaufte ich dem Tamilen eine Rose ab. Bisher hatte ich in all den Jahren durch ein Kopfschütteln die Rosenverkäufer abgewiesen. Jetzt hatte ich für 5 Mark eine halbwelke langstielige Rose in der Hand und wußte nicht, wohin damit. Es fällt mir schwer, Blumen wegzuwerfen, auch dann, wenn sie schon welk sind. Ich legte die Rose auf das Bord der Bude und nahm mir vor, sie dort zu vergessen.

Der Tamile zeigte auf eine Wurst, no pork? Dabei schüttelte er wie ein Kind angeekelt den Kopf. Der Wurstbrater sagte: Is no pork. Is real cow. Er zwinkerte uns zu und sagte: Ick hab nämlich was jejen Allah. Allah is mächtig, Allah is jroß, einmetersechzig und arbeitslos. Er schob dem Tamilen den Pappteller mit der Currywurst hin. Ick saje immer, hier wird jejessen, wat ufn Tisch kommt. Wa, lachte er den Tamilen an. Der lachte zurück, freundlich, nickte, legte die trostlosen Rosen auf den Imbißtisch und begann, die Currywurst zu essen.

Vor drei Jahren, sagte ich, als meine Mutter gestorben ist, habe ich mir auch überlegt, in welchem, ja wie soll ich sagen, Rahmen ich sie beerdigen sollte. Sie war aus der Kirche ausgetreten.

Und wie haben Sie das damals gelöst, ich meine das mit dem Begräbnis Ihrer Mutter?

Ich wußte mir keinen anderen Rat, als den Pastor von der *Christus-Kirche* zu fragen, in der ich getauft worden war. Was mir ausgesprochen peinlich war. Ich bin nämlich auch aus der Kirche ausgetreten. Es war ein richtig netter Pastor, aufgeschlossen, modern, er war eine Zeitlang Seelsorger von irgendwelchen Motorradrockern gewesen. Er hat dann auch eine schnörkellose Rede gehalten, die auf eine taktvolle Weise anrührend war.

Ja, sagte der Beerdigungsredner, die Konkurrenz ist stark. Auch die kritischen Leute, wie Sie, greifen auf die Staatskirchen zurück, andere lassen die Angehörigen einfach entsorgen. Verbrennen und dann die Asche in kleine, schnell korrodierende Blechbüchsen verpacken. Die Dosen werden anonym vergraben. Und neuerdings gibts da auch noch die Konkurrenz von so flippigen Leuten. Die steigen jetzt ins Geschäft ein, Pop-Beerdigungen, richtige Inszenierungen, Särge, mit Christos Verpackungsmaterial vom Reichstag ausgeschlagen. Dazu Videoclips aus der Schublade vom Verstorbenen, unterlegt mit dieser Technomatsche, Särge mit verchromtem Harley-Davidson-Schmuck, und ne Kapelle von der Staatsoper spielt *Born to Be Wild* von Steppenwolf. Ein beschwingtes Kehraus nennt das Gott.

Gott?

Nein, nicht der Gott. Der Mann heißt Gott, Golo Gott, stellt die Särge für den heiteren Totenkult her, kein Pseudonym, der heißt Gott. So was kann man sich gar nicht ausdenken, der heißt wirklich so.

Der Tamile hatte seine Currywurst aufgegessen und bot uns abermals eine Rose an. Vielleicht dachte er, wir seien in anderer Stimmung, oder ich hätte in der Zwischenzeit vergessen, daß ich schon eine Rose gekauft hatte. Vielleicht war es aber auch nur ein ganz einfacher Reflex, die Rosen immer wieder anzubieten. Der Beerdigungsredner schüttelte geduldig den Kopf.

Und im Osten? Hat sich für Sie da nicht ein neuer Markt geöffnet? Sind doch viele in der DDR aus der Kirche ausgetreten.

Herrje, waren taktische Überlegungen. Was bei uns die Steuer, ist bei denen die Partei gewesen. Jetzt lassen die sich wieder von den geduldigen evangelischen Pastoren begraben. Oder von alten Funktionären. Glauben Sie gar nicht, was da alles aus den ehemaligen Kadern jetzt als Beerdigungsredner arbeitet. Bietet sich doch auch an, früher zuständig für Agitation und Propaganda, und jetzt den abgeschlossenen Lebenslauf zurechtbiegen. Nee, in den Ostmarkt kommen wir nicht rein. Die Ossis suchen auch in der Aussegnungshalle noch ihren Stallgeruch. Nichts zu machen. Ich muß einfach zuverdienen.

Und was machen Sie jetzt?

Hab mich auf Piano umgestellt. Zum Brunch spiele ich am Sonntag in einem Szenecafé Piano. Hab als Kind Klavier gelernt. Ist meine Mutter immer hinterhergewesen. Jeden Tag zwei Stunden geübt. Ich hab mich immer gefragt, wozu man so was braucht, aber irgendwann braucht man es dann doch. Hab mal in einer Studenten-Jazzband gespielt, in den frühen Sechzigern. Er wischte mit dem Mittelfinger den letzten winzigen Rest Senf sorgfältig vom Pappteller. Dutschke hätt ich gern beerdigt, schade, hat dann ein protestantischer Pfarrer gesprochen. Dutschke und Bloch. Wohnen Sie in Berlin?

Nein, sagte ich, ich bin nur hier, ich zögerte einen Augenblick, ich bin auf Besuch hier.

Wo leben Sie?

In München.

Ich geb Ihnen mal meine Karte. Ich komm auch nach München, gegen Fahrtkostenerstattung, zweiter Klasse.

Was kostet so eine Rede?

Tausend Mark. Es ist dann selbstverständlich eine ganz besondere, individuelle Rede. Sie müssen bedenken, ich muß Vorgespräche führen, um das Leben des Toten, aber auch der Hinterbliebenen kennenzulernen, keine Rede aus dem hohlen Bauch. Es geht darum, eine Summe zu ziehen. Eine Lebenssumme. Das Sterben hat ja viel damit zu tun, wie man gelebt hat. Der Tod ist das Requiem. Zum Beispiel diese Rede, die ich morgen früh halten muß, seit vier Tagen laborier ich daran herum.

Wer ist denn der Verstorbene?

Ein pensionierter Lehrer. Er hat das testamentarisch verfügt, kein kirchlicher Vertreter, sondern ein Beerdigungsredner. Das Institut, das die Beerdigung macht, mit dem ich oft zusammenarbeite, hat mich beauftragt. Die Frau des Toten ist schon vor Jahren gestorben. Der Sohn, den ich in Brüssel angerufen habe, sagte knapp, er habe sich mit seinem Vater schon in der Studienzeit zerstritten. Der Vater habe sich geweigert, ihm das Studium zu finanzieren. Ich komm nicht, hat der Sohn gesagt, der Alte wäre zu meiner Beerdigung auch nicht gekommen. Väter sind was Zufälliges, dann wollte mir der Herr Sohn auf meine Telefonkosten einen Vortrag über Vaterschaft halten. Zitierte Foucault. Ich dachte, mich tritt ein Pferd. Bin ihm ins Wort gefallen: Wie war denn Ihr Vater? Da sagte der Sohn, das sage ich Ihnen lieber nicht, sonst müßten Sie meinen Vater noch auf der Beerdigung beschimpfen. Danke, habe ich gesagt und aufgelegt. Dann habe ich Nachbarn im Haus befragt. Die Antworten: Unfreundlich. Grüßte kaum. Guckte einen nur verbiestert an. So, und jetzt machen Sie daraus mal eine Rede. Und dann sind auf der Beerdigung, wenn es hochkommt, drei Leute. Ich muß vorher mindestens einen Flachmann trinken, sonst kann ich in diese Aussegnungshallen gar nicht mehr reingehen. Kostet doch auch, der Korn. Ein Pastor wird dafür bezahlt, daß er die Leute unter die Erde bringt, bekommt sogar noch Pension. Aber ich als Freiberufler. Also wenn Sie mal in der Situation sind: Anruf genügt.

Er kramte aus seiner schwarzen zerknitterten Leinenjacke eine Visitenkarte heraus. Wenn es Sie interessiert, dann kommen Sie doch morgen zu der Beerdigung, um 11 Uhr, Friedhof Zehlendorf.

Das geht leider nicht. Morgen früh fliege ich nach München zurück. Ich wünsche Ihnen ein gutes Gelingen bei Ihrer Arbeit.

Ja, sagte er, kann ich brauchen. Ich habe Schwierigkeiten mit dem Schluß.

Ich sah ihn über die Straße gehen. Er ging langsam, so als denke er beim Gehen nach. Der alte Mann mit dem Kaffeewärmer auf dem Kopf, der, wie mir jetzt auffiel, den Beerdigungsredner wahrscheinlich zu dem Beispiel der Beerdigungsrede seiner Kollegin inspiriert hatte, stand noch immer da, in der Hand den Pappteller, von dem er nichts gegessen hatte. Er war stark erregt, beide Hände flatterten, er schimpfte, schimpfte, hatte sich mit der Ketchupsauce bekleckert, rotbraune Streifen, die an der schmuddeligen hellen Hose entlangzogen, immer häufiger durchlief seinen Körper ein konvulsivisches Zucken.

Hallo, rief der Mann aus dem Imbißstand mir nach, hallo, Sie haben Ihre Rose vergessen. Er hielt sie mir hin.

Einen Moment blieb ich stehen, überlegte, ob ich die Rose nicht einfach in den Abfalleimer zu den senfbeschmierten Papptellern werfen sollte. Ich brachte es nicht fertig. Und so ging ich mit der langstieligen Rose, die erschöpft den Kopf hängen ließ, den *Kurfürstendamm* hinauf, ein paar Nutten standen noch da in ihren kurzen Schlauchröcken, eine rief mir zu: Hallo, Kleiner. Ich ging weiter und überlegte, warum sich gerade diese Anrede eingeschliffen hat. Hallo, Kleiner. Machen sie sich Mut, damit das Kommende erträglicher wird, oder machen sie den Kunden Mut? Kommste zu Muttern. Vielleicht aber ist es ja der ferne Ruf, daß man sich erinnern möge an die frühen Erfahrungen mit dem eigenen Geschlecht, die ja noch von der Liebe getrennt sind, allein ausgerichtet auf Lust. So einfach, so neugierig. Hinter einem hell erleuchteten Schaukasten kam eine junge Frau auf mich zu, sie redete auf mich ein, polnisch oder russisch, eine stämmige Frau, so jung, daß ihr auch das grelle Neonlicht des Schaukastens nichts anhaben konnte, das dichte braune Haar hochgesteckt. Sie lachte, ein fröhliches, offenes Lachen, das einen Stahlzahn zeigte. Sie streckte mir die Hand hin, die ich schon wegdrücken wollte, als ich den Zettel darin entdeckte, einen Zettel, auf dem in krakeliger Kugelschreiberschrift stand: 20 Mark 1 Nummer. Sie schiebt den rechten Ärmel ihrer Bluse hoch, und ich sehe eintätowiert zwei kopulierende Hunde, das Männchen, das hinten draufsitzt, läßt in einer wilden Bewegung die Ohren fliegen, der andere, darunter stehende, das Weibchen also, hat die Ohren aufmerksam hochgestellt und den Kopf hingebungsvoll dem Betrachter zugewandt. Ein kleines Kunstwerk.

Dennoch. Ich schüttelte den Kopf, sagte, ich sei in geschäftlichen Dingen unterwegs. Sie verstand nicht, machte eine rührend hilflose Handbewegung zum Busen, zum Herzen, so als könne ich dort alles andere erfahren. Vielleicht wollte sie damit aber auch auf eine andere Tätowierung hinweisen. Ich hielt ihr die Rose hin, und sie nahm sie, und ihr Gesicht erhellte ein strahlendes Staunen. Ich ging weiter, winkte ihr nochmals zu. Und auch sie winkte, rief etwas, was ich nicht verstand, hielt die schlappe Rose hoch und lachte.

Die Neonreklamen leuchteten, auf dem Boden in Laserschrift die Namen von Markenartikeln. Die Auslagen in den Geschäften, weiß und rot angeleuchtet, mit Punktstrahlern hervorgehoben, erschienen nur um so verlassener.

In der Ferne war ein Wetterleuchten zu sehen, aber

kein Donner war zu hören. Ich nahm mir vor, egal, was geschehe, morgen abzufahren. Ich ging durch diesen Vorsatz, die Stadt zu verlassen, wie beflügelt durch die leeren Straßen. Hinter den verdunkelten wie hinter den erhellten Fenstern kopulierten Menschen, andere wälzten sich schlaflos in den Betten oder lasen, sahen fern, betranken sich, andere wiederum warteten stumm und wie versteinert. Worauf? Auf den Morgen. Auf eine Antwort. Antwort auf das, was mit dem Urknall begonnen hat und von dem aus keine Überlegung zu dem führt, was davor war und was danach sein würde. Woher kommen wir? Wohin gehen wir? Fing es tatsächlich damit an, daß sich der Wald zurückzog, das Klima sich änderte, als nur noch vereinzelte Bäume in der Savanne standen, in der Hyänen herumliefen mit so gewaltigen Kiefern, daß sie Elefanten mühelos ein Bein durchbeißen konnten? Da irrt auch Lucy herum. Immer auf der Hut, blickt sie sich um, sie muß nun aufrecht gehen, so kann sie das Gras überblicken, so hat sie die Hände frei. Ich winke ihr zu, deute ihr an, daß ich in keiner feindlichen Absicht hier bin, nur in meine Höhle will, zu meinem Lager, das dort hinten liegt.

19

Der Rote Baum

Aufmerksam wurde ich auf den Wagen, als innen eine Zigarette aufglimmte. Ich sah im Vorbeigehen den Mann am Steuer sitzen, und ich war mir sicher, daß die schattenhafte Gestalt, die in dem dicken, nachtblau lackierten BMW saß, der Athlet im beigen Anzug war. Einen Moment überlegte ich, ob ich nicht einfach weitergehen sollte, aber dann sagte ich mir, daß sie meine Adresse ja haben mußten. Ich hatte die Telefonnummer in der Annonce angegeben. Und der Bulgare hatte mich hier auch angerufen. Ich schloß die Haustür auf, nahm nicht den Lift, sondern ging die mit einem rotbraunen Kokosläufer belegte Treppe hoch. Eine Verwechslung, das muß inzwischen doch auch dem Bulgaren klargeworden sein. Andererseits, wer verlangt nach einem Geschmackskatalog für Kartoffeln? Wenn es kein interessierter Käufer war, dann konnte es in deren geschrumpfter Vorstellungswelt doch nur ein. Undercoveragent sein oder jemand von der Konkurrenz. Aber dann fiel mir ein, sie werden durch einen einfachen Anruf hier, in der Pension, erfahren haben, was ich beruflich mache: schreiben. Und genau das, dachte ich, wird sie endgültig aufgeschreckt haben. Für diese Leute ist Schreiben ja gleichbedeutend mit Journalismus. Jemand von einem Nachrichtenmagazin auf den Hacken zu haben, macht, dachte ich mir, diesen Leuten eine größere Angst als die Polizei.

Ich schloß die Eingangstür der Pension auf – da saß im Vorraum, auf dem thronähnlichen Gründerzeitsofa, mit seinen seitlichen blattgoldbelegten Sphinxen: Moussa. Er schlief. Der Kopf war ihm ein wenig zur Seite gerutscht. Er schlief, wie ein Kind schläft. Als die Tür hinter mir ins Schloß einrastete, schmatzte er ein wenig, vielleicht deutete er das Geräusch im Traum in das vertraute Kauen eines Kamelmauls an seinem Zaumzeug um. Tatsächlich lächelte er und veränderte auch ein wenig seine unbequeme Lage, sein Kopf rutschte noch weiter zur Seite. Sein dunkelblauer Alesho fiel um ihn wie ein kunstvoll drapiertes Tuch.

Ich schloß leise meine Zimmertür auf.

Unter die Tür meines Zimmers waren vier Notizzettel geschoben worden.

Zeit: 19.50
Anruf von Herrn Bucher. Erbittet Rückruf. Eilt!

Ich starrte den Zettel an. Woher kannte Bucher meine Adresse? Ich hatte ihm die doch nicht gegeben. Oder doch? Hatte Rosenow ihn angerufen?

Zeit: 20.10
Anruf: Frau Tina. Fragte nach Dr. Block??? Stichwort: Kartoffel in der Literatur. Frau Tina erbittet – falls Sie Dr. Block sind – Rückruf. Sie betonte: Gebührenfrei!???

Zeit: 21.10
Anruf. Teilnehmer wollte keinen Namen sagen. (Mann)

Weg. Kartoffelsortiment. ?? (Teilnehmer war schwer verständlich.) Wollte seine Tel. Nr. nicht nennen. Ruft wieder an.

Zeit: 21.20
Anruf (Frau). Keinen Namen. Stichwort Geschmackskatalog Kartoffeln. Stichwort: reichhaltig und preisgünstig. Will wieder anrufen.

Die Pensionswirtin, die ja einiges gewöhnt war, mußte denken, der Wahnsinn flackert in ihre Pension.

Einen Moment überlegte ich, ob ich nicht einfach die Polizei anrufen sollte. Aber die Geschichte mußte sich für die braven Revierpolizisten wie gerade geträumt anhören. Mich einfach in mein Zimmer einschließen und abwarten? Aber dann dachte ich, es sei doch besser, gleich zu gehen, bevor Spezialeinheiten des Bundeskriminalamtes mit einer Sesam-öffne-dich-Granate die Pensionstür aufsprengen. Und wenn nicht das BKA, dann kommt womöglich der beige Athlet mit einem Spezialdietrich heute nacht hier rein.

Ich trank einen Schluck Wasser aus der Leitung, sammelte meine Rasier- und Waschsachen zusammen, stopfte meine Hemden in die Reisetasche. Schrieb der Pensionswirtin eine Notiz mit der Bitte, sie möge mir die Rechnung zuschicken, aber um keinen Preis meine Münchner Adresse weitergeben. Und mit einem PS: Die 1001 Einheiten sind rückgebucht worden. Falls es noch eine Differenz gibt, setzen Sie die Summe auf meine Rechnung.

Ich nahm nicht den Lift, sondern ging vorsichtig die Treppe hinunter und unten zum Hinterausgang hinaus. Das zweite Mal, daß ich heute einen Hinterausgang benutzte.

Von einer Telefonzelle aus rief ich Kubin an. Ich ließ es klingeln, für eine Zeit nach Mitternacht peinlich lange. Schon wollte ich auflegen, als Kubin sich meldete. Ich fragte, ob ich heute nacht bei ihm schlafen könne.

Gerade heute, sagte er, geht das leider nicht. Ich hab Besuch. Du verstehst. Also, wie soll ich sagen, eine Bekannte, ja, die ist zum ersten Mal da. Mußt du aus deiner Pension raus?

Man ist hinter mir her.

Wer?

Eine Bande von Waffenschiebern. Es war still am anderen Ende des Telefons. Ich hörte ein feines erstauntes Schnauben von Kubin, jedenfalls deutete ich das Schnauben als erstaunt. Es klingt verrückt, ich weiß, sagte ich, es stimmt, ich bin da in eine ganz verrückte Geschichte hineingerutscht.

Quatsch, sagte er. Du bist heißgelaufen mit deiner Kartoffel.

Möglich, sagte ich, ich kann mich irren. Aber dann sitzt da auch noch ein Tuareg und wartet auf mich.

Wo?

Oben. Im Empfang der Pension.

Und als ich am anderen Ende nicht nur ein Schnaufen, sondern ein regelrechtes Aufstöhnen hörte, sagte ich, hör mal, du kennst mich, ich habe noch nie auch nur ein Anzeichen von Verfolgungswahn gezeigt. Oder? Kubin schwieg immer noch. Wahrscheinlich dachte er nach. Ich weiß, es hört sich verrückt an, aber es stimmt. Wenn du herkämst, könntest du ihn dort sitzen sehen, er trägt so ein von der Saharasonne ausgeblichenes dunkelblaues Gewand. Übrigens, er hat mir einen Ring geschenkt.

Hör mir mal gut zu, sagte Kubin mit einem betont ruhigen, ja sanften Ton. Ich kann hier wirklich nicht weg. Ich hab auf diesen Abend zwei Monate zugearbeitet. Es muß sein. Heute. Jetzt. Wenn nicht jetzt, dann nie. Du verstehst. Also geh zu ner Apotheke, kauf dir Valium 5, sag, ein Notfall, dann geben sie es dir ohne Rezept, und danach gehst du in ein Hotel, ein wirklich gutes, *Kempinski* zum Beispiel. Da geht auch der Juhnke hin, wenn er voll ist. Du wirfst ein Valium 5 ein oder besser gleich zwei, legst dich hin. Vorher rufst du mich an, sagst mir, in welchem Hotel du bist. Morgen komm ich, gleich in der Früh. Dann besprechen wir alles in Ruhe.

Ich lachte, es sollte ein nettes ironisches Lachen sein, klang aber viel zu grell, ja verzweifelt. Hotel. Daß ich nicht lache. In ganz Berlin gibt es kein Hotelzimmer. Die Leute schlafen auf den Gängen, in Empfangsräumen. Dieser Christo mit seiner Reichstagverhüllung hat alles verstopft, restlos.

Gut, sagte Kubin, ich geb dir die Telefonnummer von Rosenow, der hat immer irgendwo eine leere Wohnung.

Danke, sagte ich, den nicht, und hängte ein.

Einen Moment überlegte ich, ob ich nicht zu Spranger fahren sollte. Zu ihm könnte ich fahren, ihn fragen, vielleicht war das Zimmer von Rogler frei. Der Heizungstechniker, der es jetzt bewohnte, war ja in Brandenburg auf Montage. Spranger würde alles verstehen, schließlich hatte er unter den Roma gelebt. Aber dann fiel mir Kramer ein, der bestimmt da war und mich mit meiner neuen Frisur sehen würde. Nein. Ich wollte raus aus dieser Stadt, schnell, sofort, jetzt.

Ich ging zum Bahnhof, der letzte Intercity nach München war schon seit einer Stunde weg. Es gab noch einen Nachtzug nach Leipzig, einen Zug, den letzten vor dem neuen Morgen, einen Eilzug, einen Lumpensammler, der an jeder Station hielt. Extra eingesetzt für die Christo-Aktion. Es blieb mir noch etwas Zeit, eine knappe halbe Stunde.

Ich ging in die Halle, um mir eine Dose Cola zu kaufen. Ein Mann schob eine elektrische Maschine vor sich her, die festgetretene Kaugummis vom frischverlegten Granit abschmirgelte. Ein knisternd quietschendes Geräusch, das fast einen fernen Gesang überdeckte. Ich ging diesem Gesang nach und hinaus. Draußen standen die Ausgestoßenen, die Verzweifelten, die Mühsalbeladenen, verdreckt, nach Schnaps und Pisse stinkend, Männer und Frauen, alte und junge, sie standen da und lauschten. Ein Mann sang. Ein Russe. Er sang russische und deutsche Lieder. Er sang mit einem wunderbaren, tiefen Baß, so klangvoll, mit einem solchen Volumen, daß ich Angst um die Panoramascheibe hatte, vor der er stand, er sang und hielt dabei die Hand an das rechte Ohr, so als lausche er dem eigenen Singen. Er sang: Die Gedanken sind frei, wer kann sie erraten?

Sie fliehen vorbei wie nächtliche Schatten,
kein Mensch kann sie wissen,
kein Jäger erschießen mit Pulver und Blei;
die Gedanken sind frei!

Und da fiel mir ein, was Roter Baum bedeutet. Ein Gasthof. So hieß ein Gasthof.

Und sperrt man mich ein im finsteren Kerker,
das alles sind rein vergebliche Werke!
Denn meine Gedanken
zerreißen die Schranken
und Mauern entzwei:
die Gedanken sind frei!

Ich ging zu dem Mann hinüber und legte ihm einen Zehnmarkschein in die Mütze.

Er verbeugte sich und sammelte das Geld aus dem Hut ein. Nahm einen schäbigen, an den Ecken abgestoßenen Pappkoffer, sagte: Jetzt kann ich fahren. Mein Herr, ich wünsche Ihnen, Ihren Eltern, wenn sie noch leben, und, wenn Sie eine Frau haben, Ihrer Frau, Ihren Kindern, und, falls Sie eine Geliebte haben, auch der, Glück und Gesundheit.

Danke, sagte ich.

Fahren Sie noch heute weg?

Ja.

Wenn Sie mir die Frage gestatten, wohin fahren Sie?

Nach Leipzig.

Oh, sagte er, das trifft sich gut. Ich will auch dahin, und mit Ihrem Geld habe ich die Fahrkarte zusammen. Er zeigte mir die Hand voll Silbergeld. Der Ärmelsaum seines Jacketts war durchgescheuert, die Fransen waren säuberlich abgeschnitten, und doch sah man die Fasern eines billig glänzenden Materials. Sie täten mir einen großen Gefallen, wenn wir zusammen gehen könnten.

Warum?

Die Bahnpolizei ist hier ziemlich aufdringlich.

Ich ging mit ihm zum Schalter. Er kaufte sich eine Karte. Ich stand und wartete. Tatsächlich näherten sich zwei Polizisten, der eine führte an einer Leine einen Dobermann, der einen Maulkorb aus Draht trug. Die drei kamen auf uns zu, den Blick auf meinen Begleiter gerichtet. Der steckte die Karte ein und sagte: So jetzt können wir fahren, dabei legte er vertraulich die Hand auf meinen Arm. Die Polizisten musterten mich kurz, zogen dann den Dobermann, der meine Witterung aufgenommen hatte, weg und gingen weiter.

Diese Dobermänner mögen kein *Chanel*, eigenartig, ausgerechnet dieses Parfum, das doch angeblich Marilyn Monroe nachts getragen haben soll, verletzt den Geruchssinn der Tiere. Man muß nicht viel nehmen, eine Spur reicht. Ich hole mir diese kleinen Probefläschchen aus den Parfümerien, sagte der Mann.

Ich ging mit ihm die Treppen hinauf, zum Bahnsteig, wo der Zug stand, einer dieser heruntergekommenen, nach Scheiße stinkenden Eilzüge. Rauchen Sie? fragte er.

Ja.

Wenn es Ihnen nichts ausmacht, könnten wir uns zusammen in ein Abteil setzen.

Ich wagte nicht zu sagen, ich hätte eine Karte 1. Klasse. Ich setzte mich mit ihm in eines dieser verräucherten

Abteile mit den sozialistischen Plastiksitzen, durch die einem bei dieser Wärme die Hosen am Hintern festkleben.

Wo wollen Sie sitzen?

Das ist mir egal.

Wenn Sie gestatten, würde ich mich an das Fenster setzen.

Ich setzte mich an den Türplatz schräg gegenüber.

Der Zug fuhr an. Draußen glitten die Lichter der Straßenlaternen und beleuchtete Fenster vorbei.

Er bot mir eine Zigarette an, eine dunkle, fast schwarze, russische Marke. Eigentlich darf ich ja nicht, sagte er, wegen der Stimme. Nun ja.

Ich bedankte mich, sagte, ich würde lieber eine Zigarre rauchen. Zog mein Schildpattetui heraus und hielt es ihm hin: Bedienen Sie sich bitte.

Aber es sind nur noch zwei, sagte er.

Ja, sagte ich, wenn die geraucht sind, werde ich mit dem Rauchen aufhören. Ich habe dann nämlich meine Arbeit getan.

Welche Arbeit, wenn ich fragen darf?

Ich wollte eine Geschichte schreiben.

Er nahm die Zigarre vorsichtig und mit spitzen Fingern, roch an der Zigarre, danke. Wunderbar. Ich werde beim Jüngsten Gericht diese Zigarre für Sie in die Waagschale werfen.

Sie wird nur leicht wiegen, sagte ich.

Manchmal wiegt auch das Leichte schwer.

Er gab mir Feuer. Wenn Sie gestatten, würde ich gern das Licht ausmachen, sagte er.

Meinetwegen.

Er knipste das Licht aus. Nur oben an der Tür brannte noch eine schwache Notleuchte. So wird man am wenigsten gestört, sagte er. Draußen glitten die Lichter vorbei. Er rauchte, und ich sah im Halbdunkel, er war ein Kenner, er rauchte, und sein Gesicht strahlte, so wie ich es von dem Onkel in Erinnerung hatte, wenn er – was äußerst selten war – eine gute Zigarre rauchte.

Der Schaffner kam, kontrollierte die Karten, schnüffelte und sagte: Eine gute Marke!

Cohiba Exquisito, sagte mein Gegenüber und erwies sich damit als wahrer Kenner. In dieser schummrigen Beleuchtung hätte er ein Geschäftsmann sein können, nein, in diesem etwas altmodischen Jackett, mit seinen überbreiten Revers, eher ein Sammler zeitgenössischer Kunst, der von einem Galeristen mit einer etwas schrillen Frisur begleitet wurde. Die abgestoßenen ausgefransten Ränder seiner Jackenärmel waren in dem Halbdunkel nicht zu erkennen.

Gute Fahrt, wünschte der Schaffner.

Danke. Es ist freundlich von Ihnen, daß Sie sich mit mir in ein Abteil gesetzt haben.

Schlafen kann man hier sowieso nicht, und so kann man doch wenigstens reden, sagte ich. Sie kennen die *Cohiba?*

Früher, aber sehr selten, gab es die auch bei uns in Moskau. Der sozialistische Bruder lieferte. Beziehungen. Bückware. Bekam man nur durch gute Beziehungen.

Sie sprechen sehr gut Deutsch.

Danke schön. Ich war Sänger an der Oper in Sverdlovsk. Zuvor habe ich Deutsch und Italienisch studiert, ein Jahr auch hier in der ehemaligen DDR.

Seit wann sind Sie in Berlin?

Seit fast zwei Monaten. Aber in den letzten Tagen haben die Kontrollen zugenommen. Mein Paß hat keine besonders gute Qualität. Und dann durfte ich nicht mehr dort singen, wo ich sonst gesungen habe, in der U-Bahn *Fehrbelliner Platz.*

Polizei?

Nein, meine Landsleute. Die verteilen die Konzessionen. Aber ich habe auf freier Basis gearbeitet. Es ist nicht ratsam, sich mit der Chanelfraktion anzulegen.

Wer ist das?

Nun, die russischen Freunde. Er rauchte, betrachtete genau das Deckblatt der Zigarre: Sie haben, wenn ich das so sagen darf, auch etwas überstürzt die Stadt verlassen?

Man könnte das so sagen, ja.

Einen Moment standen wir an einer Gleisbaustelle, grelles Scheinwerferlicht, das metallische Kreischen einer Fräse. Maschinen, ein gewaltiger Kranwagen, gelb gekleidete Arbeiter mit Blinkgürteln, ein Picken, wieder metallisches Kreischen. Dann fuhr der Zug langsam wieder an.

Wissen Sie, was Roter Baum bedeutet?

Nein.

Ich hatte einen Onkel, der konnte Kartoffelsorten schmecken. Und dann hat er, als er starb, Roter Baum gesagt. Meine Mutter war verwundert, alle fragten sich, was das bedeuten sollte. Ich dachte zunächst, es sei eine Kartoffelsorte. Er war nämlich ein großer Kartoffelkenner. Und jetzt, vorhin, als Sie sangen, ist es mir wieder eingefallen, was es bedeutet. So hieß ein Gasthof. *Roter Baum.* Eine Geschichte, die er mir erzählt hat, ich muß damals sieben oder acht gewesen sein. Die Geschichte habe ich behalten, aber den Namen der Gastwirtschaft hatte ich vergessen, bis vorhin. Es schien auch nicht weiter von Bedeutung. Er war mein Lieblingsonkel. Er konnte nie Nein sagen. Und er galt als faul. Er lag oder saß viel auf dem Sofa. Rauchte, erzählte Geschichten, die nicht sehr spannend waren. Hatte viel Zeit für mich. Er konnte einem einfach keine Bitte abschlagen. Sein Vater muß ganz anders gewesen sein. Der war Landarbeiter. In

Mecklenburg, auf einem Gut. Muß ein sehr eigensinniger Mann gewesen sein, das genaue Gegenteil zu diesem Onkel. Eines Tages, das muß kurz nach der Jahrhundertwende gewesen sein, kam ein sozialdemokratischer Agitator in die Gegend, der für die Landarbeitergewerkschaft geworben hat. Und eine Versammlung wurde angekündigt in einem Gasthof. Sollte keiner hingehen, hatte der Gutsinspektor für alle Landarbeiter verboten. Keiner ging, nur der Vater von dem Onkel ging, nahm den Jungen mit, der damals elf oder zwölf war. Auf dem Weg kam ihnen der Gutsinspektor in seinem Einspänner entgegen, sagte, wenn Sie da hingehen, fliegen Sie, und zwar sofort, ist das klar.

Nein, sagte der Vater und ging zusammen mit dem Jungen weiter. Die beiden saßen in der Hinterstube des Gasthofs, ein Mann und ein Junge. Niemand sonst. Der Agitator redete. Der Gasthof hieß, wie gesagt, *Roter Baum*. Nichts Politisches. Gemeint war ein Grenzbaum. Zwischen Mecklenburg und Preußen. Roter Baum meinte eine Grenze. Und die hatte auch der Vater von dem Onkel damals überschritten. Also doch auch politisch. Nach der Rede des Sozialdemokraten ist der Vater mit seinem Sohn, meinem Onkel, wieder zurückgegangen.

Und da mußten sie noch in derselben Nacht ihre Sachen packen und aus dem Gesindehaus raus. Und während sie nachts loszogen, mit so einem hölzernen Bollerwagen, die paar Habseligkeiten, Bettdecken drauf, haben die anderen Knechte und Mägde, drinnen, hinter den verschlossenen Fensterläden gesungen: Die Gedanken sind frei.

Er zog ruhig an der Zigarre, legte dann den Kopf zurück, und langsam aus der Tiefe kam der Rauch aus dem Mund, ein Hauch noch beim Sprechen.

Wohin sind sie gegangen?

Sie sind rumgezogen. Es ging ihnen ziemlich dreckig. Der Vater des Onkels galt als Aufrührer, das sprach sich schnell rum. So haben sie sich monatelang nur von Kartoffeln ernährt, die sie auf den Feldern heimlich ausgegraben haben. Und das Sonderbare ist, daß sich der Onkel nicht übergessen hat, sondern, als Kind immer auf die Unterschiede achtend, die winzigen Varianten im Geschmack zu schätzen lernte. Er aß Kartoffeln für sein Leben gern. So habe ich ihn in Erinnerung: beim Essen von Bratkartoffeln oder Kartoffelmus, und dann konnte er sagen, welche Sorte es war. Wurde darum in der schlechten Zeit oft eingeladen, sozusagen als Kartoffelkenner. Und er saß auf dem Sofa und rauchte. Ich habe das nie wieder gesehen, er konnte drei Kringel rauchen, die sich durchdrangen.

Wie das?

Ich rauchte einen Kringel, der nicht schlecht gelang, der zweite war etwas verwackelt, eilte dem ersten hinterher, der dritte war nur noch ein Wölkchen.

Der Mann holte erst tief Luft, dann nochmals, sog an der Zigarre, legte den Kopf zurück, als wolle er den Rauch trinken, ganz ähnlich wie der Onkel. Und dann schickte er ein, zwei Kringel nacheinander ins Abteil, vollkommene Ringe, und dann, nach einer langen Zeit kam noch ein Kringel, klein, auf eine wunderbare Weise kompakt und rund.

Donnerwetter, sagte ich, einfach toll.

Es ist eine Frage der Luft, sagte er, man muß wie beim Singen richtig atmen, nicht einfach die Brust oben vollpumpen, sondern tief bis auf das Zwerchfell einatmen, hier müssen Sie es spüren. Er knöpfte sich die Jacke auf. Ich sah, er trug Hosenträger, und die Hose war ihm viel zu weit. Er zeigte auf die unteren Rippen und dann holte er tief Luft, die ihm tatsächlich unten die Rippen weitete. Dann atmete er dreimal langsam, aber druckvoll aus. So haben Sie ein größeres Luftvolumen und können die Luft kontrolliert ausstoßen. Versuchen Sie es einmal. Ich machte es, und er beobachtete mich dabei, sehr gut, sagte er. Versuchen Sie es noch mal.

Ich machte es noch mal, ohne zu rauchen, die Zigarre in der Hand. Mir wurde bei diesem tiefen Luftholen und dem Wiederausstoßen ein wenig schwindelig.

So, wenn Sie Luft unten auf dem Zwerchfell haben, dann rauchen Sie, ziehen den Rauch mit dem letzten Zug noch ein, er wird nicht in die Lungen eindringen, Sie behalten ihn im Mund, und so können Sie gut drei Kringel aushauchen. Sie müssen dann nur den richtigen Rhythmus finden, also im richtigen Augenblick ausatmen, das ist dann Übung oder einfach Glück. Sie werden sehen, wenn man das mehrmals versucht, das ist das Geheimnis einer wirklich guten Zigarre, dann bekommen Sie auch einen soliden Rausch. Wie beim Hexensabbat. Das sind die Nachtschattengewächse. Vor allem darf man nicht verkrampfen, die Leichtigkeit des Atmens ist auch die des Rauchens.

Einen Augenblick saßen wir da, in diesem schienenschlagenden Lärm, rauchten und schwiegen. Draußen war es dunkel. Nur einmal huschten ein paar Lichter vorbei. Wenn Sie mir die Frage gestatten, sagte er, warum Sie so froh sind, noch heute nacht aus der Stadt wegzukommen?

Die Geschichte beginnt genaugenommen damit, daß ich keinen Anfang finden konnte. Ich saß am Schreibtisch und grübelte, lief durch die Stadt, fing wieder das Rauchen an, Zigarren, in der Hoffnung, so, eingehüllt in den Rauch, würde mir der richtige, ganz und gar notwendige Anfang einer Geschichte einfallen. Ich atmete tief ein, einmal, zweimal, nahm dann noch einen kräftigen Zug aus der Zigarre, und hauchte den ersten Kringel aus, langsam und ruhig, gar nicht einmal mit der Absicht, drei zu hauchen, klein, rund und kompakt flog er los, drehte sich ganz langsam zu einem größeren Kranz auf, schon hatte ich den zweiten kleineren Kringel hinterhergeschickt, der dem ersten nacheilte, und hatte tatsächlich noch Luft für einen dritten, den ich aushauchte, kräftig, ja mit aller Kraft und mit leichtem Schwindel, den kleinsten, und mit dem Wissen, daß mir in diesem Augenblick etwas gelang, was mir wahrscheinlich nie wieder gelingen würde, denn während der kleine Kringel mühelos den mittleren Kringel erreicht hatte, ihn in dem Moment durchflog, als der sich durch den großen schob, entfernte sich der kleine, dann der mittlere, und als letzter der große, langsam und schon leicht zerfasert, in entgegengesetzter Reihenfolge, so flogen sie ins Halbdunkel, wo sie sich langsam auflösten – als feiner blauer Dunst.

Inhalt

Uwe Timm im dtv

»Als Stilist und Erzähler sucht Uwe Timm
in Deutschland seinesgleichen.«
Christian Kracht in ›Tempo‹

Heißer Sommer
Roman
ISBN 978-3-423-**12547**-5

Johannisnacht
Roman
ISBN 978-3-423-**12592**-5

Der Schlangenbaum
Roman
ISBN 978-3-423-**12643**-4

Morenga
Roman
ISBN 978-3-423-**12725**-7

Kerbels Flucht
Roman
ISBN 978-3-423-**12765**-3

Römische Aufzeichnungen
ISBN 978-3-423-**12766**-0

**Die Entdeckung der
Currywurst**
Novelle
ISBN 978-3-423-**12839**-1
und dtv AutorenBibliothek
ISBN 978-3-423-**19127**-2

Nicht morgen, nicht gestern
Erzählungen
ISBN 978-3-423-**12891**-9

Kopfjäger
Roman
ISBN 978-3-423-**12937**-4

Der Mann auf dem Hochrad
Roman
ISBN 978-3-423-**12965**-7

Rot
Roman
ISBN 978-3-423-**13125**-4

Am Beispiel meines Bruders
ISBN 978-3-423-**13316**-6

Uwe Timm Lesebuch
Die Stimme beim Schreiben
ISBN 978-3-423-**13317**-3

Der Freund und der Fremde
ISBN 978-3-423-**13557**-3

Halbschatten
Roman
ISBN 978-3-423-**13848**-2

Von Anfang und Ende
Über die Lesbarkeit der Welt
ISBN 978-3-423-**14036**-2

Freitisch
Novelle
ISBN 978-3-423-**14152**-9

Vogelweide
Roman
ISBN 978-3-423-**14379**-0

Montaignes Turm
Essays
ISBN 978-3-423-**14544**-2

Bitte besuchen Sie uns im Internet: www.dtv.de

Arno Geiger im dtv

»Arno Geiger schreibt große Literatur, mit jonglierender und
doch so bodennaher Kunst wie man sie kaum findet
im neuen Österreich oder sonst wo.«
Franz Haas in ›Der Standard‹

Schöne Freunde
Roman
ISBN 978-3-423-**13504**-7

Nach einem schweren Gruben-
unglück beginnt für Carlos eine
Reise ins Ungewisse, auf der er
sich sein Leben erzählt: seine
erbärmliche Kindheit und seine
erträumte Zukunft, vor allem
aber die große Liebe, die ihn
irgendwo erwartet.

Kleine Schule des Karussellfahrens
Roman
ISBN 978-3-423-**13505**-4

Als Philipp, ein moderner
Taugenichts, der unorthodoxen
Lila begegnet, die eine Vorliebe
für Pflastersteine und klirrende
Fensterscheiben hegt, wird er
aus seiner Lethargie aufgerüt-
telt. Denn Lila erweist sich als
Virtuosin in der Kunst, mit diesem ordentlichen, allzu vorge-
zeichneten Leben einmal
gründlich Karussell zu fahren …

Es geht uns gut
Roman
ISBN 978-3-423-**13562**-7

Philipp hat das Haus seiner
Großmutter in der Wiener
Vorstadt geerbt, und die
Familiengeschichte, von der
er definitiv nichts wissen will,
sitzt ihm nun im Nacken.

Anna nicht vergessen
ISBN 978-3-423-**13785**-0

Über Liebesdesaster und Le-
bensträume, über Menschen,
die nicht vergessen werden
wollen: Arno Geigers brillante
Erzählungen. »Der Monolog
einer unglücklich liebenden
Frau, auf drei innerhalb des
Jahres 1973 vollgesprochene
Tonbänder gebannt, ist
schlicht und einfach genal.«
(Die Welt)

Arno Geiger im <u>dtv</u>

Irrlichterloh
Roman
ISBN 978-3-423-**13697**-6
Fünf Menschen auf der Suche
nach der Liebe und sich selbst –
ein abgedrehter Liebesroman
voll Witz und lodernder
Phantasie.

Alles über Sally
Roman
ISBN 978-3-423-**14018**-8
Sally ist nicht besonders nett
zu Alfred, ihrem Ehemann,
und nicht viel netter zu ihrem
Liebhaber, sie ist klug, char-
mant und witzig, also genau
die Frau, über die man alles
wissen möchte. Ein brillanter
Roman über Liebesverrat und
die Geschichte einer großen
Liebe – die nicht mit der
Hochzeit endet, sondern mit
ihr erst richtig beginnt.

Der alte König in seinem Exil
ISBN 978-3-423-**14154**-3
ISBN 978-3-423-**25350**-5
(<u>dtv</u> großdruck)
Arno Geiger erzählt von seinem an Alzheimer erkrankten
Vater. Ein literarisches
Kunstwerk, bewegend, traurig
und oft auch komisch, über
das, was im Leben wirklich
wichtig ist.

Selbstporträt mit Flusspferd
Roman
ISBN 978-3-423-**14526**-8
Julian, ein Student der
Veterinärmedizin, ist erstaunt,
wie viel Unordnung seine
Trennung von Judith schafft.
Um diese ein wenig zu lin-
dern, übernimmt er bei
Professor Beham die Pflege
eines Pferdflusspferds, das
bald den Rhythmus des
sommrs bestimmt …

Koffer mit Inhalt
Erzählungen · <u>dtv</u> großdruck
ISBN 978-3-423-**25370**-3

Wilhelm Genazino im dtv

»Genazinos Helden sind scheiternde Experten der Lächerlichkeit,
Lebenskünstler der nobilitierten Vergeblichkeit.«
Neue Zürcher Zeitung

Abschaffel
Roman-Trilogie
ISBN 978-3-423-13028-8
Wie Abschaffel mit innerer
Fantasietätigkeit die äußere Er-
eignisöde seines Angestellten-
daseins kompensiert.

**Ein Regenschirm für
diesen Tag**
Roman
ISBN 978-3-423-13072-1
Vom Dasein eines Flaneurs,
der sich seinen Lebensunter-
halt mit dem Probelaufen von
Luxushalbschuhen verdient.

**Eine Frau, eine Wohnung,
ein Roman**
Roman
ISBN 978-3-423-13311-1
Weigand will endlich erwachsen
werden und die drei Dinge
haben, die es dazu braucht: eine
Frau, eine Wohnung und einen
selbst geschriebenen Roman.

Fremde Kämpfe
Roman
ISBN 978-3-423-13314-2
Da die Aufträge ausbleiben,
lässt sich der Werbegrafiker
Peschek auf kriminelle Ge-
schäfte ein …

Die Ausschweifung
Roman
ISBN 978-3-423-13313-5
›Szenen einer Ehe‹ vom minu-
tiösesten Beobachter deut-
scher Alltagswirklichkeit.

**Die Obdachlosigkeit
der Fische**
ISBN 978-3-423-13315-9
Eine Lehrerin an der Schwelle
des Alterns vergewissert sich
einer fatal gescheiterten
Jugendliebe.

Der gedehnte Blick
ISBN 978-3-423-13608-2
Über das Beobachten und
Lesen, Schreibabenteuer und
Lebensgeschichten und über
das Lachen.

Aus der Ferne · Auf der Kippe
ISBN 978-3-423-14126-0
Ein Fotoalbum der etwas
anderen Art.

Die Liebesblödigkeit
Roman
ISBN 978-3-423-13540-5
Ein äußerst heiterer und tief-
sinniger Roman über das
Altern und den Versuch, die
Liebe zu verstehen.

Bitte besuchen Sie uns im Internet: www.dtv.de

Wilhelm Genazino im dtv

»Wilhelm Genazino beschreibt die deutsche
Wirklichkeit zum Fürchten gut.«
Iris Radisch in ›Die Zeit‹

Mittelmäßiges Heimweh
Roman
ISBN 978-3-423-**13724**-9

Schwebend leichter Roman
über einen unscheinbaren
Angestellten, der erst ein Ohr
und dann noch viel mehr verliert.

**Das Glück in glücksfernen
Zeiten**
Roman
ISBN 978-3-423-**13950**-2

Die ironische und brillante
Analyse eines Menschen, der
am alltäglichen Dasein verzweifelt.

Die Liebe zur Einfalt
Roman
ISBN 978-3-423-**14076**-8

Deutschland in den Wirtschafts-
wunderjahren – doch warum,
fragt sich der heranwachsende
Erzähler, nehmen *seine* Eltern
nicht am Aufschwung teil?

Wenn wir Tiere wären
Roman
ISBN 978-3-423-**14242**-7

»Ein ebenso skurriler wie ver-
gnüglicher Roman.« (NZZ)

Leise singende Frauen
Roman
ISBN 978-3-423-**14292**-2

»Exkursionen zu den verbor-
genen Ereignissen der Poesie«
(Die Zeit).

Idyllen in der Halbnatur
ISBN 978-3-423-**14328**-8

Kurzprosastücke aus den
Jahren 1994 bis 2010.

Tarzan am Main
Spaziergänge in der Mitte
Deutschlands
ISBN 978-3-423-**14366**-0

Eine poetische Lokalrunde
durch Frankfurt.

Bei Regen im Saal
Roman
ISBN 978-3-423-**14466**-7

Reinhard, ein schlecht rasierter,
promovierter Mittvierziger ohne Perspektive wird von seiner
Frau verlassen – kann es ein
Happy End im sozialen Ab-
stieg geben?

Bitte besuchen Sie uns im Internet: www.dtv.de

Ulrich Woelk im dtv

»Was Woelk zeigen will, zeigt er. Er kennt seine Figuren
genau und verrät sie nicht an Einsichten.«
Stephan Krass in der ›Neuen Zürcher Zeitung‹

Liebespaare
Roman

ISBN 978-3-423-**13092**-9

»Sollen wir es lassen?« fragt er.
Nora schüttelt den Kopf. »Jetzt
sind wir doch fast da.« Allmäh-
lich aber dämmert es Fred, dass
der Besuch in einem Swinger-
Club schwer verdaulich sein
könnte…

Die letzte Vorstellung
Roman

ISBN 978-3-423-**13253**-4

Opernmusik aus einem verlas-
senen Haus am Strand führt
einen Jogger zu einer Leiche.
Was zunächst aussieht wie ein
gewöhnlicher Mord, entpuppt
sich als ein gesellschaftspoliti-
sches Verwirrspiel um Gewalt,
politische Macht, Gerechtig-
keit und Verantwortung.

Freigang
Roman

ISBN 978-3-423-**13397**-5

»Ich habe meinen Vater umge-
bracht. Die Idee kam im Suff.«
Ein junger Physiker versucht
seine Vergangenheit zu rekons-
truieren.

Rückspiel
Roman

ISBN 978-3-423-**13559**-7

Vom Tod eines Schülers, von
der Schuld eines alten Lehrers
und vom Liebes-drama zweier
Männer und einer Frau.

Amerikanische Reise
Roman

ISBN 978-3-423-**13648**-8

Eindringliche Dreiecks-
Geschichte auf einer Reise
durch die USA.

Einstein on the lake
Eine Sommer-Erzählung
dtv premium

ISBN 978-3-423-**24427**-5

Hat Einstein seine geheimsten
Unterlagen im Templiner See
versteckt? Der Jurist Anselm
macht sich auf die Suche nach
dem wissenschaftlichen
Schatz.

Bitte besuchen Sie uns im Internet: www.dtv.de